KING

CAROL MOURA

# KING

ELE É O REI

editora coerência

DIREÇÃO EDITORIAL
**Lilian Vaccaro**

PRODUÇÃO GRÁFICA
**Giovanna Vaccaro**

PREPARAÇÃO
**Marcio Zanini**

REVISÃO
**Dani Toledo**

CAPA
**Décio Gomes**

DIAGRAMAÇÃO
**Michael Vasconcelos**

DADOS INTERNACIONAIS DE CATALOGAÇÃO NA PUBLICAÇÃO (CIP)

Moura, Carol
King / Carol Moura. – 1ª edição – São Paulo: Coerência, 2020

ISBN: 978-85-53272-20-4

1. Ficção brasileira 2. Romance erótico I. Título

CDD: 869.3

Grupo Editorial coerência

**São Paulo**
*Avenida Paulista, 326,*
*cj 84 - Bela Vista*
*São Paulo | SP – 01.310-902*
*www.editoracoerencia.com.br*

*If God is a DJ*
*Life is a dance floor*
*Love is the rhythm*
*You are the music*

*If God is a DJ*
*Life is a dance floor*
*You get what you're given*
*It's all how you use it*

P!nk

# PRÓLOGO

## KING

Eu gostava de garotas como aquelas.

Livres, selvagens, sem medo do que os outros pensariam. Mulheres que não tinham vergonha de dizer o que queriam, nem tinham medo de aproveitar o momento.

Sexo sem amarras, apenas por diversão.

Elas buscavam aquilo em mim. A festa, o sexo... o perigo.

E eu só aproveitava.

Como estava aproveitando aquela garota.

Seu nome era Ashley, suas amigas a chamavam de Ash e, naquela noite, pediu-me para que eu a chamasse do que quisesse.

Ela era linda e deliciosa. Estava me proporcionando uma excelente noite.

— Sim, King! Me fode com força! Isso! — gritou, enquanto a segurava suspensa, com as pernas em volta da minha cintura, metendo profundamente.

Ela não deveria estar gritando, mesmo que a Farm's Creek fosse para atividades exatamente como aquelas, não estava com humor para ficar ouvindo gritos estridentes tão próximos ao meu ouvido.

— Gosta disso, gatinha? — perguntei enquanto movimentava minha pélvis para cima, fazendo meu pau enterrar fundo nela, até a base.

Seus enormes seios batiam em meu queixo, o que me fazia ficar com mais tesão.

— Puxa o sutiã para baixo — ordenei.

Quando ela o fez, encaixei o seio em minha boca e comecei a chupá-lo com força.

— Oh, Deus! Você é tão gostoso!

Senti sua boceta começar a se apertar no meu membro, intensifiquei minhas estocadas para que eu também gozasse.

Foi quando percebi que tínhamos plateia.

Estávamos atrás da casa principal da fazenda, a poucos centímetros da janela de um dos quartos. Deveria ter imaginado que alguém nos pegaria ali, não que fosse um problema, mesmo assim, assustei quando percebi que alguém nos observava. Era uma garota.

Bem, vestida daquela forma eu poderia dizer que, na verdade, era um anjo. Ou uma princesa.

Seja quem ela fosse, parecia pronta para ser corrompida. Seus olhos estavam fixos em mim e em minha foda. Ela nos fitava através do vidro, curiosa. Seus lábios eram constantemente lambidos e seus olhos pareciam quentes, enquanto admirava meu corpo se contraindo, pronta para receber o mesmo tratamento que a garota pendurada em mim.

— Mais forte, King! — berrou minha conquista da noite, entretanto continuei no mesmo ritmo, olhando para a princesinha parada na janela.

Sequer havia se movido do lugar, talvez nem tenha percebido que eu tinha notado seu voyeurismo. Descobri que estava certo quando Ashley, sendo empalada por mim, gozou profundamente, um novo e estridente grito saiu de sua boca — que histérica, Jesus! —, fazendo a miss cor-de-rosa que nos observava piscar e, finalmente, sair do transe.

Seus olhos focaram-se nos meus e aquilo enviou novas vibrações ao meu pau. Aumentei a velocidade ao passo em que arqueei uma sobrancelha para ela. Seu cenho franziu, mais uma lambida em sua boquinha perfeita foi dada, e seus olhos desceram para onde meu quadril trabalhava arduamente em busca do meu próprio ápice. Provavelmente tentando vislumbrar o tamanho do meu pau. Assim que voltou sua atenção para o meu rosto, dei uma piscadinha e movi rapidamente, querendo gozar.

A garota deu um passo para frente, como se quisesse ter mais acesso ao que estávamos fazendo, ou antecipando o que aconteceria comigo a seguir. Aquilo me deixou ainda mais excitado. Nossos olhos se conectaram e ela não recuou nem por um momento. Comecei a mover mais rápido e intensamente. Já não era a garota em meus braços que eu fodia.

Não em minha mente.

Consegui imaginar os cabelos loiros da garota que me olhava, levemente ondulados nas pontas, grudando em seu pescoço e testa devido ao suor, seus lábios carnudos beijando os meus e seus gemidos ecoando, enquanto eu a fodia, e eu sussurrando obscenidades em seu ouvido decorado por um brinco de pequenas pérolas, combinando com o colar em seu pescoço, que pularia junto com o seus peitos perfeitamente redondos.

— Caralho! — murmurei, ao imaginá-la. Gemi ao finalmente gozar. Fechei meus olhos jogando minha cabeça para trás, apreciando a viagem do meu orgasmo.

— Uau, você foi demais, King!

A voz da garota, ainda pendurada em mim, soava mais do que satisfeita.

— Você também, gatinha — respondi, porém, sequer olhei para ela, mantinha minha atenção para a janela do quarto, enquanto a outra garota ia embora.

# UM
# JULIE

Exausta.

Foi assim que entrei em meu quarto no alojamento do Willson Residence Hall na Juilliard School. A melhor escola de artes performáticas do mundo. Estava suada, esgotada, dolorida...

Mas me sentindo a garota mais feliz do mundo.

Joguei-me no chão, porque não havia a mínima possibilidade de me deitar na cama, suada como eu estava. Meus lençóis estavam limpos, bem-arrumados e com um aromatizante de laranja que eu havia comprado. Respirei fundo e fechei meus olhos, procurando acalmar a adrenalina que ainda corria por todo o meu corpo. Dançar era simplesmente a melhor coisa que existia.

Não consegui desfrutar do silêncio por muito tempo. Sloan Chapman, minha companheira de quarto e, segundo ela, minha mais nova melhor amiga, abriu a porta e entrou como se fosse um trator.

– Eu deixei passar a primeira semana de aula. Você conseguiu me enrolar na segunda semana, mas não vou perdoar uma terceira vez – anunciou, andando até a sua cama e se jogando em cima dela. Estremeci com a cena. Ela estava tão suja e fedorenta quanto eu depois da aula prática de balé. – Nós vamos em uma festa hoje – desabafou, por fim.

– Sloan, pelo amor de Deus, eu sequer consigo andar depois da quantidade de *grand battement* que fiz hoje – reclamei.

Eu podia estar eufórica naquele momento, por estudar em Juilliard, entretanto não era fácil. O professor de balé clássico do primeiro ano era extremamente exigente, se colocasse um bigodinho nele, seria Hitler em um collant. Ele fez nossa turma praticar *grand battement* por quase três horas inteiras. Era um movimento vigoroso, com a perna reta, para frente, para o lado e para trás, enquanto nossos troncos ficam imóveis em uma postura ereta. É como um chute alto, porém com muita classe. Imagine fazer isso por cento e oitenta minutos...

Minha panturrilha estava ardendo como brasa e minhas pernas estavam chorando sangue. Nem todos os meus anos de balé me preparam para o ditador de saia tutu que era o meu professor.

— Ele é assim com os alunos do primeiro ano, se você seguir firme e não chorar nenhuma vez, começará a amolecer o coração — informou.

Sloan estava no segundo ano, geralmente não colocavam alunos de anos diferentes nos mesmos dormitórios, a política era para que pudéssemos conviver com nossos colegas diretamente, criar intimidade e transferi-la para o palco, contudo por uma questão de: *não temos mais quartos para você dividir com alguém do mesmo ano.* E pelo fato de bolsistas não terem muita escolha, acabei no mesmo quarto com ela.

Por mim, estava tudo bem.

Não importava, desde que eu pudesse dançar.

— Preciso de forças para levantar — choraminguei e estiquei meu braço para que ela me ajudasse.

Só então percebi que minhas sapatilhas ainda estavam penduradas em meu ombro direito. Com a mão esquerda, segurei as tiras e as joguei embaixo da cama.

— Só se você for à festa comigo — Sloan barganhou.

Sentei-me sozinha e, com força, me ergui, pronta para um banho.

— Tem fila no vestiário? — questionei, olhando ao redor, procurando minha toalha e roupão.

— Qual é, Julienne? Quase um mês que as aulas iniciaram e você só sabe dançar, estudar e dançar um pouco mais — reclamou, como se fosse realmente um absurdo eu estar colocando em prática o objetivo de estar ali.

Precisava me dedicar. Se não mostrasse esforço, meu subsídio de 68.968 dólares por ano ia para o brejo e adeus formatura como primeira bailarina. É uma das exigências de ser bolsista, boas notas, ou adeus.

— Sloan... — choraminguei, respirando fundo. — Você sabe que preciso me empenhar, sem a bolsa não tenho como pagar o valor total.

— Você é a porra da "menina dos olhos" de todos os professores aqui, tem bolsa integral com tudo pago, Julienne Beth Walker. Sua audição saiu no *The New York Times*. Não vai demorar muito e haverá um novo prédio com o seu nome nele.

— Você realmente deveria fazer artes dramáticas, Slow — brinquei, chamando-a pelo apelido.

— É a verdade, há anos a instituição não concede bolsa integral, pagando até a porra do seu absorvente. Você já é uma lenda, Julie.

— Bem, se você diz... Esse é só mais um motivo para eu me dedicar cem por cento.

— Você está no primeiro ano! — exclamou. Seu tom continuava implorativo. — Você está fazendo Colloquium. Pelo amor de Deus!

Juilliard Colloquium era a introdução ao mundo das artes. Os alunos do primeiro ano deviam estudar tudo. Drama, dança e música. Era realmente muito abrangente, todavia não era uma justificativa plausível.

— Slow... — foi a minha vez de retrucar o choro.

— É apenas uma fazenda em Jersey, o que mais pode acontecer lá? — insistiu.

Bem, seria capaz de dar uma lista de coisas que poderiam acontecer lá, mas guardei para mim. Sloan não parecia disposta a ouvir minhas advertências.

— Eu faço a sua lavanderia!

— Cara, você está muito desesperada — ri, finalmente pegando minha toalha e bolsa de higiene pessoal, mentalmente rezando para que o banheiro não estivesse cheio.

— A gente meio que fica assim quando perde todos os amigos de uma vez só.

Que vadia!

Parei na porta e me virei de volta para ela.

— Isso é golpe baixo, Sloan Chapman!

— Eu sei que é! Mas acha que quero mesmo ir para uma festa e ficar isolada de todo mundo? — questionou, tristemente. — Basta o fato de que tive que caçar festas longe da galera da dança para evitar olhar para todos *eles*... Eu já tenho que estudar com aqueles abutres, ter que confraternizar já é demais.

Ela tentou não transparecer, mas eu podia ouvir no tom da sua voz a angústia. Três semanas. Aquele era todo o tempo que eu conhecia minha colega de quarto, porém o desespero dela para fazer amizade e não se sentir sozinha, junto com a minha vontade de me encaixar naquele lugar, nos levou a um nível alto de cumplicidade muito cedo.

— Só não aguento mais ficar enclausurada aqui nos finais de semana, Julie — murmurou, fitando-me tristemente.

Só consegui sentir pena da menina em minha frente. Nunca julguei Sloan quando soube o que tinha ocorrido, primeiro porque não era meu lugar julgá-la, segundo porque, obviamente, ela foi a vítima. Havia se envolvido com um dos professores de Juilliard romanticamente, apaixonou-se pelo cara e, quando tudo veio à tona, as consequências foram ruins apenas para ela. Slow virou a piranha destruidora de carreiras, o professor não foi demitido, seu ato caiu no esquecimento e ela continuava tendo de encará-lo por aí.

Eu só podia apoiá-la e estar lá por ela, ao contrário de muitos que simplesmente deram as costas, como esperava que ela estivesse para mim, se um dia eu precisasse.

— Tudo bem, Slow! — cedi. — Vou tomar um banho, um relaxante muscular e vamos nessa porcaria de festa. — Uma exclamação de alegria saiu dela, mas lembrei-lhe de um pequeno detalhe: — Você me deve dois meses de lavanderia.

— Ei...

— Isso é por usar a carta na manga da *pobre menina que sofre bullying* comigo — disse, deixando o quarto em direção ao banheiro.

Andei pelo longo corredor do décimo andar, satisfeita por não me sentir perdida como aconteceu nos primeiros dias de aula. A sensação era de que eu nunca conseguiria encontrar nada e sempre estaria atrasada para tudo.

Não queria decepcionar. Não podia.

Entrei no banheiro e fiquei satisfeita em ver que havia apenas mais uma menina tomando banho, coloquei minha bolsa sobre a pia e tirei o sabonete líquido, xampu, condicionador e os deixei ao lado, esperando minha vez. Em seguida, olhei-me no espelho e suspirei alto, enquanto me preparava psicologicamente para tirar a quantidade infinita de grampos do meu cabelo e desfazer o coque apertado e perfeito que usava.

Sloan já tinha me dito que não havia necessidade de eu estar com o cabelo sempre impecável para as aulas, porém aprendi com minha mãe o contrário.

"Eles precisam ver o quão preparada você está para o estrelato, querida."

Era o que ela sempre me dizia. Se eu ligasse para ela, naquele exato momento, ouviria aquelas palavras. Com toda a certeza.

Enquanto desfazia o penteado clássico de balé, analisei meu rosto no espelho. Desde pequena ouvia sobre o quanto eu era bela, a pele delicada como pêssego, os olhos nem tão verdes e nem tão azuis, como ilhas caribenhas. Nariz e lábios simétricos, bochechas levemente rosadas e os cabelos loiros, nem escuro e nem claros. O tom perfeito.

Perfeita.

Meus pais diziam isso de mim. Entretanto cada um à sua maneira. Minha mãe falava como se eu fosse a perfeição do mundo dela, superficial, o mundo das misses, dos flashes e do vazio. Já para o papai, eu era perfeita como filha.

Se tivesse que escolher qual das duas *perfeições* eu mais gostava, escolheria a do meu pai. Uma pena que já não podia mais ser.

Para a felicidade da minha mãe, eu amava o balé e não me importava em me dedicar para ter o corpo perfeito e me comportar como uma "boa menina", amava dançar e faria qualquer sacrifício para viver com minhas sapatilhas nos pés.

Tentando evitar a melancolia dos pensamentos, tirei minhas roupas, peguei os produtos de higiene e pulei no chuveiro quente assim que a outra moça saiu. Não tinha a mínima ideia do que se tratava a tal festa que Sloan queria tanto ir, mas ia me esforçar para me divertir com ela. Como uma boa amiga deveria fazer.

Meus pés estavam doloridos, por isso optei por uma botinha de sola baixa. Era de camurça preta e me manteria aquecida. Coloquei um par de jeans e um suéter leve e cor-de-rosa. Acreditando que conforto seria o *look* ideal para aquele tipo de festa. Prendi meus cabelos em um rabo de cavalo, uma vez que, para ficarem perfeitos, eu precisaria secá-los com um secador e eu estava com preguiça. Coloquei meu conjunto de pérolas falsas e uma leve maquiagem.

Sloan voltou para o quarto após o banho, no exato momento em que arrumava minha bolsa com documentos, telefone e algum dinheiro.

— Você vai vestida assim? — Seu tom de voz não deixava dúvida. Achava que eu não estava com roupas apropriadas.

— Vou e não trocarei — afirmei, sem deixar espaço para discussão.

Não havia absolutamente nada de errado com a minha roupa. Havia?

— Tanto faz, Troy Goosey vai nos levar até Jersey, paguei a ele cem dólares para isso, a gente se vira para voltar.

Péssima ideia.

Antes que conseguisse contestá-la, já estava me carregando para fora do nosso quarto.

Durante a viagem, Sloan falou sem parar com Troy, sobre os professores, a escola, alguns outros colegas e a comida. Eu me desliguei, coloquei meus fones e abri o Spotify, cliquei na minha *playlist* de músicas antigas e tentei relaxar.

*Fortunate son* de Creedence começou a tocar e, imediatamente, fechei meus olhos lembrando que era uma das músicas favoritas do papai.

Sorri e comecei a sussurrar a letra junto. Foi mais de uma hora me isolando do mundo, apenas me perdendo nas boas memórias.

Quando o carro parou, tirei os fones e desci olhando em volta. Sloan não estava brincando quando disse que a festa era reclusa. De repente, um barulho de tiro cruzou o ar, fazendo-me pular de susto, ia perguntar para minha amiga onde estávamos quando o coro de vozes gritando um nome me fez parar e prestar atenção.

— King! King! King!

Ao longe, eu conseguia ver a nuvem de poeira subindo, contrastando com o pôr do sol, enquanto ouvia barulho de pneus cantando e motores sendo forçados em sua potência.

— Sloan — chamei, pegando o seu braço. — Onde estamos, exatamente?

— Farm's Creek...

— E o que é feito aqui? — questionei, temendo a sua resposta.

— Diversão...

Ela deu de ombros e dispensou Trey, me puxando em seguida para irmos em direção à multidão.

— Estamos perdendo a corrida principal, merda! Vem, Julie!

Corremos para a multidão eufórica gritando aquele nome e, assim que chegamos, um carro de corrida azul-metálico ultrapassou a linha de chegada e freou, derrapando em seguida. A poeira foi levantada, enquanto todos gritavam, animados, e passavam dinheiro de uma mão para outra.

*Sloan me trouxe para uma corrida clandestina?*

*Jesus, onde fui me enfiar?*

Olhei novamente para a pista e assisti o piloto do carro sair e levantar os braços para as pessoas que gritavam seu nome sem parar. Estava sem camisa, mas vestia uma jaqueta de couro e usava óculos de sol. Ele girou, como se cumprimentasse todos que estavam ali. Seus cabelos eram de um tom escuro de loiro. Mel? Talvez. Eram selvagens, completamente bagunçados. Ele começou a andar na direção em que estávamos, então pude vê-lo melhor ainda, o sorriso era aberto, largo...

bonito, com uma covinha sexy em uma das bochechas, não pude ver a cor dos olhos, mas seu peito e abdômen estavam de fora e caramba! O cara era gato.

Ele passou direto por nós com uma multidão de pessoas seguindo-o. Não muito atrás, outro rapaz subiu na traseira de uma Picape, colocou suas mãos na boca e gritou:

— Hora da festa, vadias!

Todos em volta gritaram e se espalharam em grupos, vários garotos correram em direção a uma montanha de madeiras empilhadas e começaram a jogar gasolina em cima, certamente para iniciar uma fogueira.

A música alta começou a tocar, era um hip-hop antigo, e garotas de saias curtas e blusas decotadas iniciaram suas danças sensuais. O cara que tinha acabado de gritar que a festa havia começado pulou da caminhonete gigantesca e abriu a traseira dela, mostrando tonéis de cerveja deitados ali, outros rapazes se aproximaram e o ajudaram a retirar do automóvel.

— Com licença, queridas — solicitou um rapaz segurando o barril, para que Slow e eu saíssemos da frente, porém seus olhos estavam apenas nela.

Sloan sorriu e bateu os cílios descaradamente flertando com o rapaz que devolveu o flerte, analisando-a dos pés à cabeça. Ambos eram bonitos. Combinavam.

Slow tinha os cabelos castanhos, grossos e pesados, lisos demais. Era um problema para coques clássicos, mas certamente chamavam a atenção quando estavam soltos. Seu corpo era magro e atlético, mas curvilíneo. Quando minha companheira de quarto colocava as roupas certas, era de parar o trânsito. O cara que a analisava com desejo era bonito também. Muito. Seus cabelos eram raspados e usava alargadores nas orelhas.

O tipo perfeito de Sloan.

— Sou Milan —apresentou-se para Slow.

— Mais tarde eu conto meu nome — ela respondeu e me puxou para longe dele.

Olhei para trás e vi o garoto nos assistindo ir embora com um sorriso.

– Sloan, ele queria ficar com você... – comentei, confusa, ela parecia querer ficar com ele também.

– Ele sempre quer, Julie.

Suspirou.

– Vocês se conhecem? – questionei, seguindo Sloan em direção à casa da fazenda, que já estava lotada de gente.

Olhei em volta e percebi que o sol estava se pondo rapidamente. O céu já adquiria um tom de azul muito mais escuro.

– Sim, aquele é o Milan, melhor amigo do King. Mas ele nunca sabe o meu nome.

– King? O corredor?

Ela continuava me puxando pela mão.

– Ele mesmo. Minha fonte de dinheiro extra. Apostei nele esta noite.

Travei os pés no chão e puxei a minha mão de volta.

– Espera! Todo aquele papo de menina sem amigos... Você fez tudo aquilo para me convencer?

– De que outra forma você viria? – indagou, como se fosse absolutamente normal. Ela devia ter percebido a fúria em minha face, pois tentou se explicar. – Qual é, você precisa se divertir, eu preciso de parceiros de diversão.

– Você me enrolou!

– Não completamente. – Deu um suspiro e se aproximou de mim. – Olha, eu realmente não tenho mais amigos e gosto de vir para cá porque as pessoas estão aqui para se divertir e não para fofocar mentiras a meu respeito.

Analisei seu rosto por um longo tempo e não consegui encontrar falsidade ali, mesmo que ela tenha me enganado para ir à festa, entendia o motivo para fazer aquilo.

Revirei os olhos e sorri.

— Você ainda vai lavar as minhas roupas.

— Vou dobrá-las e separá-las por cor.

Enganchou seu braço em meu pescoço e me levou em direção a casa.

O local não parecia abandonado. Aliás, nada naquela fazenda parecia. Fomos até a cozinha para nos servimos de algo, Slow pegou cerveja para nós e eu só aceitei porque, aparentemente, refrigerante era proibido e água era apenas na piscina ou na descarga. Nunca para beber. Não naquela festa.

Sentamos no sofá e Slow me contou o propósito daquele lugar.

Nos finais de semana o local era alugado para realizar as corridas, a festa era uma consequência, mas as pessoas realmente iam lá para fazer dinheiro. Obviamente rolava drogas, sexo, às vezes algumas brigas, porém, no geral, todos estavam ali para se divertir.

— Então, gatinhas... estão se divertindo? — perguntou Milan, o cara de cabeça raspada. Seus olhos estavam famintos em cima de Sloan. — O que acha de me dizer seu nome hoje?

Sloan o encarou, depois piscou para mim, me fazendo entender que era para eu dar o fora dali. Foi o que fiz.

— Vou dar uma volta — anunciei, mas nenhum dos dois realmente deu a mínima.

Comecei a andar em volta, até que peguei o caminho dos corredores. Decidida a encontrar um banheiro para fugir do barulho e do cheiro de erva no ar, escolhi a primeira porta que vi.

Estava escuro, mas definitivamente não era um banheiro. E sim um quarto. Estava vazio, entretanto a cama estava revirada, o que significava que alguém ou "alguéns" já esteve ali. Tranquei a porta para que ninguém entrasse e decidi que ficaria um tempo sozinha. Peguei meu telefone, sentei na pontinha da cama e fiquei mexendo em minhas redes sociais.

Não sei muito bem quanto tempo se passou – bastante, eu diria –, quando comecei a ouvir gemidos. Eram tão altos que olhei em volta para ter certeza de que não estava vindo de algum canto dentro do quarto.

Então ouvi novamente:

– Sim, King! Me fode com força! Isso!

Tinha alguém transando do lado de fora? Olhei em direção à janela e, apesar da escuridão, era possível ver as árvores e a movimentação das pessoas passando próximas da casa.

– Gosta disso, gatinha?

O homem perguntou com a voz dura, respirando com dificuldade. Sem pensar uma segunda vez no que estava prestes a fazer, deixei a curiosidade vencer e caminhei até a janela.

– Oh, Deus! Você é tão gostoso, King!

Caramba! Era o tal do King. O bonitão que venceu a corrida. Andei mais rápido ainda, curiosa para vê-los. Só não imaginava que estivessem tão próximos. A garota escandalosa estava com as pernas em volta da cintura de King e costas coladas ao lado da janela, sendo sustentada no ar pelos braços fortes dele. Sua cabeça estava jogada para trás, enquanto uma de suas mãos acariciava a cabeça dele.

Contorci-me, sentindo meu corpo esquentar ao imaginar a boca dele sugando os meus mamilos, como fazia com a moça. Meu sexo começou a pulsar e, imediatamente, tive de suprimir a vontade de me tocar vendo a garota saltando, enquanto King invadia seu corpo com golpes duros.

Lambi meus próprios lábios e perdi o foco, apenas assistindo a cena, seus corpos subindo e descendo. Dei mais um passo para frente, assistindo a selvageria de transar com a iminência de serem vistos. Caramba! Devia ser uma delícia.

– Mais forte, King!

A garota berrou e meu ponto mais sensível lamentou, implorou por uma das minhas mãos novamente.

Foi quando percebi que fui pega.

King olhava-me diretamente nos olhos com uma sobrancelha levantada, sem nenhum pudor, sem quebrar o seu ritmo. Eu deveria ter saído dali, morta de vergonha e implorar para Sloan que fôssemos embora. Contudo só consegui lamber meus lábios mais uma vez, sentindo-me molhada, queria continuar assistindo aos dois se divertirem. Ele piscou para mim, de uma forma canalha, pervertida e sexy. Muito sexy.

Admirei os músculos contraídos e inflados com a força usada para segurar a moça, as veias saltadas e o leve suor brilhando em sua pele, tentei vislumbrar o tamanho do seu membro, mas sem sucesso e, quando voltei a olhar para ele, ainda me encarava, como se dissesse: *Aproveite o show!* O que me fez dar mais um passo e quase colocar meu nariz no vidro. Enquanto via em seu rosto o orgasmo crescendo, misturando sua expressão entre lamento e braveza. Meus seios pareciam inchados e os mamilos roçavam no sutiã à medida que meu tórax subia e descia com a respiração ofegante. Senti a saliva enchendo a minha boca, ao passo que minha feminilidade ficava ainda mais úmida.

Queria tanto me tocar.

Gozar junto com ele.

– Caralho!

King finalmente anunciou que estava gozando. Jogou sua cabeça para trás e soltou um gemido másculo, quase primitivo. Contraindo os músculos e espasmando em cada estocada. Mordi meu lábio inferior para não gemer alto também e, finalmente, acordei do transe excitada quando ouvi a garota falando o quanto ele era demais. Pisquei algumas vezes e, por fim, me permiti pensar no que fiz. Invadi a privacidade dos dois. E isso parecia errado.

Mas gostei de cada segundo.

A confusão mental me deixou envergonhada, saí do quarto rapidamente, procurando Sloan, queria pedir para sairmos dali o mais rápido possível.

# DOIS
## JULIE

No momento em que encontrei Sloan, percebi que não sairia daquela fazenda tão cedo. Os dois estavam atracados, aos beijos, como se fossem um só.

*Acho que ela finalmente deu seu nome para o Milan.*

Frustrada por não poder dar o fora daquele lugar, procurei um local para que pudesse me esconder de King, o rei das corridas. Pelo jeito que ele fez aquela menina gritar e conseguiu me deixar excitada sem ao menos me tocar, pode ser considerado o rei do sexo também. Constatei que no meio de tanta gente dançando, bebendo e jogando *beer pong*, dificilmente ele me encontraria.

— Ei, princesa xereta!

Eu não poderia estar mais enganada.

Mantive-me de costas para ele, fechei meus olhos e tentei alguma oração aleatória para que ele sumisse dali.

— Não vai virar para falar comigo?

*Não, não funcionou. Ele continuava lá.*

*Fuja, Julienne!*

Comecei a andar na direção contrária, ainda de costas para ele. Realmente não sabia o que estava passando na minha cabeça, se ele estava falando comigo, não ia simplesmente me deixar ir. E claro que, daquela vez, eu estava certa.

King caminhou rapidamente, passando por mim e postando-se em minha frente, fazendo com que eu freasse os pés. Quase dando de cara com o seu peito.

*Pelo menos, agora ele estava usando uma camiseta.*

Subi meu olhar para finalmente encará-lo.

Dei um passo para trás, mantendo alguma distância e cruzei os braços, não sabendo exatamente como me defender. Seus olhos eram intensos, embora zombeteiros, enquanto me encaravam. Um sorriso ensaiava escapar pelos seus lábios, era torto, e ele parecia forçá-lo para seduzir. E, pela forma que eu estava me sentindo, King teve êxito.

— Qual é o seu nome?

Cristo! Por que a voz dele me dava tantos arrepios? Abri a boca para dizer meu nome, mas a fechei. E se ele espalhasse o que eu fiz? Sabendo o meu nome seria muito mais fácil para as pessoas me identificarem.

*Droga, Julie! Por que você deu uma de pervertida e ficou espiando o cara?*

— Ei, Jack! — Ele levantou a mão e olhou de relance para alguém atrás de mim, estava chamando o cara. Jack apareceu ao nosso lado com dois copos de plástico vermelhos e entregou para King. — Valeu, cara!

King agradeceu e ofereceu um dos copos para mim.

— Estou bem, obrigada.

Jamais aceitaria bebida de um estranho, especialmente um estranho que transava com garotas ao ar livre.

*Preciso esquecer-me dessa cena.*

— Não bebe cerveja? — questionou, analisando meu rosto e corpo.

Eu não vestia nada revelador, aliás, parecia um peixe fora d'água naquele lugar.

— Não bebo nada que venha de estranhos.

— Garota esperta — elogiou, levantando um dos copos e bebendo um gole longo, depois levantou o outro copo e bebeu também, mostrando-me que o conteúdo era inofensivo.

— Obrigada, ainda assim, não quero.

— E me dizer o seu nome? Você quer?

Sua sobrancelha se arqueou e fez com que eu me contorcesse. Por que ele tinha de ser tão sexy?

— Não, realmente.

— Se você não me disser, vou ser obrigado a te dar um nome. — Olhou para cima como se estivesse pensando. — Estou entre anjinho xereta e princesa do voyeurismo.

Levou a boca ao copo, bebeu o restante do líquido e, em seguida, mordeu a borda do copo, ainda me analisando.

— Olha, me desculpe pelo que fiz. Obviamente foi errado. — Iniciei, me felicitando por não gaguejar e piorar ainda mais a minha situação. — Eu não devia ter feito aquilo. Sinto muito se te ofendi.

Pronto, aquilo bastaria.

— Me ofendeu?

Deu um passo para frente e se inclinou para que seu rosto ficasse no nível do meu.

Caramba! Meu corpo todo reagiu à montanha de testosterona e libido que era King. Nunca havia sentido uma atração tão forte por um cara, era um arrepio quente, voltas no estômago, sexo se contraindo entre as minhas coxas. Pernas fracas.

Sou uma bailarina! A última coisa que deveria fraquejar em mim eram as minhas pernas.

— Princesa, você contribuiu para um puta orgasmo. Jamais ficaria ofendido com isso. — Suas palavras foram ditas, enquanto ele se aproximava mais e mais de mim, deixando claro que seu objetivo era me beijar.

Seus olhos, profundamente negros, miraram meus lábios, perdi o fôlego, querendo sentir sua boca mais do que nunca. Entretanto lembrei-me de que, provavelmente, seu gosto estava alterado pela boca suja da *gatinha* que ele havia acabado de comer contra a parede.

Dei um passo para trás, evitando que algo pior do que um beijo acontecesse. Foi difícil, no entanto, tudo nele tinha apelo para mim, dos seus cabelos a sua roupa, do seu rosto bonito e sexy ao seu corpo musculoso. Mesmo o cheiro de cerveja exalando, escapando dos seus lábios me fazia querê-lo. Porém eu era uma romântica, já havia beijado outros garotos, é claro, beijar por beijar. Mas nenhum deles me fez querer me masturbar, enquanto os assistia transar em público.

Nenhum deles fazia o meu corpo parecer que não pertencesse a mim.

Aquilo me apavorou.

Com um sorriso sacana, King se ergueu novamente e bebeu mais um gole de cerveja do outro copo.

— Desculpe, pensei que você quisesse...

— Não quero — corrigi rapidamente, tensa.

— Pareceu o contrário, antes. Parecia que você queria exatamente o que a outra garota estava recebendo.

E ele estava absolutamente certo. Um desejo latente e assolador me bateu no momento em que coloquei os olhos neles, mas de jeito nenhum eu assumiria.

— Bem, você está errado! — disse, dei as costas para ele e comecei a andar, distanciando-me, entretanto não fui muito longe.

— De verdade? Você está com cara de quem quer ser fodida contra a parede.

Não sei o motivo de ter me sentindo tão ofendida com a forma grosseira que ele falou comigo, pois era a verdade. Eu só não queria encarar o fato de que talvez eu não quisesse simplesmente ser a mocinha que perderia a virgindade com o seu príncipe encantado, e sim queria ser, como King grosseiramente colocou, fodida contra a parede. Suas palavras acertaram um nervo. Então, simplesmente parei, dei meia-volta, caminhei até ele, peguei o copo de sua mão e joguei a cerveja em seu belo rosto.

Ouvi alguns suspiros a nossa volta e encarei King com determinação.

— Você não me conhece — falei entredentes.

Dei as costas para ele e andei para longe.

Tudo o que consegui ouvir foi a sua risada.

O canalha riu!

Com o passar da noite, fui ficando cada vez mais agoniada. Estava sozinha, bebericando a mesma cerveja havia horas e repassando mentalmente, várias vezes, o que tinha acontecido mais cedo. Deixei meus olhos focarem-se na enorme fogueira e encontrei um tonel de lata deitado no chão para me sentar. Lá fiquei. Algumas vezes, quando olhava em volta, via King me observando.

Ele não parecia bravo, e sim intrigado comigo.

A garota com quem ele tinha transado mais cedo ficou a noite toda pendurada em seu pescoço e parecia uma jiboia enroscada. Eu sentia coisas controversas. Não estava acostumada com essas situações, muito menos com aquele mundo promíscuo.

Não era uma obtusa total, mas quando se tratava de sexo, outras garotas da minha idade estavam à minha frente. A *gatinha* dele, então, estava a milênios. Mesmo na escola, minhas amigas diziam que eu precisava relaxar mais, namorar, me divertir e bem... transar. Eu só queria saber do balé. Precisava ser a melhor para que Juilliard me quisesse, pagasse a minha bolsa integral e realizasse o meu sonho. Ser a primeira bailarina de uma das maiores escolas de artes do mundo.

Garotos e sexo não eram prioridade e nem necessidade. Porém, ao ver King, algo em mim mudou e quanto mais eu analisava o que havia acontecido entre nós, todo o voyeurismo e troca de palavras, mais nervosa ficava. Sloan continuava em algum canto com Milan, provavelmente transando também. Olhando em volta, para todas aquelas pessoas, só me senti sozinha, deslocada e o pior... Querendo me encaixar de alguma forma. A sensação era horrível. Quem ficava vasculhando redes sociais em uma festa?

Aparentemente eu.

— O lugar está vago?

Olhei para cima e vi um rapaz loiro com a jaqueta da Universidade de Nova Iorque. Ele era forte, tinha traços bonitos, mas nada comparado a King.

*Por que estou comparando os dois?*

— Claro — respondi, ansiosa para ter com quem conversar.

Cheguei um pouco mais para o lado no tonel e o rapaz sentou-se junto a mim.

— Kurt.

Estendeu sua mão para mim e a pegou com firmeza.

— Julie.

Sorri, em seguida soltamos nossas mãos.

— O que uma garota tão bonita faz sozinha em uma festa, Julie? — questionou, mostrando o seu interesse imediatamente.

— Minha amiga está se divertindo com um cara por aí. — Dei de ombros.

— E você, quer se divertir com um cara?

Meus olhos procuraram por King imediatamente. A garota continuava grudada nele, que tinha sua mão na bunda dela e sorria, enquanto conversava com todo mundo.

— Talvez — respondi, tentando algum tom de flerte.

Sequer sabia se era boa naquilo. Contudo uma necessidade estranha começou a surgir em mim.

Kurt sorriu largamente e iniciamos uma longa conversa. Ou ele iniciou um grande monólogo. Embora fosse bonito e atraente, o ego de Kurt precisaria de um caixão só para ele no dia que aquele cara morresse. Tudo bem, ao menos eu não estava mais sozinha na festa.

— Caramba, você é tão linda, Julie — Kurt elogiou por fim, olhando-me diretamente de forma morna e gentil.

Só não sabia que eram fingidos também.

— Quer dar uma caminhada? — perguntou, rapidamente se levantando e estendendo a mão para mim.

Ponderei por um segundo, dei mais uma rápida olhada na direção de King, sabe-se lá Deus o porquê, e percebi que ele continuava com a garota em volta dele. Sentindo-me ridícula por me incomodar com a visão dos dois, peguei a mão de Kurt e aceitei o convite.

Andamos em direção ao estacionamento de carros, havia algumas pessoas por lá, mas estava mais deserto do que a fogueira ou a casa principal da fazenda. Kurt não demorou muito para mostrar sua verdadeira face.

— Esse é o meu.

Apontou para uma camionete branca.

— Legal — disse, sem demonstrar entusiasmo.

Eu não conhecia nada de carros, mas podia ver que o veículo era novo, reluzente e caro.

— Quer entrar?

Ele pegou o meu braço com um aperto delicado e me virou até que eu ficasse encostada na Picape. Colocou um braço de cada lado da minha cabeça e se apoiou ali, com seu rosto bem próximo ao meu. De repente, sua atitude já não era mais tão educada e sutil.

— Talvez outro dia... — respondi, tentando me livrar da sua investida.

Kurt era bonito, entretanto, se quisesse me beijar, poderia ter feito aquilo na fogueira. Uma sirene vermelha começava a piscar em minha mente.

— Qual é? Você não está a fim? — indagou, já aproximando seus lábios dos meus e beijando minha boca rapidamente, com grosseria.

Virei meu rosto para o lado e o empurrei para que saísse de perto de mim.

— Saia, Kurt! — ordenei, com uma exclamação mais alta, para que ele percebesse que eu não estava brincando.

Mas ele era forte e sequer se moveu, tentei escorregar para o lado, porém suas mãos me impediram.

— Me solta! — gritei e empurrei seu tórax.

Ele apertou meus braços, mais forte, colocando sua perna no meio das minhas, de maneira que não conseguisse fugir dali.

— Relaxa. Você vai gostar — riu, quase como um sussurro diabólico.

Com uma das mãos tentou abrir a porta da caminhonete.

— Vai ser uma brincadeira, gatinha...

Estava prestes a ser jogada dentro do veículo, desesperada por não ter forças para lutar contra ele, ou conseguir usar meu joelho para lhe acertar as bolas.

— Posso brincar também? — A voz grossa e ameaçadora veio de trás de Kurt, que soltou meus braços e se virou.

Foi quando vimos King. Ele ergueu seu antebraço direito, puxou o punho para trás e jogou o soco para frente com toda força no meio da cara de Kurt, acertando em cheio o nariz. Foi como ver um castelo de areia desmoronar com um balde de água em cima. O cara caiu entre King e eu como um saco qualquer, completamente desacordado e com o nariz sangrando.

Levei as mãos ao rosto e arregalei os olhos para aquela cena. Nunca presenciei algo assim antes, bem diante dos meus olhos.

— Você está bem? — King perguntou.

Olhei para ele e vi genuína preocupação ali.

Assenti, entretanto, quando comecei a perceber no que poderia ter acontecido se ele não tivesse chegado, senti minhas pernas amolecerem.

King foi rápido em perceber e me segurou, evitando que eu caísse.

Olhei para cima e engoli em seco.

— Venha — ordenou, me ajudando a andar em direção à casa principal.

Andei praticamente apoiada nele pelos corredores até que ele abriu uma porta, acendeu a luz e entrou. Era um pequeno escritório. Quando já estávamos lá dentro, ele trancou a porta, deixando-me nervosa novamente.

— É só para ninguém entrar aqui — avisou, percebendo o meu pânico.

Assenti vagarosamente, mas ainda desconfiada.

— Vai ficar bem? Vou sair por dois segundos e volto.

Seu semblante realmente parecia preocupado ao olhar para mim, a arrogância e o sorriso cínico não pareciam habitar sua face naquele momento. Assenti, sentando no pequeno sofá de couro que compunha a decoração do escritório, tentando relaxar.

King abriu a porta, tirou a chave, saiu e, quando fechou a porta, percebi que havia me trancado ali dentro. Não me deu muito tempo para entrar em pânico com a situação. Rapidamente ele estava de volta com um pacote de salgadinhos e uma garrafa de Coca-Cola. Aparentemente, refrigerante não era tão proibido assim, bastava ter os contatos certos.

— Foi tudo o que encontrei.

Estendeu as coisas para mim e meu primeiro instinto foi negá-las, batata frita industrializada e Coca-Cola? Quando foi a última vez que ingeri aquelas porcarias?

Todavia King estava tentando ser legal. Peguei os itens de suas mãos.

— Obrigada.

— Posso saber o seu nome agora? — perguntou, apoiando a perna na mesa do escritório.

— Julienne.

— *Julienne* — repetiu ele, fazendo meu corpo todo estremecer.

Bebi a Coca-Cola e fechei os olhos com força, enquanto sentia o gosto forte da bebida açucarada, tentando não pensar em quantas calorias estava ingerindo.

— Está sozinha?

— Estou com uma amiga.

— Bem, e onde ela está?

— Com o seu amigo, na verdade — respondi, colocando a bebida de lado e ignorando o salgadinho.

Não queria comer.

— Que amigo?

— O Milan.

King deu uma risadinha em reconhecimento, mas não disse mais nada.

— Obrigada por ter me ajudado, eu não deveria...

— O cara é um babaca, ele quem *não deveria* nada! — King resmungou, parecendo realmente bravo.

Mas não parecia ser só com Kurt, ele parecia estar zangado comigo também, pelo menos era o que eu pensava.

— E se ele acordar e voltar? — Preocupei-me.

— Ele não vai fazer isso, não é louco, não depois de ter mostrado sua intenção e levado um soco. Duvido que esse abusador de merda apareça por aqui novamente. Com certeza vai fugir quando acordar. — Gesticulou, irritado.

Olhamo-nos por longos segundos, analisando os rostos um do outro. Não sabia se ele havia percebido aquilo, mas algo se passava entre nós naquele momento, fazia com que o meu corpo todo formigasse.

— Qual é o seu nome? — perguntei, acabando com o nosso silêncio.

— King.

— Sério? — Ri, sem graça. — Esse, no máximo, é seu apelido, talvez sobrenome.

— É, os dois.

Ele se moveu e retirou a jaqueta de couro, deixando-a sobre a mesa.

— E o seu nome? Qual é? Não o apelido...

— Você demorou mais do que isso para me dizer o seu, princesa.

Ele piscou e sorriu. Aos poucos o seu cinismo voltava.

Bufei e olhei pela janela, me perguntando quantas horas faltavam para aquela noite terminar.

— É Patrick. Meu nome é Patrick.

Seus olhos pareciam suaves enquanto nos olhávamos, de repente, ele piscou e se levantou indo até a porta.

— Quer dar uma volta? Não precisa se preocupar, o cara não vai mais estar aqui, acredite.

— Depois de tudo isso, não estou com humor. Prefiro ficar aqui, mexendo no celular e curtindo minha Coca-Cola — ironizei.

— Por mim, tudo bem. Você pode ficar aqui até amanhã. Farei com que o Milan traga a sua amiga até você.

— Obrigada — murmurei, sentindo-me um pouco decepcionada, então me lembrei. Ele tinha me ajudado, mesmo depois de eu ter jogado bebida na sua cara. — E me desculpe também.

Ele me olhou e ergueu uma sobrancelha.

— Pelo que, exatamente, por me espiar, jogar cerveja na minha cara ou não saber realmente julgar o cara mal só porque ele usa uma jaqueta de universidade?

Aquilo ferveu o meu sangue. Levantei-me do sofá e me aproximei com raiva.

– Estava falando de ter jogado bebida no seu rosto! Mas você acabou de me lembrar o motivo pelo qual eu fiz isso. Você é um babaca! Eu não deveria ter que saber quem é bom ou ruim...

– Eu concordo! Concordo totalmente com você, princesa — debochou. – Só que você rejeitou a minha bebida e colocou uma distância entre nós porque eu sou a imagem do errado para você. Mas o senhor certinho e cabelinho penteado era a pessoa confiável para andar no estacionamento. O problema não foi você ter ido, o problema foi que você, com o seu colarzinho de pérolas e suéter cor de Barbie, me julgou.

Olhei assustada para King. Ele estava certo!

– Desculpa... – sussurrei.

– Droga! – exclamou ele, frustrado.

Olhei em seus olhos e ele parecia querer dizer mais alguma coisa, mas não disse. Simplesmente abriu a porta e saiu.

# TRÊS
## JULIE

— Pare de me olhar, Srta. Walker, concentre-se no exercício — Lana Stein, professora de dramaturgia, ordenou enquanto batia suas baquetas uma na outra para que nos movêssemos no ritmo exigido.

Durante toda a semana, foi praticamente impossível me concentrar. Tudo o que eu pensava era naquela maldita festa.

*Fiquei no escritório a noite toda, mexi no celular, cochilei em alguns momentos e reencontrei Sloan apenas na manhã seguinte. Ela bateu na porta de maneira, desesperada, e quando abri, vi três pares de olhos me encarando. Ela, Milan e King.*

*— Desculpa, amiga! — exclamou, arrependida.*

*Minha vontade era de descontar toda a minha frustração nela, porém estava tão cansada que só queria ir embora.*

*— Podemos ir? — foi só o que questionei.*

*Evitei os olhares de King sobre mim, não queria ver qual era a reação dele diante da minha evidente insatisfação sobre tudo aquilo.*

*— Sim, Milan vai nos levar embora.*

*Olhei para o acompanhante de Sloan por alguns segundos, antes de passar por eles na porta.*

*— Tanto faz.*

*Caminhei pelo corredor. Enquanto atravessava a sala de estar, encontrei um monte de pessoas espalhadas, alguns ainda acordados bebendo e conversando, outros se beijando como se estivessem sozinhos no ambiente. Mas a maioria já estava desmaiada.*

*Esperei do lado de fora. Quando os três me alcançaram, King desejou "bom dia" a Sloan e abraçou Milan. Sem sequer me olhar, foi em direção ao seu carro estacionado estrategicamente em frente à casa. Assim que entrou, ele o ligou e acelerou, o barulho do motor era quase ensurdecedor.*

*Eu mal podia enxergá-lo dentro do carro por causa do insulfilm, entretanto, de alguma forma, tinha certeza de que ele estava olhando para mim. Encarando-me lá de dentro. Meu estúpido corpo se contorceu involuntariamente de novo, lembrando de tudo que tinha acontecido entre nós naquela noite. De como o vi saindo daquele carro, vestindo apenas sua jaqueta e jeans. Depois, quando ele estava transando furiosamente com outra, contra a parede. Salvando-me de ser abusada em um estacionamento vazio. E, finalmente, muito indignado comigo antes de me deixar sozinha no escritório.*

*Outra acelerada forte foi dada, como se ele estivesse falando comigo, dizendo-me que tinha percebido meu interesse, quando começou a manobrar o carro, ele abaixou o vidro e me olhou seriamente. Embora suas palavras soassem cheias de sarcasmo.*

*— Prazer em conhecê-la, princesa.*

*Piscou, galante.*

*Sequer tive tempo de pensar em uma resposta. King acelerou e partiu.*

*Uma parte minha ficou decepcionada com o fato de que, provavelmente, nunca mais o veria.*

*Muito decepcionada.*

— Muito bem, parem! — a professora ordenou e gesticulou para que nos sentássemos no palco. — Todos em círculo. Fechem os olhos e deixem a mente de vocês os guiarem para onde quiserem, relaxem e se permitam sentir tudo.

Eu sabia exatamente aonde a minha mente me levaria, e estava cansada de pensar nele mesmo sem querer, imagine então se eu deixasse minha cabeça comandar. Fiquei nervosa com o exercício, mas era uma boa aluna, obediente. Logo, fiz exatamente o que a Sra. Stein havia solicitado.

Pensei nele, na visão de seu corpo espasmando enquanto gozava. Na expressão brava do orgasmo, na piscada que me deu... em tudo, em cada detalhe.

Imaginei ser eu aquela que tinha o corpo sendo invadido por ele repetidas vezes, enquanto seus lábios sugavam os meus mamilos com força.

Jesus!

— Agora abram os olhos...

Fomos orientados novamente. E quando abri e olhei em direção à coxia, eu o vi ... quase em câmera lenta, passando entre as cortinas, em direção aos bastidores.

Pisquei com vontade e balancei a cabeça para afastar a visão, me odiei por ter deixado aquele homem mexer comigo de forma tão intensa. Ao ponto de imaginá-lo nos lugares. Querendo vê-lo outra vez.

Quando cheguei no quarto, senti um cheiro forte de aromatizante de capim-limão, havia uma pilha de roupas dobradas em cima da minha cama. Os lençóis, trocados, e minha cabeceira de livros, reorganizada. A foto dos meus pais havia mudado de posição com a minha Barbie Bailarina e o dispositivo para escutar música a partir do meu Ipod estava ligado.

Analisei o cenário por um tempo, deixei minha mochila no chão em frente à cama e coloquei as mãos na cintura, enquanto olhava aquela novidade. Parecia que minha mãe havia me feito uma visita e limpado tudo.

— Caso esteja se perguntando... É um pedido de desculpas. — Ouvi Sloan dizer atrás de mim. Não me virei para encará-la. — E, também, um pedido de "pelo amor de Deus, fale comigo".

Desde o final de semana passado eu não dirigia a palavra a minha colega de quarto. Estava chateada por ter me abandonado na festa.

Em primeiro lugar, chateada por ela ter insistido que eu fosse com ela. Entretanto dar um *gelo* em Sloan evitava que eu falasse de King também. Não acreditava que ela soubesse da minha indiscrição ao ficar olhando-o transar, mas com toda a certeza sabia que tive algum contato com ele.

— Qual é, Julie! Vai ficar brava comigo para sempre? Poxa...

— Não foi legal o que você fez, Slow — interrompi. — Tudo bem ficar com o carinha, Milan é lindo, mas me arrastar para uma festa e sumir o resto da noite foi sacanagem.

Poderia falar sobre como quase fui abusada por algum babaca, porque fiquei desesperada para ter companhia, enquanto minha amiga estava sumida, mas além daquilo não ser culpa dela, teria de trazer King para a conversa, uma vez que ele me salvou. Eu não queria falar daquele cara.

– Eu sei! Desculpe... Estou fazendo esse joguinho com o Milan Royce há algum tempo... – Começou a explicar, então parou. – Não importa, me desculpa! Por favor.

– Tudo bem – disse por fim.

Tinha acabado de ingressar na Juilliard e, por pelo menos mais dois anos, eu dividiria o quarto com ela, de que adiantaria levar adiante essa briguinha desnecessária?

Sloan se aproximou animadamente, abraçando-me.

– Obrigada! Prometo que na próxima festa não vou te deixar sozinha.

– Que próxima festa? – perguntei, desfazendo o abraço.

– No próximo final de semana. King vai correr novamente. Milan disse que vai ser aposta de gente grande... grana alta – explicou, empolgada.

– Não voltarei naquele lugar, Slow. – Fui categórica, seguindo até o meu gaveteiro para pegar uma roupa.

Precisava de um banho depois da aula.

– Por quê? Já me desculpei, e vai ser legal. Milan disse que podemos ficar lá, os quatro, nos divertindo.

Parei imediatamente o que estava fazendo e me virei para ela.

– Que quatro?

– Eu, você, Milan e King. Vai ser legal. Não vai!?

Não... não vai ser legal, caramba!

Eu já estava enxergando o cara por todos os lados, sonhava com ele fazendo comigo tudo o que ele tinha feito com aquela garota, e ela queria que eu confraternizasse com ele? De jeito nenhum. Só iria aumentar minha obsessão. O que eu precisava era parar de pensar nele.

– Não voltarei lá.

Sloan fez um beicinho, tirando sarro, ao ouvir as minhas palavras. Mas certamente não estava convencida.

— A propósito. Preciso falar com você sobre King e Milan... Quis conversar antes, mas você estava me ignorando e tudo mais...

Puta merda! Ela sabia. King contou a Milan o que tinha acontecido, e Milan contou a ela.

*Que vergonha!*

— Não quero falar sobre isso — interrompi logo.

— É que King ficou falando em você e pensei que gostaria de...

— Eu não quero falar sobre ele ou aquela maldita festa novamente!

Sloan analisou com desconfiança minha irritação.

— Você tem certeza disso? É que...

— Caramba, Sloan! Se você não quiser que eu deixe de falar com você para sempre, pare de falar sobre isso. Que saco!

— Calma, Julie!

Respirei fundo e fechei os olhos.

— Eu nunca mais vou voltar naquele lugar.

Assim que descemos do carro, de frente para a fazenda, Sloan bateu a porta do veículo, abaixou-se na janela e entregou o dinheiro para Troy.

Uma ponta de preocupação me abateu por causa do Kurt. Mas respirei fundo tentando deixar isso de lado. King estava certo. Com certeza ele não apareceria mais ali, ou então levaria uma surra não só de King, como dos outros caras, por ser um ordinário abusador de garotas.

— Obrigada, Troy, temos como voltar, não precisa vir nos buscar amanhã cedo.

Não deveria dizer *nunca* para as coisas. Pegou mal quando apareci na festa da Farm's Creek na semana seguinte. Sloan parecia exultante com o fato de que conseguira me convencer — novamente — a ir naquele lugar. Seu argumento, no entanto, foi convincente. Dinheiro!

Se eu apostasse cem dólares em King, poderia ganhar até dois mil naquela noite. Me senti meio hipócrita. Não bastasse eu ter julgado

King quando neguei a bebida que ele havia me oferecido e acabei nas mãos de um cara perigoso, agora estava apostando a seu favor em uma corrida clandestina. Coisa que jamais imaginei fazer, pelo simples motivo de ser ilegal. Critiquei o cara e, no entanto, estava lá, me aproveitando da situação, apostando dinheiro nele. Porém a grana seria bem-vinda, minha ajuda de custos da bolsa de estudos era um tanto apertada, e eu precisava de novas sapatilhas, meias e, bem, dinheiro para poder visitar minha mãe no natal. Seria um *extra* bem-vindo.

Não pensei em pedir a Sloan para apostar por mim, sabia que recusaria, já que ela queria me arrastar para lá de todo jeito.

Embora ela tivesse prometido não me abandonar, ainda tinha as minhas dúvidas. A atração entre Sloan e Milan tornava tudo imprevisível, eu corria sério risco de ficar sozinha de novo.

Me engane uma vez e a vergonha é sua. Me engane a segunda e a vergonha é toda minha.

A corrida ainda não tinha começado, chegamos cedo desta vez, entretanto, já havia uma pequena multidão em torno do carro *dele*. O estúpido carro azul brilhante que parecia combinar perfeitamente com o cara que não saía dos meus pensamentos.

— A propósito, você está linda hoje — Sloan disse, me puxando de volta da minha divagação maluca.

Olhei para as minhas roupas e assenti em agradecimento. Estava vestindo um short envelope branco que dava a impressão de ser uma saia, uma blusa preta com mangas três quartos e botas baixas, era um pouco mais ousado do que na última vez. Deixei meus cabelos soltos e usei brincos de argola dourados. A maquiagem continuava leve, mas acentuei os olhos com delineador e rímel.

Nada super produzido, entretanto eu havia caprichado. Também não queria pensar no motivo pelo qual eu tinha dispensado mais atenção na hora de me vestir para aquela festa. King continuava a se infiltrar em meus pensamentos, em cada detalhe e decisão do meu dia a dia.

O que era esse poder dele sobre mim?

Ao chegarmos perto da multidão, Milan nos avistou e, imediatamente, levantou a mão, chamando-nos para perto dele. Não era a melhor ideia para mim, fiquei ansiosa uma vez que se Milan Royce estivesse por perto, seu amigo Patrick King também estaria. Negar que eu estava curiosa para rever ele era mentira, mas também não estava confortável com a forma que ele despertava as sensações em mim.

— Olá, senhoritas — Milan cumprimentou com um sorriso largo, deu um beijo em minha bochecha, me pegando de surpresa e, em seguida, circulou seus braços em Sloan e a beijou com tanta paixão que chegou a me deixar sem graça de estar perto deles.

Era possível sentir a química entre eles de longe.

Só então comecei a olhar em volta. Estávamos muito próximos ao carro de King, de onde estava só tinha visão do capô aberto e várias pessoas, especialmente garotas, acumuladas em volta do carro como tietes de algum artista famoso, o que me deu a certeza de que ele estava ali, provavelmente debruçado sobre o motor, checando-o para a corrida. Segundos depois, uma mão máscula levantou do meio da multidão de garotas, pegou na lataria e o capô do carro começou a abaixar. Estava sendo fechada e lentamente vi a figura de Patrick aparecer em minha frente à medida que todas se dispersavam.

Ele estava sério, o cenho franzido e os olhos focados em algum ponto a sua frente. Como se estivesse pensando em algo importante. A jaqueta de couro estava lá, é claro, combinando perfeitamente com a camiseta branca colada em seu corpo malhado, com o bônus da mancha de graxa bem no meio do seu peito, deixando-o ainda mais atraente diante dos meus olhos. Quando seu olhar finalmente entrou em foco, ele piscou algumas vezes, sorrindo com simpatia para o que a garota ao seu lado disse. Vi o momento em que começou a olhar em volta, como se estivesse procurando por alguém, Milan talvez, e finalmente me enxergou.

Meu corpo todo vibrou.

De um jeito bom, mas estranho.

Meus lábios formigaram e meus olhos lacrimejaram, enquanto sentia meu rosto pegar fogo.

*Deus! Por favor, não deixe que ele veja o quanto me atinge.*

Tarde demais!

O sorriso sacana já se formava em sua boca, a sobrancelha perfeita se erguia no mesmo tom de desafio que antes. Seus olhos me fitavam com o deboche que tinha conhecido na primeira noite. Flashes do seu rosto se contorcendo de prazer, enquanto gozava diante dos meus olhos assolaram a minha mente, e eu simplesmente não conseguia mais ficar ali, olhando para ele. Virei meu rosto para outra direção e comecei a procurar um lugar para ir e ficar longe da tentação.

Era realmente irritante, todo o apelo que aquele cara tinha sobre as outras meninas.

— Julie!

Ouvi Sloan me chamar e dei graças a Deus por sua língua não estar mais sendo chupada, fui até ela, enquanto Milan seguia em direção a King, os dois começaram a falar e gesticular, olhando ao redor, provavelmente combinando algo sobre a corrida.

— Excitante, não é? — ela perguntou, me deixando nervosa.

— O quê? — Minha voz saiu quase esganiçada de tão nervosa.

— Isso tudo! — Abriu os braços gesticulando. — Corridas, festa, caras gatos...

— Ah! Isso! — exclamei, relaxando imediatamente.

Por um momento pensei que ela estivesse fazendo alguma piada sobre o que havia acontecido comigo na festa da semana passada.

— Acho que sim.

— A corrida vai começar em breve, temos que pegar um bom lugar.

Puxou-me pela mão, me levando na única direção que não queria. Uma pequena parte minha, ainda medrosa, queria fugir para longe, sair daquele lugar e esquecer que tinha conhecido King e seu mundo. Entretanto era realmente um pedaço ínfimo de mim, por mais que tentasse, eu parecia sempre correr em direção àquele cara, que exalava aventura e adrenalina.

Claro que o melhor lugar era perto de onde *ele* estava.

— Oi, King! Não tenho te visto ultimamente — Slow o cumprimentou primeiro.

Patrick se aproximou e cruzou os braços ao me encarar. Seus olhos continuavam em mim, irônicos e quentes, enquanto respondia Sloan.

— É, tenho estado ocupado. Como estão?

— Você lembra da minha amiga? Ju...

Sloan estranhou o jeito que ele me olhava.

— Jamais esqueceria da Julienne... — interrompeu, sem se preocupar em demonstrar sua curiosidade sobre mim. — Como vai, princesa?

Ele parecia ter esquecido que o insultei na outra noite, pela forma que ele saiu do quarto depois da lição de moral que me deu, pensei que não ia querer falar comigo. Além do fato, é claro, de como nós dois fomos imorais, ele por transar com outra me olhando e eu por ficar admirando o ato. Pensei que, passada a *vibe* da festa, ele estaria constrangido. Infelizmente, eu estava enganada.

— Oi — respondi, mal-humorada.

Sloan olhou de um para o outro com um sorriso astuto no rosto. Como se tivesse entendido o que estava acontecendo ali. E a odiei por aquilo.

— Bem, está quase na hora de correr... Vai me desejar boa sorte, princesa? — A voz dele tinha de ser daquele jeito? Toda rouca, suave e cheia de promessas impróprias?

Mesmo com o barulho das pessoas em volta, ele fazia parecer que estávamos apenas ele e eu ali.

— Boa sorte — consegui dizer, tentei demonstrar alguma indiferença enquanto falava, porém King continuava com a mesma expressão para mim, como se conseguisse ler a minha mente.

— Aproveite a corrida — falou, olhando-me, demoradamente, de cima a baixo.

— Não tirarei os olhos da pista — respondi cinicamente, quase fazendo careta.

— Disso eu não tenho dúvidas, princesa. Você é realmente muito boa em *assistir*.

# QUATRO
## KING

*Eu preciso transar!*

Era a décima vez que eu pensava aquilo e estava começando a achar que tinha algum problema grave com relação a sexo. Um vício, talvez.

Mas toda a vez que eu não estava me concentrando na faculdade, em arrumar algo no meu carro, na porra do drama que meu pai fazia com relação às minhas escolhas, a imagem da princesa Julienne vinha à mente.

Caralho de garota linda!

Provavelmente estava daquela forma pela perversão de ela ter me olhado, enquanto eu comia gostoso a outra, pois aquele tipo de menina não costumava ser a minha praia.

Suéter e pérolas? Nem fodendo!

Meu negócio era couro, cabelos coloridos e piercings nos mamilos. Sempre gostei de uma gata selvagem. Entretanto a princesa *voyeur* fez um pequeno laço cor-de-rosa em minhas bolas e puxou em direção a ela. Sua inocência era curiosa, havia algo brigando para se libertar de dentro dela, podia ver em seus olhos, na forma como mordia seus lábios grossos e respirava com dificuldade, enquanto me via meter vigoroso.

Cara, me masturbei mais de uma vez pensando nela, colocando seu rosto no lugar da outra menina e, porra, minha mão estava começando a ficar enjoada do meu pau. Era provável que eu desenvolvesse uma lesão por trauma cumulativo se não parasse com aquilo.

— Pat!

Saltei, assustado, quando Milan gritou em meu ouvido e, em seguida, se jogou ao meu lado no sofá.

Nem sempre era divertido dividir apartamento com o seu melhor amigo, praticamente irmão, às vezes eu só queria um tempo para pensar, com Milan em casa, porém, era um pouco mais difícil.

— Filho da... — rosnei, pronto para xingar a senhora Royce, então, lembrei que era ela que me alimentava nos feriados e engoli as minhas palavras, em respeito.

— Mamãe vai saber se você usar palavras feias sobre ela... — ironizou com um sorriso babaca.

— Imbecil.

— Otário — retrucou. — O que está fazendo?

— Assistindo televisão.

— A TV está desligada, Pat.

Apenas Milan e a senhora Royce me chamavam daquela forma, por serem meus melhores amigos.

Fiquei em silêncio, enquanto olhava para a grande tela preta à nossa frente.

— O que está rolando, cara? Está assim há dias.

Não contei para ele o que acontecera na última festa. Primeiro porque era raro falarmos sobre o sexo com garotas, geralmente discutíamos o sexo no geral, mas nunca sobre quem fodíamos especificamente. Não beijávamos e contávamos. Segundo, porque ele estava pegando a amiga da princesa xereta e não queria que a forma como nos conhecêssemos se espalhasse.

Aquilo era entre mim e ela.

A verdade era que ela não saía da minha cabeça. Mesmo bravo com o fato de ela ter me julgado quando nos conhecemos, e talvez com razão, eu não deixava de pensar nela. Ela parecia uma garota inocente pela forma como se vestia e como se comportava, mas quando me viu transando... Porra! Ela emanava algo novo e diferente, fazendo com que eu não conseguisse tirá-la da mente. Mesmo com tantos outros problemas rodeando a minha vida. Tudo o que eu conseguia pensar era nela.

— Não tem nada rolando.

— Como se eu não conhecesse você — debochou.

— Corta essa, Milan, não estou com saco para as frases que você rouba da sua mãe.

— Sensível... — ponderou. — Está tudo bem com o seu pai?

— Também não estou com saco para terapia, além do mais, eu tenho um amigo muito melhor para afogar as minhas mágoas quando preciso: Johnny Walker — brinquei, jogando minhas pernas em cima da mesa de centro, esperando que ele engolisse meu deboche e deixasse o assunto de lado.

Vendo sua expressão, poderia dizer que ele não engoliu, mas era um bom amigo, então deixou para lá.

— Vou pedir pizza — avisou, pegando o telefone, provavelmente buscando o aplicativo da nossa pizzaria favorita.

— Boa ideia. Estou faminto — respondi, aliviado com a mudança de rumo na conversa.

Meu silêncio, no entanto, não poderia ser mantido por muito tempo, Milan era praticamente o meu irmão e muito mais esperto do que davam crédito a ele. Seu jeito brincalhão enganava as pessoas, mas ele era um observador. Sempre foi.

Ficamos amigos quando sua mãe começou a trabalhar para os meus pais, e mesmo depois de anos, ela ainda trabalha para meu pai na cobertura em que ele mora na Upper West Side, aturando as exigências e caprichos do velho. Milan tinha a mesma idade que eu, e não demorou para que fosse feito arranjos para que ele tivesse as mesmas oportunidades que eu tinha. Isso meu pai fez certo. Deu mais benefícios a senhora Royce e seu filho do que apenas um bom salário. Nós nos tornamos inseparáveis, embora algumas escolhas tenham sido diferentes. Milan, por exemplo, escolheu a exata carreira que meu pai queria para mim.

Não era à toa que ele trabalhava na empresa de construção civil da minha família desde que teve idade o suficiente para começar.

Já eu, escolhi a exata carreira que queria e ponto final.

O que deixava meu pai e eu em um impasse. O estranho era que ele concordou no começo, mas, em seguida, quando eu estava no segundo ano de faculdade, ele mudou de ideia para que eu fizesse administração.

Mas eu não queria pensar em meu pai. Meu humor já estava na merda o suficiente. O que me levava de volta ao pensamento da última semana inteira.

Julienne.

Nela e no fato de que eu desejava que ela estivesse na minha próxima corrida. Sabia que deveria deixar aquela história de lado, entretanto não conseguia.

Só havia uma forma de fazer aquilo parar.

Se ela fosse minha. Nem que fosse por uma noite.

— O de sempre? — perguntou, sem tirar os olhos do telefone, fazendo a minha mente voltar para a realidade.

— Sem abacaxi, porra! Odeio aquela merda na pizza.

— Tudo bem, maricas — resmungou, clicando nas opções, montando nossa pizza. — Feito! — Jogou seu telefone em cima da mesa, próximo aos meus pés e respirou fundo. — Consegui uma corrida para a semana que vem, cara. Grana alta.

— Quão alto? Fiquei zerado depois que paguei o ano de faculdade.

— Ainda não entendo seu pai. Talvez se eu conversasse com ele... — Milan se ofereceu.

Assim como sua mãe, Vanessa Royce, sempre tentava melhorar as coisas entre mim e meu pai.

A verdade era que as coisas nunca realmente foram as melhores desde que minha mãe... saiu de nossas vidas. Não queria odiá-lo e passei todos esses anos tentando não o culpar pelo que aconteceu. Ele, no entanto, depois daquela estupidez de me forçar a fazer faculdade de administração para cuidar dos negócios da família, realmente fez as coisas piorarem entre nós.

— Não quero que converse com ele, cara, é capaz dele parar de pagar a sua faculdade, vai chatear sua mãe, e não quero que ela se magoe.

Vanessa e Milan Royce eram a minha família, mas eram a família do meu pai também. Ela engravidou muito jovem e o pai do meu melhor amigo nunca foi visto por perto, ela não costumava falar sobre o assunto, no entanto a história simplificada era que minha mãe foi aquela que atendeu a porta quando ouviu um barulho. Vanessa estava tentando deixar Milan na porta da minha casa, ela chorava compulsivamente e pediu que meus pais cuidassem do seu filho.

Jéssica King tinha o coração nobre o suficiente para cuidar de ambos.

Vanessa começou a trabalhar para meus pais como governanta, terminou a escola e fez um curso de hospitalidade e hotelaria, aparentemente ela se apaixonou pela profissão imposta a ela pelas circunstâncias. Milan e eu tínhamos a mesma idade e crescemos como melhores amigos, irmãos.

Minha mãe se foi, a senhora Royce ficou.

Milan ficou.

Então, sim. Eles eram a minha família.

E justamente por nos considerarmos família, irmãos, era que ele não deixaria passar batida a porra do meu humor sem entender o motivo por eu estar daquela forma.

— Vai me dizer o que está acontecendo ou não?

— Nada...

— Chupo um pau no meio da Times Square se não estiver acontecendo algo!

Bem, ao menos isso me fez gargalhar.

— Você seria preso, sabe disso. E você é hétero.

— Para você saber o nível da minha aposta, sei que algo está na sua mente — declarou. — Só não entendo o motivo de não estar me dizendo, sempre confiou em mim.

— Eu confio, cara. É só que...

O que eu diria? Que não estou confiando em mim? Que a maldita garota não saía da minha mente?

— Patrick...

— A amiga da sua garota... é isso o que está pegando — disparei.

Em seguida, coloquei o braço no meu rosto e relaxei meu corpo contra o sofá.

— Imaginei que algo estava rolando entre vocês. Já foderam?

— Não, mas se eu não fizer exatamente isso, tenho certeza de que vou enlouquecer — finalmente confidenciei.

— Cara! — Seu tom de voz denunciou que minha declaração o havia chocado.

Tirei o braço dos meus olhos e o espiei.

— Eu sei... Quero vê-la mais uma vez, Milan. Ela é tão diferente e... — Fechei a boca antes que contasse o que havia acontecido. — Eu não sei, acho que preciso tirar ela da minha cabeça.

— E fodendo ela, acha que vai conseguir?

Assenti para a sua pergunta. Era exatamente o que eu pensava.

— Bem, pensei exatamente isso a respeito da Sloan.

Ah, sim! Sloan Chapman, a garota que não conversava com ele nas festas. Que não dizia o seu nome. Sabia o nome dela desde o início, mas ele não quis que eu revelasse, Milan queria jogar aquele jogo, fazer com que ela dissesse.

Bem, parabéns para Sloan. Ela o tinha.

— É diferente — tentei me defender.

Eu não estava todo *apaixonadinho* pela garota *vouyer* como ele estava pela Chapman.

— Bem, se é diferente, não há motivos para convidar Sloan e Julie para a próxima corrida, vou vê-la mais tarde, de qualquer forma, então...

O filho da puta.

— Faça-a ir e levar a Julienne — ordenei.

— Julienne, hein? — brincou. — Posso contar para ela que você está interessado?

— Porra, não!

O fodido riu da minha cara, bufei e mostrei um muito maduro dedo do meio para ele. Não demorou muito, a pizza chegou. Comemos, assistimos a porra da série de merda que ele adorava e bebemos todo o nosso estoque de cerveja. Eu estaria com uma ressaca infernal para assistir à aula do dia seguinte, mas não me importei.

Algo me dizia que me divertiria na faculdade.

# CINCO
## JULIE

As habilidades daquela garota se equilibrando em um salto de, pelo menos, vinte centímetros em terra de chão batido, cheia de desnível, precisava ser estudada. Mesmo eu, uma bailarina, não conseguiria tal feito.

O restante do *look* também era bizarro, shorts curtíssimos, miniblusa menor ainda, brincos de argolas imensos nas orelhas, sério, um poodle de circo poderia saltar por ali. Um boné virado de lado sobre a cabeleira loira platinada. Seu rosto era carregado de maquiagem e glitter e seus peitos poderiam facilmente substituir airbags dos carros. Ela seria aquela a dar a largada para os carros já em posição, acelerando furiosamente na pista precária da fazenda.

Como Slow sugeriu, pegamos um local próximo a pista. Só não esperava que fosse próximo o suficiente para eu ficar de cara para King, todo relaxado dentro do carro e com postura de quem já havia vencido aquela corrida. Ao seu lado estava Milan, como copiloto. E foi ele quem nos avistou e alertou King de que estávamos ali perto.

– Apostou em mim, princesa? – perguntou, com um sorriso sexy, com aquela maldita covinha espreitando em sua bochecha esquerda.

– Não... – respondi, sem muita convicção.

Sloan me falou várias vezes que eu era uma péssima mentirosa.

– Não? – insistiu, sua sobrancelha se ergueu em desafio.

Revirei os olhos e bufei.

– Apostei! – confessei, tentando parecer a mais entediada possível. – Satisfeito?

– Nem um pouquinho – declarou, com seu sorriso aberto, pequenas rugas se fizeram no canto dos seus olhos. – Talvez depois que eu ganhar, você possa me dar um prêmio.

— Talvez você perca...

Dei de ombros e mexi em meu cabelo, tentando parecer descolada e não tão afetada com toda a atenção que ele estava me dando.

— Seria a primeira vez!

O carro ao lado acelerou, ainda parado no lugar, roncando o motor, lembrando a nós dois que a corrida estava prestes a começar. Milan olhou para mim e depois para o seu amigo e deu uma risadinha, antes de sussurrar algo para King, algo que não consegui ouvir.

Só o que notei foram os lábios de King respondendo:

— Foda-se, Milan!

Revirou os olhos e voltou a sua atenção para o volante.

Acelerando ainda mais, provocando-se e atiçando a plateia, os competidores mostraram que estavam prontos para começar. Naquele momento, saindo do torpor que Patrick King havia me colocado, passei a sentir a adrenalina da atmosfera presente. Pessoas gritando e balançando seus bolos de dinheiro nas mãos, torcendo, carros acelerando, instigando todos em volta a apostar ainda mais, gritar mais.

Torcer mais!

Meu coração estava acelerado, as mãos trêmulas e a boca seca. Só sentia aquilo quando estava em cima de um palco. Foi estranho sentir tanta excitação por algo perigoso e completamente diferente da realidade que eu vivia.

Estranhamente bom.

A garota saltitava euforicamente entre os carros, seus peitos dançavam dentro da blusa curta e apertada, enquanto ela erguia os braços, pronta para dar a largada da corrida. Os carros aceleraram e a competição se iniciou.

King e o adversário, Eli Sharp, aceleravam lado a lado no começo da pista, porém, na primeira oportunidade, King o ultrapassou. Eu não entendia de carros ou de corridas, mas de onde eu estava, era possível ver o quão acirrada estava aquele racha. Eli acelerou e seu carro balançou pela velocidade excedida, por alguns minutos, ele conseguiu ultrapassar King, mas logo o rei das pistas estava de volta à liderança. A cada curva eu sentia meu coração mais acelerado, era excitante e amedrontador ver os competidores. Podia sentir o suor da tensão escorrendo em minha nuca e fazendo todo o trajeto pelas minhas costas. O barulho dos carros em alta velocidade era tão ensurdecedor quanto os gritos da torcida, todos os presentes tinham seus braços levantados, balançavam como se estivessem vendo um ídolo fazendo manobras perigosas, arriscando sua vida.

Demorou um pouco para eu perceber que, mesmo de forma discreta, fazia o mesmo. Eli ficou para trás e King assumiu uma liderança confortável. Eu podia imaginar o sorriso sacana e cheio de orgulho que ele provavelmente esboçava ao perceber que a corrida estava ganha. A multidão certamente teve a mesma impressão de que eu, King já era o vencedor, pois começaram a passar quantia de dinheiro de mão em mão.

— Por que não estamos ganhando nossa grana? — indaguei, assistindo às pessoas contar seus dólares, freneticamente.

— Nossa quantia está sendo cuidada por Milan, não se preocupe — Slow respondeu, sem tirar os olhos da pista improvisada.

Mesmo com a corrida obviamente ganha por King, a adrenalina de ver os motores gritando, os pneus cantando e levantando poeira, era simplesmente surreal.

Meu corpo inteiro vibrava, meus olhos acompanhavam cada uma das voltas ao longe, enquanto se aproximavam de volta para a nossa posição. Tive vontade de andar, ir de encontro aos carros na pista, para ver mais de perto, de fato, fiz uma tentativa, mas minha amiga pegou meu braço e me puxou para trás. Era hipnotizante. Louco.

Selvagem.

Veloz.

E sexy.

Deus, como aquilo tudo era tão perigoso e, ao mesmo tempo, apelativo, chamativo.

— Todos para trás! — Ouvi alguém gritar.

Alguns caras começaram a andar em volta, nos empurrando para que nos protegêssemos.

Então ele chegou. Derrapando na pista e levantando poeira, Patrick King com seu brilhante, um tanto empoeirado agora, possante carro azul, parou o automóvel atravessado na pista e saltou para fora com o sorriso arrogante e os óculos de sol escondendo seus belos olhos negros. Milan saiu do carro em seguida e correu na nossa direção, pegando Sloan em seus braços, beijando-a logo após. King e eu vimos a cena toda e, em seguida, nos encaramos. Ele tirou seus óculos e se aproximou, ignorando as garotas que tentavam ficar à sua volta, chamando sua atenção.

— Eu ganhei, princesa.

— Parabéns e pare de me chamar assim!

Virei-me, pronta para me afastar. Não confiava em mim mesma perto dele.

— Que tal bailarina, então? — respondeu.

Paralisei por um momento, me perguntando como ele sabia, porém logo lembrei que seu melhor amigo enfiava a língua nas amídalas da minha companheira de quarto constantemente, é claro que ele saberia através de Sloan e contou para o King.

Virando novamente e, ficando de frente para ele, levantei meu queixo em desafio.

— Se a sua intenção é me ofender ou chatear me chamando assim, vai se frustrar, tenho muito orgulho de quem eu sou.

Ninguém jamais diminuiria a carreira que escolhi para a minha vida, eu seria uma bailarina de renome. Seria importante.

Encarei King de cima a baixo, com todo o desprezo que poderia colocar em minha ação, então, novamente dei as costas para ele e caminhei para longe.

Estávamos todos em volta da fogueira. Enquanto eu tentava ignorar os beijos estalados, barulhentos e cheios de sucção de Milan e Sloan, analisei o ambiente à minha volta e fiquei impressionada por reconhecer vários daqueles rostos nos corredores da Juilliard. Não eram do núcleo de dança, porém os reconhecia por cruzar com eles nas áreas comuns do prédio.

Então avistei King por lá.

Algo dentro de mim se tranquilizou ao constatar que ele não estava em um canto qualquer, transando com alguma menina aleatória, o que era um tanto absurdo, uma vez que eu detestava o cara, pelo menos estava me esforçando para isso, e não tinha absolutamente nada a ver com o que ele fazia ou deixava de fazer. No entanto aquela sensação não me deixava, a pequena satisfação de estar no mesmo ambiente que ele, poder vê-lo a hora que quisesse, embora estivesse evitando olhar em sua direção. Nem sempre conseguindo êxito, é claro.

Oscilava entre ficar analisando a espuma do quinto copo de cerveja – eu já estava bem zonza, por sinal, e ia me arrepender amargamente de ter bebido –,ouvir os estalos dos beijos da minha amiga ao meu lado e bisbilhotar o que ele estava fazendo. Quando finalmente King me pegou espiando-o. Notando minha curiosidade sobre ele, um sorriso arrogante se ergueu em seus lábios irritantemente belos. Sem saber o que fazer, por mais uma vez ter sido pega, revirei os olhos para ele e voltei a atenção para a minha amiga.

– Vou dar uma volta – avisei, me levantando e realmente sentindo o efeito do álcool em minha cabeça. Estava embriagada.

Sloan, provando estar disposta a cumprir sua promessa de não me deixar sozinha em uma festa novamente, levantou-se, deixando Milan de lado.

– Vou com você! – exclamou, tentando parecer animada em me acompanhar, mas eu sabia que ela queria ficar com o pedaço de mau caminho que era o seu parceiro.

– Está tudo bem – disse, dispensando-a da obrigação. – Eu só vou tomar um ar.

Ela me olhou em dúvida, procurando traços de que eu estava brava ou mentindo. Mas não estava. Simplesmente queria ficar sozinha. Afirmei com a cabeça, dizendo-lhe silenciosamente para ficar tranquila e lancei um breve olhar a Milan, ele me analisava com curiosidade, mas também com um sorriso amistoso nos lábios.

— Volto logo — afirmei, começando a andar para longe deles.

— Tudo bem, está com o seu telefone? — questionou, um pouco mais alto.

Apenas olhei por cima do ombro e assenti.

Andei em volta da fazenda, fui até a piscina da casa central e entendi o porquê de ninguém ficar por lá, estava imunda, cheia de algas. Enrugando o nariz por causa do cheiro, deixei de lado a piscina e iniciei uma caminhada aleatória. A música estava tão alta que poderia ser ouvida em qualquer parte daquele lugar. Entretanto era boa. Conhecia-a, só não me lembrava do nome.

Quando percebi que estava de frente para o estacionamento, travei. Não era um bom lugar para se estar. Especialmente depois do que havia ocorrido. Imediatamente virei em meu eixo para seguir na direção oposta quando dei de cara com uma parede dura e quente. Sabia que era ele no momento em que vi a pequena mancha de graxa em sua camisa branca. Segurando-me em seus braços, King deu uma pequena risada anasalada, levantei meu rosto e o encarei, enquanto sentia seu tórax rígido e quente em minhas mãos. Dando um passo para trás, mas mantendo suas mãos em meus ombros, King me analisou com olhos suaves. Esquadrinhou meu rosto todo e se demorou em meus lábios. Meu coração pareceu bater em minha garganta, e a sensação de formigamento na minha boca assolou-me rapidamente.

— Tudo bem aí? — Seu questionamento saiu rouco e sussurrado.

Pisquei algumas vezes antes de criar resistência e olhar para longe dos seus negros, hipnóticos e belos olhos.

— Sim, apenas tomando um ar...

— Estacionamento não é um lugar legal para andar sozinha, princesa bailarina... Já devia saber disso.

Embora suas palavras fossem uma brincadeira, o tom parecia sério. Como se ele não conseguisse me chamar pela porcaria do meu nome.

— Agora você acrescentou um novo nome ao apelido que deu para mim? — Minha pergunta saiu mais amistosa do que eu realmente queria.

Tomei mais distância dele e cruzei os braços.

— Você sabe que eu poderia acrescentar mais alguns nomes a esse apelido, tipo: *princesa que mete o nariz onde não foi chamada* — brincou, colocando suas mãos nos bolsos e encolhendo os ombros.

A barba em seu rosto estava por fazer, uma sombra cobria todo o seu maxilar deixando-o com a aparência mais madura do que provavelmente era.

— Ou talvez: garota que gosta de julgar as pessoas sem conhecê-las... Não, espere! Já sei: *donzelas em perigo que caem na lábia de mauricinhos.* — Cutucou novamente. — Nah! Ficariam extensos demais. Apelidos precisam ser curtos.

— Vai me torturar por quanto tempo pelo que aconteceu? — indaguei, irritada. — Já pedi desculpas por ter visto o que estava fazendo, embora você não estivesse fazendo questão de esconder. — Apontei. — E me desculpei pelo julgamento de valor também, além de ter agradecido por ter me resgatado naquela noite. O que mais você quer, King? — bufei.

— Desculpa! — exclamou. Encarei-o, esperando que ele continuasse a falar. — Sinto muito por ter provocado você desde que nos conhecemos, Julienne. — Seu tom era suave e seu rosto parecia sincero enquanto ele falava. E quando disse meu nome, meu estômago se revirou violentamente, da mesma forma que revirava quando eu estava pronta para me apresentar. — Acha que, uma vez que nossos amigos estão ficando juntos, podemos ser amigos também?

Analisei-o por um tempo, senti meus olhos cerrarem em desconfiança, porém cedi e assenti.

— Legal — murmurou ele e, estendendo a mão, disse: — Sou Patrick King, mas pode me chamar apenas de King, se quiser.

Olhei sua mão e percebi que aquela seria a primeira vez que encostaria nele por vontade própria. De forma consciente.

— Julienne Walker, mas pode me chamar de Julie — falei, pegando sua mão.

Era quente, um pouco áspera e envolvia a minha completamente.

— Prefiro princesa... — Abri a boca para protestar, mas logo ele continuou a falar: — Mas se você prefere Julienne, assim será.

— Julie! — corrigi novamente.

— Julie... É um prazer conhecê-la, *Julie*.

Sem conseguir evitar, deixei escapar um sorriso. Puxei minha mão de volta e cruzei os braços, King continuou me encarando, seus olhos queimando sobre mim, até que, finalmente, resolveu falar e nos tirar daquele silêncio tenso.

— Quer dar uma volta? — convidou.

Assenti sem pensar duas vezes, então começamos a andar em direção ao estacionamento, ao lado dele não havia perigo algum. Muitos carros estavam por ali, mas o dele, estrategicamente estacionado no final da área, destacando-se de todos os outros, era certamente o mais oponente.

Andamos até ele como se aquele fosse o nosso objetivo desde o começo. Ao chegarmos perto, King tirou a chave do bolso, pressionou um botão e o carro destravou com o piscar dos faróis.

— Pensei em entrarmos para conversar — disse, apontando para o automóvel.

— Ou podemos conversar aqui fora mesmo... — sugeri, virando-me de costas e sentando na ponta do capô o que provavelmente sujaria minhas roupas. — Que carro é esse, de qualquer forma? — questionei, curiosa, a única certeza era que ele era caro.

— Este é um Mitsubishi Lancer Evolution 2012, ele atinge sua velocidade máxima em aproximadamente vinte segun... E você já está entediada — constatou, quando viu que eu simplesmente não estava entendendo o que ele dizia.

A culpa nem era dele. Eu havia perguntado, afinal.

— É um carro... legal... — declarei, tentando não rir.

Ele tinha ficado bonitinho quando tentou falar sobre o seu Mitsubishi Lancer qualquer coisa.

Percebendo a minha diversão, ele resolveu revidar a brincadeira.

— É claro que para garotas como você, todas certinhas, seja difícil de acompanhar. Um carro dessa potência não deve ter muita serventia para você... — Desta vez, era ele quem estava brincando.

— Como é? — desafiei, entrando na brincadeira.

— Isso mesmo, prince... Julienne Walker. Você não saberia usar essa belezinha aqui. É muita potencial para você — provocou.

Não sei o que foi que me deu. A brincadeira me deixou ousada — tudo bem, a cerveja tinha me deixado ousada, mas a brincadeira ajudou. King também me fazia sentir algo diferente, não sabia descrever direito, acho que me deixava espontânea, aventureira.

Aproveitando a música alta da festa, subi em seu carro e me preparei para o meu próprio show.

— O que está fazendo?

Pela primeira vez, vi King parecer realmente nervoso, embora ainda estampasse um sorriso enquanto assistia a minha ação.

— Desce daí, sua maluca! — disse, gargalhando.

— Com medo de que eu estrague o seu carro?

— Com medo de que você caia, sua doida! — respondeu, com a voz um tanto estridente de alegria.

Não dei atenção, apenas comecei a dançar. Fazendo passos de balé, piruetas, *frappés*, *jetés* e *fondus*, misturando um pouco com dança contemporânea para poder acompanhar melhor o ritmo da música. Minha bota era baixa e deslizava bem. Se eu não estivesse sob efeito do álcool, jamais faria uma coisa como aquela. Com a cerveja e todo o desafio que King representava em mim, apenas senti que precisava fazer aquilo.

Talvez para provar a ele que eu também tinha algo especial. Que era realmente boa no que fazia.

Quem sabe para fazê-lo se interessar por mim.

Ou ainda, por uma necessidade crua e crescente de fazer, conhecer e sentir algo novo, diferente e interessante em minha vida

Provavelmente era tudo aquilo junto.

Foi a primeira vez que tive aquela sensação. Descobrindo que nunca havia encarado aquela forma de liberdade antes, na qual não precisava me importar com julgamentos alheios. A sensação era de que eu estava colocando o pé para fora de uma gaiola. As cores do mundo se mostraram menos opacas, mais vibrantes. E, quando olhei para baixo, me encantei com a visão de Patrick, com um sorriso largo nos lábios, exibindo os dentes brancos e alinhados, e os olhos demonstrando pura admiração.

Eu flutuei.

# SEIS
## JULIE

A música terminou e sorri satisfeita, olhei para King, que me encarava com um brilho diferente em seu semblante. Parecia admirado. Sua atenção deslumbrada fixa em mim.

— Uau! — exclamou, batendo palmas.

Fiz uma reverência para o seu aplauso, agradecendo como se houvesse um grande público ali. Ele se aproximou e esticou seus braços para mim, oferecendo ajuda para eu descer. Sorri agradecida e deixei que me pegasse, o cheiro de bebida, couro e seu perfume me acertou em cheio, deixei meus braços descansarem em seus ombros e minhas mãos ficarem suspensas perto do seu pescoço. Assim que me teve firme contra o seu corpo, King olhou-me diretamente. Como se estivesse confirmando se estava tudo bem para mim estar em seus braços de forma tão íntima. Quando lhe sorri, senti-o dar mais um passo para frente, pressionado meu corpo entre ele o carro.

Ainda assim, King hesitava um beijo, analisando os sinais para que pudesse dar o próximo passo, então, ajeitei-me, coloquei minhas mãos em seu pescoço e saltei um pouco em seus braços para que minhas pernas ficassem ao redor da sua cintura. Ele me segurou, mas não havia sorriso sacana, olhos desafiadores, sobrancelhas arqueadas ou qualquer outro sinal que estava acostumada a ver em seu rosto. Tudo o que havia era a encarada impassível, sem demonstrar o que pensava, apenas me sustentando no ar com seus músculos.

— É necessário dar flores à bailarina depois da apresentação — murmurei, tentando desesperadamente que ele fizesse algo.

— Não tenho flores... — sussurrou de volta, aproximando seu rosto do meu, deixando seus lábios tão próximos que me fizeram sentir o seu gosto antes mesmo de nos beijarmos. — Mas tenho outra coisa.

— Outra coisa está ótimo — disse, em um quase desespero.

Precisava saber como era. Aquele cara havia habitado meus pensamentos desde que coloquei meus olhos nele. A curiosidade que tinha sido criada dentro de mim, por mais anormal que fosse, não deixava de ser um anseio que precisava ser aplacado.

— Tudo bem... — King disse e lambeu seus lábios antes de juntá-los aos meus.

O beijo não foi delicado, nem sequer esperava por isso. Foi desleixado, de boca aberta, testando, preparando para o que viria a seguir. Recebi-o com prazer, deixei que ele explorasse antes de, finalmente, dar-me um pouco do seu gosto.

Lá estava, o sorriso predador, sexy como inferno que eu queria ver, então outro beijo veio, não tão rápido e não tão displicente, foi lento, mas ainda sem língua, ele continuava testando, porém, daquela vez, deixou uma pequena mordida, suave e nada dolorida.

Bem, não dolorida para meus lábios superiores. Lá embaixo eu pegava fogo, sentia a sua provocação em meu nervo mais sensível, chegava a doer de tanta necessidade que eu sentia naquele momento.

— Beije-me de volta, princesa... — exigiu e mordeu meu lábio inferior mais uma vez.

Eu não estava beijando-o? Merda! O prazer de ter seu corpo pressionado ao meu e seus lábios nos meus só me fez aproveitar a sensação, como uma boneca, imóvel, apenas sentindo os carinhos dele, enquanto King fazia o trabalho.

Realmente, não sabia se havia algo ruim a ser listado sobre aquele cara. Mesmo seu jeito rude com as palavras, olhares obscenos e a mania idiota de me dar apelidos, eu não conseguia reprovar absolutamente nada em Patrick King. Depois de ter suas mãos apertadas em minha cintura, seu corpo prensado contra o meu e sua boca na minha, só tive a confirmação de que o cara era o mais delicioso pecado sobre pernas.

Minhas mãos se apertaram em seu pescoço e um gemido longo e quase doloroso saiu de mim quando o puxei e ataquei com fome. Desesperada. Testando e conhecendo uma vontade, um querer que jamais tinha sentido em toda a minha vida. King, ao que indicava, havia gostado da atitude, foi a sua vez de gemer, e o som que fez apenas me deixou ainda mais louca. Nossas línguas finalmente se encontraram, a textura aveludada, macia e úmida passou a se tornar o meu toque favorito, o gosto era peculiar e todo dele. A junção dos dois me fez suspirar e apreciar sem moderação aquele beijo.

Suas mãos desceram um pouco e entraram embaixo da minha blusa, a sensação delas, enormes, quentes e ásperas fez a minha pele se arrepiar por completo, ao ponto de me contorcer. O que espalhou uma nova carga de adrenalina no meu organismo. Esfreguei-me contra ele e deixei que suas mãos subissem até que chegassem nas laterais dos meus seios. Seus dedos grossos e longos brincavam com a renda do meu sutiã, enquanto eu sentia sua mandíbula endurecer e um novo gemido escapar por entre seus lábios. Senti o vibrato em minha boca, adorei a sensação de engolir o protesto de prazer que ele emitia naquele momento.

Nossas bocas se separaram e imediatamente ele atacou meu pescoço, beijando, chupando e mordendo cada centímetro de pele exposta. Apertei minhas pernas com mais força ao redor dele e me esfreguei, rebolando em sua cintura, tentando conseguir algum alívio para meu sexo excitado.

— Princesa, se continuar fazendo isso... — Buscou por fôlego antes de voltar a falar: — Vou colocar você dentro do carro e te comer.

Caramba! Ele tinha de ser tão sujo com as palavras?

Tão *maravilhosamente* sujo!

— Faça isso! — exclamei, exaltada, pronta para fazer exatamente o que ele dizia.

King gemeu e pressionou sua dureza contra mim mais uma vez.

— Você está bêbada, não *fodo* garotas bêbadas.

Após dizer aquilo, voltou a chupar meu pescoço. Revirei meus olhos e deixei meus dedos entrarem em seus belos cabelos bagunçados, eram tão macios, mas cheiravam a fumaça graças à fogueira. Não me importei, a forma com que ele beijava e incendiava a minha pele, parecia cheirar como o céu.

— Por favor, King... — choraminguei, esfregando-me nele mais uma vez.

Ele me soltou vagarosamente e beijou-me na boca uma vez mais, antes de abrir a porta traseira do *Dogde Mitsubishi sei lá o que Hyundai*, fazendo sinal para que eu entrasse no carro. Entrei sem pensar duas vezes, meu corpo todo ainda doía por ele. Nunca havia sentido um homem dentro de mim, o balé tamava meu tempo, minha obsessão por ser a melhor tinha levado minhas oportunidades de experimentar coisas além dos beijos quentes com os garotos da escola.

Com Patrick, em apenas minutos nos seus braços, sentindo seus lábios sobre os meus, eu sabia que seria intenso, forte e inesquecível.

Meu corpo, excitado, não me deixava pensar direito, mas King estava pensando por mim. Assim que entrei, tirei a minha blusa, revelando o sutiã rendado e preto que havia escolhido.

— Jesus, garota! — King exclamou assim que entrou e me viu. — Pare de tirar suas roupas.

— Por quê? — Conseguia ouvir a decepção em minha voz. — Vo-você não me quer?

Eu certamente me arrependeria daquela pergunta assim que estivesse mais sóbria. Jamais fiz tal pergunta para um garoto antes.

Bem, eu jamais havia beijado alguém daquela forma ou tinha estado tão excitada ao ponto de escolher ter minha primeira vez no banco de trás de um carro.

King bufou para a minha pergunta como se realmente achasse engraçado.

— Acredite, princesa. Meu pau está muito duro de vontade de você — declarou com a voz rouca.

Fechei meus olhos, sentindo suas palavras em meu baixo ventre, só por falar o cara já conseguia me deixar pronta para gozar.

— Você é rude com as palavras.

Busquei minha blusa para vesti-la novamente. Enquanto tentava desenrolar o tecido, suas mãos pegaram meus pulsos. Com um puxão rápido, King me fez ficar em cima dele, logo após, pegou minha perna direita e ajeitou para que eu deixasse do outro lado de seu corpo e, assim, ficasse montada nele.

— Eu sou rude e brutalmente direto com as palavras, princesa xereta, disse que não vou te comer, mas isso não significa que eu não vá fazer você ver estrelas.

No segundo seguinte, King me puxou pela nuca, sua língua invadiu minha boca, e pude escutar seu maxilar estalar, tamanha a força que ele colocara naquele beijo. Nossos dentes se bateram por um momento, até que segui seu ritmo e novamente trabalhamos em sincronia. Suas mãos logo desceram pelas minhas costas até que estavam em meu traseiro, amassando sem dó a minha bunda, enquanto me direcionava para baixo, para que nossos centros se encontrassem e criassem atrito. Gemi, entendendo o que ele queria, e me esfreguei descaradamente contra ele. Nossas bocas se separaram e logo sua língua lambia a pele do meu colo. Desenhou caminhos de mordidas e chupadas entre o vale dos meus seios, enquanto nos movimentávamos, para frente e para trás. Como um par perfeito de dançarinos.

Meus gemidos começaram a crescer e meus movimentos se tornaram frenéticos e incrivelmente desavergonhados.

— Deixa vir! Pode gozar! — Sua voz era carregada de sensualidade e desejo, suas mãos estavam firmes na minha bunda, enquanto sons provocativos dos seus gemidos saíam de sua boca.

Não demorou muito para que os meus gemidos ficassem mais altos, anunciando que, em breve, atingiria o melhor orgasmo da minha vida.

— Vamos, princesa deliciosa, goze para mim!

Seus dedos se apertaram na carne do meu traseiro e as mãos movimentaram-me para que eu intensificasse as esfregadas em seu membro, meu centro começou a se apertar a medida em que o sentia ainda mais duro e imprensado contra mim.

Logo a sensação deliciosa me preencheu. Procurei sua boca e o beijei com vontade, enquanto nosso ritmo, aos poucos, ia diminuindo e meu corpo relaxava contra o seu. Patrick colocou mechas do meu cabelo atrás das minhas orelhas e sorriu, espelhando a minha sonolência.

Sem saber o que fazer, abracei-o. Soltei um suspiro longo e cansado. Estava completamente sem energia, parecendo entender o que significava aquilo. King me ajeitou ao seu lado no banco de trás do carro e fez com que eu deitasse em suas pernas.

— Durma, princesa xereta.

— Vai mesmo me chamar assim? — questionei, quase pegando no sono.

— Pelo menos até eu encontrar um novo apelido para você, embora eu goste de princesa xereta, talvez Barbie bailarina... — Seu tom estava carregado de brincadeira.

— Eu tenho uma Barbie bailarina — confidenciei, em meio a um bocejo.

A adrenalina, o orgasmo e o álcool, somados ao colo confortável de Patrick, acabaram levando a melhor.

— É claro que você tem...

Na manhã seguinte, acordei com o barulho de um telefone vibrando.

— Ei! — Ouvi Patrick dizer. — Estou com ela... estamos no estacionamento. — Ficou mudo, ao fundo, podia ouvir a voz de quem imaginei ser Milan. — Sim, eu a levo. Tudo bem! Nos vemos em casa.

Levantei-me no momento em que ele desligou, sentei, olhando em volta do carro, continuava sem minha blusa, mas a jaqueta de couro de King estava pendurada em um dos meus ombros. Os vidros estavam embaçados e com gotículas de orvalho do lado de fora. Fazia frio, mas não muito.

A dor de cabeça também não estava nada legal, entretanto me sentia melhor do que merecia.

— Bom dia... — ele sussurrou para mim.

Olhei em sua direção, mas rapidamente cobri meu rosto com as mãos e esfreguei meus olhos tentando limpá-los.

Patrick levou a mão ao bolso da sua jaqueta, sobre metade do meu corpo, e pegou uma caixinha de chicletes de hortelã, oferecendo-me com um sorriso. Suspirei, aliviada por ter algo para aplacar meu mau hálito, e peguei uma tira do chiclete.

— Bom dia e obrigada... — respondi com um sorriso desconcertado.

— Vou levar você para casa — avisou suavemente, seu rosto não mostrava quaisquer pensamentos.

Assenti e olhei em volta, não foi difícil encontrar a minha blusa, desenrolei-a e percebi que estava empoeirada, suja, então olhei para minhas botas, short, pernas e gemi ao perceber que estava toda suja.

— É do meu carro. Foi um show e tanto, princesa.

— Deus! Eu subi no seu carro... — gemi, mortificada, ao me lembrar.

— Sem problemas...

— Provavelmente arranhei o teto dele...

— O show valeu a pena.

Uma piscadinha sacana e um sorriso de arrancar a calcinha fora foi o que bastou para me fazer sorrir.

Uma hora depois eu estava em frente ao alojamento da faculdade. Sentada ao lado dele, não sabia como agir. Se foi apenas diversão de uma noite, talvez não fizesse parte do protocolo um beijo de despedida. Ou troca de números de telefone. King não parecia o cara que via a mesma garota mais de uma vez, com todo o estilo de bad boy gostosão, ele parecia mais o cara que comia e deixava a garota fazer a caminhada da vergonha.

*Exceto que vou fazer a caminhada da vergonha sem realmente ter transado. Que patética!*

Decidida a acabar logo com aquela tortura, respirei fundo e apoiei a mão na maçaneta, sem nem ao menos olhar para ele.

— Tchau, King. A gente se vê.

*Pronto! Agora saia!*

Quando estava me afastando, ele virou seu rosto e beijou rapidamente os meus lábios.

Com o sorriso cínico e sexy que só ele sabia dar, disse:

— Pode ter certeza de que a gente se vê, princesa.

# SETE
## JULIE

Dormi o domingo todo, precisava me recuperar da festa, por isso, não pensar demais em King foi fácil. Estava praticamente em coma. Entretanto, assim que abri meus olhos na segunda-feira de manhã e saltei da cama, foi instantâneo lembrar-me dele, tão natural quanto respirar.

Seus beijos, suas mãos, sua língua contra a minha, no mesmo ritmo em que seu membro rijo pressionava minha pele arrepiada, deslizando dentro de mim, fazendo-me chegar ao orgasmo. O primeiro proporcionado por terceiros.

*Credo, Julienne! Você parece um contador fazendo o imposto de renda de alguém! Orgasmo proporcionado por terceiros? Quem fala assim?*

Bem, alguém que tem a experiência sexual de um monge!

Caramba! Depois de ter feito tudo aquilo no carro de Patrick King, tudo o que eu conseguia pensar era no *mais*. Se tivéssemos ido mais além. Se sua mão tivesse ido mais por baixo do meu short, se eu não estivesse bêbada...

— Humm... — Sloan gemeu ao meu lado.

Olhei em sua direção e ri para a bagunça que ela estava. Cabelos emaranhados, maquiagem borrada e sonolenta.

— Bom dia! — cumprimentei com entusiasmo, só porque sabia que ela odiava as manhãs.

Eu não era uma fã incondicional de acordar cedo, mas a rotina de práticas e os meus objetivos nunca deixaram muito espaço para reclamar.

— Bom dia para quem?

— Sabe, Slow, existe um lugar chamado reino passivo-agressivo... — Enquanto falava, ela levantava seu dedo do meio para mim. — E você é a rainha dele.

— Você está toda sorridente porque fez o carro do King balançar na festa — acusou, o que me fez lembrar que ela provavelmente queria detalhes e que eu não gostaria de dá-los. — O que me lembra...

— Preciso me arrumar para a aula — disse, levantando-me rapidamente.

Peguei minha bolsinha de higiene, toalha e roupão.

— Você não me contou como foi...

— Depois nos falamos!

Abri a porta e fugi da conversa.

— Você não vai escapar por muito tempo, Julienne Walker! — Ouvi seu grito abafado através da porta.

Quando Sloan entrou no banheiro, eu já estava voltando para o quarto, ela só me olhou com os olhos serrados, como se estivesse me analisando friamente. Sabia que uma hora teria de dar os detalhes a ela.

— Você me faz sentir menos culpada a cada segundo... — resmungou novamente através da porta, mas desta vez a do banheiro.

Pensei em voltar, mas o fluxo de alunos no corredor era grande. O que significava que, em breve, começariam as aulas do período da manhã e eu precisava me apressar.

Tamisha Ottawa fazia questão de dar aula para os alunos do primeiro ano ao menos uma vez para escolher quem seriam seus queridinhos. Mesmo sendo uma mestra do balé clássico e tivesse contato apenas com o suprassumo do balé, ela sempre abria espaço para os novos talentos da Juilliard. Aquela aula servia para os alunos mostrarem do que eram capazes e, talvez, conseguirem uma chance no elenco da principal apresentação do final do ano letivo. Estávamos em setembro, logo, tínhamos nove meses para apresentarmos um espetáculo perfeito. Mas apenas um *pas-de-deux*, ou *padedê*, seria escolhido. Ou seja, apenas um casal do primeiro ano poderia ingressar no projeto da Sra. Ottawa para realizar os passos juntos da coreografia.

Difícil.

Mas eu não havia treinado tantos anos para achar que seria impossível para mim, então, simplesmente me mantive confiante e esperançosa.

Escolhi um programa com o qual estava mais do que acostumada para apresentar. Executava-o desde muito novinha.

Coloquei meu collant preto e um bolero amarrado abaixo dos meus seios, optei pela saia curta, da mesma cor, de helanca e aberta em uma fenda alta para dar mobilidade. Meias brancas, assim como minhas sapatilhas de ponta, e polainas pretas para combinar com o restante. Queria parecer apresentável e bela, isso contaria pontos na hora de me apresentar para a professora. Me maquiei delicadamente e prendi meus cabelos em um coque impecável. Peguei minha bolsa, coloquei em meu ombro e corri para o campus.

Não queria ser a primeira a chegar, mas também não gostaria de ser a atrasada.

Não deu muito certo para a segunda opção, cheguei no horário, porém fui a última a entrar na sala. A Sra. Ottawa já estava lá, fazendo arranjos e conversando com outras pessoas. Mais alguns segundos e ela bateu palmas.

— Tudo bem, em posição — ordenou. Corremos para nos aproximarmos das barras e aguardamos com postura. — Alongamento.

Imediatamente iniciamos os alongamentos necessários e, quando estávamos quase terminando, a professora desligou a música e uma porta se abriu. O ar escapou completamente dos meus pulmões quando Patrick entrou na sala com o rosto compenetrado e perfeito em jeans, camiseta branca colada e uma camisa de flanela preta por cima. Seus cabelos estavam molhados, a barba por fazer e os olhos inchados de tanto dormir.

*Jesus, se isso é um sonho ou se estou ficando esquizofrênica, me ajude! Por favor!*

— Sr. King, obrigada por vir. Esteja a postos — Tamisha falou.

Patrick colocou a pequeno maleta em cima de uma mesa próxima à porta e a abriu, cuidadosamente, tirando um violino lá de dentro. Ele apenas assentiu para ela e continuou mexendo no instrumento.

— Classe, este é Patrick King, aluno do programa de música avançada, o Sr. King precisa de crédito extra e, por isso, vai nos ajudar por aqui. Vocês dançarão com música ao vivo.

O murmúrio na sala era enorme, especialmente entre as meninas. Risadinhas e cochichos de como ele era lindo e gostoso ecoavam à minha volta. Eu? Só consegui ficar encarando-o, petrificada.

Não demorou muito para ele perceber a minha presença também, no momento em que tirou a atenção do seu instrumento e começou a analisar todos no ambiente, seus olhos pararam em mim.

Ele não ficou confuso ou assustado. Parecia satisfeito, aliás.

*Pode ter certeza de que a gente se vê, princesa.*

Filho da mãe!

O sorriso de comedor cresceu em seus lábios e a sobrancelha estava lá. De repente, seus lábios se abriram ainda mais e os dentes perfeitos ficaram à mostra, um riso lhe escapou, consegui perceber pelo rompante em seu peito e o movimento do seu pescoço, o belo exemplo de pescoço grosso, cheiroso e com barba cerrada na metade dele...

*Acalme-se, Julienne!*

— Muito bem! Vamos começar!

Tamisha bateu palmas novamente e King, sem tirar os olhos dos meus, apoiou seu queixo no corpo do violino.

Ele ficava enorme diante do instrumento, mal combinava com ele e toda a sua atitude, mas quando começou a movimentar a vara e as crinas deslizaram sobre as cordas do violino, eu quis chorar de emoção.

— E *demi plie... gran plie...* — Sra. Ottawa começou a decretar, enquanto seguíamos religiosamente aos seus comandos.

Meus olhos não deixavam King, era ridículo, entretanto não conseguia parar. Tinha tantas perguntas. E estava tão feliz de vê-lo novamente. Algo dentro de mim ficou esperançoso quando ele sorriu daquele jeito. Procurei respostas, inventando significados para a sua reação ao me ver.

Era óbvio que ele sabia que eu estaria ali, era óbvio que aquela que se dizia minha melhor amiga também sabia que *ele* estudava em Juilliard.

Quando o vi no teatro, não era minha mente obcecada por ele. Era realmente ele caminhando na coxia. Sloan tentou me contar, logo depois da primeira peça. E eu a ignorei.

Ela devia ter insistido.

Vadia!

Era um pouco estranho que um homem do tamanho, porte e estilo de King tocasse violino. A imagem era quase desproporcional, seu um metro e noventa de músculos bem definidos posando com um violino pequeno e delicado nas mãos era no mínimo um paradoxo. Não menos belo, no entanto. Seus olhos estavam vidrados e brilhantes, seus lábios, apertados em linha reta, e o osso da sua mandíbula, proeminente, como se estivesse apertando os dentes. Não parecia relaxado, mesmo assim, era como se tivesse nascido para aquilo. Os dedos, ágeis e longos, dedilhavam as cordas, enquanto suas mãos me faziam querer ser tocada.

— Muito bem, vamos aos *pas-de-deux* — Ottawa comunicou. — Os nomes que eu disser ficam na sala. O restante da turma está dispensado.

Ficamos em nossas posições, tentando não transparecer o nervosismo. Enquanto mantinha a postura, tentava descobrir o que estava me afetando mais: a expectativa de ter meu nome citado para fazer parte da produção do final do ano letivo, ou a sensação dos olhos de King queimando sobre mim.

— Julienne Walker. — Foi o primeiro nome que ela chamou.

Respirei fundo, caminhei até o centro da sala e me coloquei na posição.

Olhei de relance para Patrick, ele assentiu uma vez com a cabeça como se estivesse me dando os parabéns. Respirei fundo e me recompus.

— Tony Baltimore...

Ela continuou chamando os alunos e, ao todo, ficamos em oito. Quatro meninas e quatro meninos. Ela nos colocou em duplas e fui designada a ficar com Tony, sorrimos um para o outro e nos cumprimentamos educadamente.

— Parabéns... — disse ele, com um sorriso amistoso.

— Pelo quê? — questionei, assim que ele se posicionou atrás de mim, pegando meu braço direito e esticando-o ao longo do seu.

Colocando-nos em formação de *pas-de-deux*.

— Você ter sido chamada. Isso é importante.

— Qualquer um poderia — respondi baixo, meus olhos fugiram para Patrick, que me assistia concentrado.

Ele analisou meu corpo todo, demorou-se em minhas pernas e, quando chegou ao meu rosto, ele sorriu, da forma que fazia meu corpo amolecer e queimar.

— Mas *você* foi a escolhida...

Não respondi. A Sra. Ottawa logo nos colocou para dançar, enquanto Patrick continuava a tocar o seu violino. Ela nos analisava com olhos atentos, subindo e descendo, intercalando entre nossos pés e mãos.

— Gosto, tem química, não há necessidade de troca... — comunicou ao seu assistente, sem tirar os olhos de nós.

O rapaz anotou algo na prancheta e assentiu.

Não demorou muito para que ela dispensasse os outros três casais e ficássemos apenas Tony, a professora, seu assistente, King e eu dentro da sala.

Tamisha levantou a mão, fazendo um sinal para que King parasse de tocar e sucintamente nos deu os parabéns.

— Vejo vocês em trinta dias para começarmos os ensaios. — Virando-se para Patrick, disse: — Obrigada por seu tempo, Sr. King, como sempre, impecável. Vemo-nos na próxima semana.

Ele apenas anuiu, confirmando a agenda.

— Então, *parceira,* que tal um café? — Tony perguntou, animado.

Olhei para ele, enquanto pegava sua bolsa e depois para King, que me fitava, desafiador. É claro que ele sabia que eu preferia saber o que estava acontecendo do que ir tomar café com o meu novo *pas-de-deux*.

— Obrigada, Tony, mas tenho que voltar para meu dormitório e me trocar para a próxima aula — expliquei, educadamente.

Sem se deixar abalar pela minha recusa, Tony sorriu, pegando sua bolsa e partindo da sala.

Ficamos apenas King e eu, nos encarando como se fosse um concurso de quem desistiria primeiro. Como se eu o assistisse pela janela novamente, ou melhor, como se estivéssemos nos olhando, enquanto nos esfregávamos um no outro dentro do seu carro.

— Não vai dizer nada? — consegui perguntar, dando alguns passos em sua direção.

— Tenho três opções sobre o que dizer agora, estou tentando escolher a mais adequada para o momento — confidenciou, em tom de brincadeira.

Canastrão como sempre. O sorriso cínico estava lá, lindo como nunca, enquanto ele continuava a deslizar sua visão sobre o meu corpo.

— Quais são as opções? — indaguei, entrando na brincadeira.

— A primeira é sobre o quão gostosa você está nessa roupa e o quanto eu gostaria de colocar seu pequeno maiô...

— É um collant — corrigi, quase sem ar.

— Seu pequeno collant para o lado e foder você contra essa barra de balé.

Tu-do bem! Eu provavelmente estava corando, mas extremamente excitada.

— E a outra opção?

King passou sua língua sobre os dentes por um momento e respirou fundo.

— A outra é que você simplesmente consegue ser ainda mais linda quando está dançando, Julienne.

O cara conseguia fazer a minha calcinha e coração se derreterem simultaneamente. Aquilo não poderia ser saudável de forma alguma.

— Não sei como responder a isso...

Meu corpo todo vibrava, meu estômago era uma loucura, dava voltas, já meu coração, estava completamente disparado.

— Então você pode responder a uma terceira questão — informou ele.

— E qual seria?

— Quer jantar comigo hoje à noite?

# OITO
## JULIE

Enquanto secava os cabelos com o secador, usava a outra mão para calçar os sapatos. Desde cedo, aprendi a fazer várias coisas ao mesmo tempo. Tudo para ter mais horas para praticar a dança. Eu não me importava em ver pequenos detalhes da minha vida passando desde que eu pudesse estar com minhas sapatilhas nos pés o mais rápido possível. Com o tempo, apenas se tornou um costume, mas agora pensava em me policiar apenas para poder aproveitar os momentos que meu encontro me proporcionaria.

Patrick disse que me levaria para jantar em um restaurante japonês, depois de confirmar se eu gostava daquele tipo de comida. Eu amava. E quando deixei claro a minha satisfação sobre a escolha do local, seus olhos brilharam, felizes.

Optei por usar jeans e uma blusa solta, de gola caída, mostrando um dos meus ombros. Os sapatos eram baixos, saltos são apenas para festas chiques, além de que, geralmente, eu não tinha condições de parar em cima de saltos altos depois de passar horas a fio do meu dia nas pontas dos pés.

Assim que terminei de secar os cabelos, tratei de me maquiar, olhos mais acentuados, lábios sem tons fortes. Casual, porém bonito. Chequei o horário e percebi que ele estava atrasado. Não muito, dez minutos. Caminhei até a minha cama e peguei o celular para conferir se havia mensagem ou ligação. Agora ele tinha meu número, seria mais fácil de nos comunicarmos.

Sorri ao me lembrar da forma que ele solicitou o meu contato.

*Ele me acompanhou até o dormitório. Estava curiosa e queria insistir para que ele me contasse sobre o fato de ser da Juilliard também, mas ele prometera me contar tudo durante o nosso jantar. Assim que paramos em frente à minha porta ele disse:*

*— Troco seu número de telefone por um beijo.*

*Encostou seu ombro na parede ao lado da porta e enfiou o dedo no cós da minha saia, puxando-me para ele. Nossos corpos se colaram e levantei minha cabeça para que pudesse encará-lo.*

*— Você quer o número primeiro? Ou o beijo? — ousei perguntar.*

*Provavelmente não saiu tão sexy quanto eu queria, mas foi a suficiente para King esmagar seus lábios nos meus e devorar toda a minha capacidade cognitiva com a sua língua maravilhosa. Amoleci em seus braços e deixei que ele me segurasse com força. Suas mãos eram tão grandes que circulavam quase toda a minha cintura, o corpo duro, firme e quente fazia-me segura, livre para fazer qualquer coisa comigo. Gemi em sua boca e soltei um suspiro antes de nos afastarmos.*

*— Agora o número — ordenou, uma de suas mãos deixou a minha cintura e foi para o bolso de sua calça, pegou o telefone, desbloqueou e entregou para mim. — Coloque aqui.*

Ao checar meu telefone, vi que não havia mensagem nenhuma de King, só algumas da minha mãe. Dele, nem mesmo uma ligação, mas antes que eu pudesse me preocupar sobre levar um *bolo*, a porta do quarto se abriu e Sloan entrou. Milan estava logo atrás dela e, em seguida, o King.

— A última aposta foi mais leve, quero apostar todo o meu dinheiro reservado em você na próxima corrida, King, não perca. Por favor — Slow disse, indo em minha direção e beijando o meu rosto. — Oi — sussurrou —, está linda.

— Oi... Obrigada! Por que não me contou que King estudava aqui? — sussurrei de volta, acusando a minha amiga. Sorri ao ver Milan se jogar na cama da Sloan. — Oi, Milan — cumprimentei antes de voltar a atenção para ela.

— Eu tentei, você disse que não queria me ouvir falar sobre ele.

Deu de ombros de forma inocente, no entanto conseguia ver a satisfação no seu rosto.

— Você é uma vaca, sabia disso?

Slow apenas riu e deu de ombros.

— Como vai, Julie? — cumprimentou Milan, colocando os braços atrás da cabeça e se fazendo confortável na cama, evitando que continuássemos a discussão, tudo parecia fácil entre ele e Sloan.

Por um momento me senti culpada por não perguntar mais sobre como estavam as coisas entre eles. Na tentativa de evitar falar sobre King, acabei ignorando a sua história também. Ao que parecia, as coisas mudariam, eu estava indo a um encontro com Patrick. Não faria mal conversarmos sobre os garotos.

— Bem...

Então, olhei para ele. Parado na porta, braços cruzados e cabelo molhado e arrumado de maneira estratégica para parecer despenteado. Seus olhos brincavam com o meu corpo, subiam e desciam, desejando-me. Fazendo-me sentir bela e destemida.

— Você está linda — disse, ao invés de me cumprimentar. — Desculpe o atraso.

Ele não justificou a demora, mas algo intenso, parecia raiva, passou em seus olhos. Assenti rapidamente para tranquilizá-lo.

— Acabei de ficar pronta, de qualquer forma. Você ia esperar se chegasse no horário.

— Podemos ir? — questionou, desencostando da porta.

Dei uma boa olhada nele, enquanto caminhava os poucos passos que nos separavam. Novamente, a jaqueta de couro não estava fazendo parte do seu visual e, por isso, me senti um pouquinho decepcionada. King era lindo de qualquer maneira, mas vestindo aquela jaqueta, era simplesmente uma delícia. No lugar da jaqueta ele vestia uma camiseta branca, levemente solta, porém curta o suficiente para mostrar seu abdômen caso levantasse os braços.

Assim que cheguei até ele, nos despedimos de Milan e Sloan, saímos do quarto e, quando fechei a porta, King me prensou contra ela e me beijou.

— Vai ser difícil manter as mãos longe de você hoje.

— Não precisa.

Não consegui me refrear. Poderia dizer que aquele não era o meu estilo, entretanto eu sequer sabia qual era a minha, passei anos me dedicando e pensando em apenas duas coisas: o balé e Juilliard. King se mostrava um sopro de ar fresco a cada minuto em que eu passava com ele, me fazendo querer falar mais, agir mais. Fazer coisas que não estava acostumada. Dizer como eu me sentia.

Era aterrorizante. Entretanto a vontade das novas descobertas era maior do que o medo.

— Bom saber. — Sua voz saiu rouca.

O restaurante que King me levou se chamava Karatê Kid. Não resisti e gargalhei quando ele estacionou o carro em frente ao estabelecimento.

— O que foi?

— O nome desse lugar — expliquei — é hilário. Brega.

— É o restaurante da minha avó... Foi ela quem me criou — informou, impassível.

Meus olhos se arregalaram, enquanto ele falava, fiquei mortificada com a gafe que havia cometido, mas então Patrick começou a gargalhar na minha cara e percebi que ele estava apenas brincando comigo.

— Olhe para mim, princesa xereta, eu tenho cara de Miyagi? Daniel LaRusso?

— Você é mal!

Empurrei-o, começando a rir junto com ele.

— E você é linda, princesa. — Seu tom diminuiu e se tornou morno, sexy... sedutor. Tentava me provocar.

— Obrigada.

O cheiro daquele homem era inebriante. Perfume caro exalava da sua pele. A barba havia sido feita, mas a sombra escurecia sua pele, contornando o seu maxilar forte e bem desenhado, era tão... tão lindo de apreciar.

Vagarosamente, ele se aproximou, sua mão tocou o meu rosto e o acariciou por um momento, antes de descer pelo meu pescoço e puxá-lo em sua direção, beijando-me com movimentos circulares, encantando meu corpo, minha mente...

Minha alma.

*Não se perca por ele, Julienne.*

King desceu do carro e aguardou, enquanto eu saia e fechava a porta, quando me aproximei dele, acionou o alarme e a trava, pegando minha mão em seguida.

O restaurante era agradável, simples e aconchegante. King e eu fomos direcionados a uma mesa baixa por um japonês baixinho, que parecia fazer reverência a cada palavra que proferia em um inglês carregado de sotaque.

Agradeci-me mentalmente por ter escolhido jeans para usar naquela noite, não seria confortável sentar em almofadas no chão de vestido ou saia. O garçom nos entregou o menu e optamos por uma barca pequena, o que me deixou aliviada, eu não podia ingerir calorias demais, tinha treino cedo no dia seguinte. Me sentir pesada comprometeria meu desempenho.

— Então... — iniciei, não conseguindo mais segurar a curiosidade — Juilliard.

— Juilliard, princesa. — Uma risadinha nasalada escapou dele.

— Você sabia desde o começo? — A pergunta era estúpida, eu sabia.

— Desde que soube que Sloan era sua amiga. Ela e Milan fazem a dança do acasalamento já há algum tempo, mesmo que ele não estude na Juilliard, ele vive por lá comigo e nas festas. Sua amiga estava no radar dele havia bastante tempo.

— E por que não me contou? — questionei.

— Sloan pediu para eu não contar.

Deu de ombros.

— Vadia!

Ri em seguida.

— Você também parecia irritada comigo, então não vi motivos para falar com você sobre isso. Não era como se estivéssemos tendo conversas que nos levassem a essa informação.

— Só vi você uma vez lá, no teatro.

King me analisou e sorriu. O garçom chegou com nossas bebidas, limonadas suíças com Sprite, e dispôs para nós na mesa. Quando saiu, ele retomou o raciocínio:

— Eu tinha acabado de voltar. Estou um pouco atrasado nas aulas. Para não ficar devendo presença, fiz um acordo com a reitoria para tocar em algumas turmas de teatro e dança. Por isso eu estava lá hoje cedo.

— Por que se atrasou para voltar? A Sra. Ottawa disse que você é do programa avançado, você deve estar no...

— Penúltimo ano — King completou por mim. — Sou especialista em cordas. Estou fazendo formação dupla.

— Uau... — murmurei, realmente impressionada. — Você toca todos os instrumentos com cordas?

— Sim, melhor em alguns do que em outros... — comentou, humildemente.

— Quais?

— Violão, guitarra, violoncelo, violino, harpa...

— Você toca harpa? — questionei, incrédula.

— Como um anjo! — Piscou de forma safada, contradizendo totalmente o adjetivo que usara.

— De anjo você não tem nada, Patrick King — retruquei, rindo.

— Você por outro lado... — Se inclinou para a frente e me encarou intensamente. — Parece um anjo.

Senti meu rosto corar, o que era estúpido, mas era típico dele, mexia comigo por completo. Fazia com que eu perdesse o controle de mim. E o pior, eu ansiava para perdê-lo. Tudo o que ele falava me fazia sentir ainda mais. Cada uma das suas palavras penetrava em minha pele, como se ele estivesse em mim. Grudado, falando tudo aquilo em meu ouvido.

— Voltando... — Tentei me recompor, a barca de sushi chegou e logo começamos a comer. — Você voltou atrasado para a faculdade.

— Sim, quase um mês.

— Por quê? Posso saber?

— Meu pai parou de pagar pelos meus estudos e confiscou meu fundo fiduciário, deixado pela minha mãe. — Sua resposta foi dura, obviamente mostrando sua insatisfação sobre o assunto. — Estou desde o semestre passado juntando dinheiro com as minhas corridas para pagar os estudos.

— Ele não quer que você toque? — indaguei, mesmo percebendo a sua tensão ao falar.

— Ele não se opõe ao fato de eu tocar, mas não quer que me profissionalize, está exigindo que eu assuma a empresa dele.

— Entendo...

— Podemos falar de outra coisa? — Seu questionamento saiu duro.

Assenti e dei um meio sorriso. Ele rapidamente encontrou outra coisa para falar: eu.

— Conte-me sobre você.

— Não há muito sobre mim, sou bailarina e sempre quis ser uma.

Dei de ombros e passei a falar sobre amenidades. Não queria falar a respeito do meu pai, a falta que ele me fazia, ou da minha mãe e como eu estava evitando suas ligações.

O clima pesou entre nós, mesmo nos esforçando para descontrair. King não tinha sido rude comigo, nem eu com ele, mas era notável que nossa escolha de assunto não foi das melhores. Nossos sorrisos se tornaram mecânicos e nosso foco ficou no sushi e não em nós.

Senti-me nervosa, com medo de ter estragado a noite.

Passava das dez horas quando ele me acompanhou até a porta do meu quarto, no dormitório. Os corredores já estavam vazios, lembrando-me que eu também deveria estar na cama, era segunda-feira ainda. Precisava descansar para as aulas. Paramos de frente um para o outro e não esperamos muito para nos beijarmos. Foi calmo e gostoso ao mesmo tempo.

— Boa noite — sussurrou ele, contra os meus lábios.

— Boa noite — consegui dizer de volta.

Então nos separamos. Ele deu um passo para trás, lançando-me o seu sorriso safado. Seus olhos deixaram de ficar firmes e pareciam quentes novamente, como quando nos encontramos na aula pela manhã.

Sorri para ele mais uma vez e me virei para abrir a porta.

# NOVE
## KING

— Desde quando você faz a coisa de encontro, cara? — Milan perguntou, logo após o meu anúncio de que iria levar Julienne para jantar.

— Desde que eu quero sair para jantar com alguém, Milan — informei, de mau humor, enquanto procurava minhas chaves e carteira.

— Você não precisa de encontros, jantares e nem japonês para que uma garota abra as pernas para você.

Verdade. Mesmo Julienne estava pronta para trepar comigo no banco de trás do meu carro, mas ela estava bêbada e eu não trepava com gente que não sabia o que estava fazendo. Não era um animal estuprador de merda.

Eu também não era o cara que pedia encontros, jantares e nem cortejava para conseguir me dar bem. Mas algo diferente despertou em mim quando vi Julienne dançando por quase uma hora. O corpo esbelto, atlético e delicado ao mesmo tempo, suas mãos se movendo pareciam fazer mágica. Era quase possível ver estrelas brilhantes sair das pontas de seus dedos delicados. A concentração estava falha, eu sabia, seus olhos, de tempo em tempo, escapavam do foco para me analisar e eu, secretamente, vibrava com aquilo. Sentia prazer ao ver que ela só tinha olhos para mim.

Contudo não sei o que me deu para querer convidá-la para sair. Não parei para pensar em meus atos, simplesmente senti necessidade de fazer algo mais do que discutir ou devorá-la. Queria conhecer Julie Walker, a princesa *voyeur*. Entender por que tudo nela chamava a minha atenção, mesmo que fosse o oposto do tipo de garota com a qual eu gostava de estar.

— Pare de agir como uma namorada ciumenta, cara. Você tem uma boceta permanente agora. Vá se divertir.

— Nunca disse que Sloan era permanente — tentou se defender.

No entanto eu o conhecia.

— Ah, então você está comendo outras?

— Claro que não! — exclamou, rapidamente.

Defensiva... saquei.

— Quer comer outras bocetas, Milan? — questionei, novamente.

— Não!

Resposta rápida demais.

— Temos uma vencedora.

Sacodi minhas sobrancelhas para ele. Percebendo o que fiz, ele revirou os olhos e se jogou no sofá.

— Tanto faz, mas você não está muito diferente, todo em cima da Julie.

Não me dei ao trabalho de responder. Não me interessava o que aquele arrombado estava pensando naquele momento. Ou talvez eu só não quisesse pensar demais nos motivos pelos quais eu estava procurando Julienne Walker.

— Você vem ou não? — questionei.

Mais cedo, ele havia me pedido uma carona até o campus. Tinha bebido demais no domingo e pediu para Sloan deixá-lo em casa. Ela tinha aula, então usou seu carro para voltar ao dormitório.

Sem responder, ele levantou e me seguiu para fora do nosso apartamento.

Quando estacionei em frente ao Willson Residence Hall, faltavam dez minutos para o horário combinado com Julie. Fiz menção de pedir que Milan ficasse comigo ali, para esperar o tempo passar, mas não precisou.

Meu tempo passaria de uma forma muito menos agradável.

Eu sempre cogitava não atender meu pai quando ele me ligava. Sempre. Entretanto sabia que, se não o fizesse, ele envolveria Milan e a senhora Royce. Cliquei em atender no painel multimídia do carro, não tinha nada a esconder do meu melhor amigo.

— Oi, pai — cumprimentei.

— Patrick, como vai?

— Bem.

Olhei para Milan, que fez um gesto, como se perguntasse se eu queria que ele saísse do carro. Neguei com a cabeça. Na verdade, queria que ficasse. Sentia-me mais forte e no controle quando o tinha por perto.

— Gostaria de saber se está precisando de algo.

Fechei os olhos com força. Ele sempre fazia isso. Usava aquela pseudopreocupação para começar o seu discurso.

— Está tudo está bem, pai. Milan e eu estamos bem.

— Como está pagando as contas?

— Estou me virando.

— Trabalhando?

Milan colocou a mão na boca para esconder o riso. Passei a ganhar muito dinheiro com as corridas. Com exceção do último mês, quando tive de consertar o carro e por isso atrasei a rematrícula na faculdade, estava levando a vida muito bem no último ano.

Mas não podíamos chamar aquilo de trabalho. Especialmente sendo ilegal.

— Sim.

— Eu gostaria de marcar um almoço para conversarmos, Patrick.

O tom duro denunciava o assunto que ele queria tratar. Meus olhos fugiram rapidamente para Milan, sua discreta negativa e o rosto retorcido em uma carranca tensa me diziam que ele concordava comigo sobre o assunto.

— Já falamos sobre isso, pai...

— Essa brincadeira precisa acabar, filho — falou, com a voz mais tensa, empertigado. — Você precisa colocar a cabeça no lugar...

— Que brincadeira, pai? Eu sempre quis fazer o que estou fazendo agora. Nunca foi novidade para você.

Era verdade que ele nunca ficou totalmente satisfeito com a minha escolha, mas só no ano passado começou com todo o terrorismo de bloquear o dinheiro para a minha educação.

— Se sua mãe...

— Não posso acreditar que você esteja trazendo minha mãe para essa conversa! — gritei, pausando as palavras. — Não fale da minha mãe! Nunca!

Milan deu um salto e, rapidamente, saiu do carro, porém não me abandonou, fechou a porta e se encostou nela. Ele sabia que eu não iria querer ninguém por perto, mesmo assim, precisava saber que ele estaria ali por mim.

— Desculpe, Pat... eu...

— Acabamos aqui! — Cortei suas palavras e finalizei a ligação. — Filho da puta! — berrei.

Bati com os punhos no volante, enquanto continuava a rugir dentro do carro. A raiva permanecia dentro de mim, nunca tinha fim. A forma como usou minha mãe para me atingir foi baixa até mesmo para ele, traidor, filho de uma puta!

A porta do carro se abriu e Milan entrou, fechando-a em seguida.

— Respire fundo, cara — ordenou, com a voz calma. — Não vale a pena e você sabe disso.

— Ele... ele...

— Eu sei, amigo!

— Tem certeza de que não quer que eu fale com a Julie, posso dar uma desculpa, ela é uma garota legal, sei que vai entender — Milan ofereceu.

— Estou bem — respondi com pouca convicção, entretanto não deixaria Parker King arruinar mais nada em minha vida. Não se eu pudesse evitar.

Não consegui, o encontro não foi nem de perto o que eu queria que fosse. Julienne tocou no único assunto que poderia me deixar louco naquele dia, e a porra da culpa nem era dela.

Cacete.

O plano era levá-la para jantar e depois irmos para o meu apartamento, foderíamos, seria uma loucura, porque eu tinha certeza de que nossa química na horizontal seria tão incrível quanto na vertical, então, eu entenderia toda a minha fascinação sobre aquela garota. Eu estava certo de que o motivo era porque ela me viu transando com outra e aquilo simplesmente me deixou cheio de tesão por sua boceta, mas no decorrer da noite, Julienne despertou várias sensações diferentes em mim.

Encantava-me ver a sua delicadeza, não apenas em como ela dançava, mas também na sua forma de falar, o jeito de olhar... Ao mesmo tempo, tudo nela era fogo, como se aprisionasse uma chama e a deixasse sair apenas em breve momentos. Fosse de raiva, fosse dançando ou quando estava quase fodendo. Queria ter entrado no quarto dela, enfiado mais do que minha mão em sua boceta sedosa, mas eu estava com raiva, e algo em mim dizia que não aproveitaria aquele momento direito, se decidisse fodê-la depois de uma briga com o meu pai.

Por isso, os planos mudaram e agora estava em casa, sozinho no chuveiro, acariciando o meu pau, enquanto imaginava a boca da princesa xereta em volta dele. Bombeando, para cima e para baixo, enquanto mesclava lembranças do que já havíamos feito com imagens fantasiosas do que eu ainda faria com ela. Minha mão esquerda espalmou contra a porta de vidro do box do banheiro ao passo que a direita continuava movendo-se freneticamente, trazendo meu orgasmo para mim e, quando ele finalmente chegou, meu corpo inteiro respondeu, arrepiando a pele, os músculos se enrijeceram e a minha carne tremeu.

— Julienne... — sussurrei, quase como se tentasse invocá-la ali. Para que estivesse comigo, substituindo minha mão por sua bocetinha quente e molhada.

Cacete.

Eu estava perdido.

Tão perdido que quando deitei na cama para dormir, mais tarde naquela noite, peguei meu telefone e mandei-lhe uma mensagem.

A mensagem que seria o início da minha ruína.

"Dormirei pensando em você, princesa xereta."— K.

# DEZ
## JULIE

"Você está gostosa demais hoje, princesa." — K.

Levantei a cabeça imediatamente após ler a mensagem dele. Olhei de forma minuciosa por toda a cafeteria até encontrá-lo. Sentado sozinho, com uma xícara de café nas mãos e o estojo de uma guitarra escorado em suas pernas, estava o autor das mensagens que fazia eu ter dificuldades para dormir à noite e pensar durante o dia. Hoje ele usava a jaqueta de couro. Por baixo dela, uma blusa amarela escura e parecia bem puída, velha e a gola era larga, mas combinava com o seu modo relaxado.

"Obrigada... Guitarra hoje?" — J.

Eu não deveria tentar puxar assuntos cotidianos com Patrick, durante as últimas duas semanas, eu procurava me convencer disso o tempo todo, não era uma boa ideia. Conhecê-lo melhor dificultaria as coisas quando ele perdesse o interesse. E ele perderia.

Porque era assim que ele era. Patrick King, aquele que pegava o que queria e ia embora.

Não foi difícil saber sobre a sua reputação, Sloan foi a primeira a me contar de como ele era, não era de ter compromisso, nunca aparecia com a mesma garota e levava a promiscuidade como uma filosofia de vida. Mas ela estava confiante de que comigo, ele era diferente, uma vez que eu sequer era o tipo de garota com quem ele costumava sair. Depois vieram boatos, garotas que ficaram sabendo que havíamos saído e tentaram me alertar, nenhuma por sororidade. Eram avisos para acabar com o que elas pensavam ser uma competição, sei lá. Contudo, seja qual fossem as intenções, preferi ouvi-las à minha melhor amiga. Sloan estava com Milan, melhor amigo, colega de quarto, praticamente irmão de Patrick, e alimentava aquele sonho de que namoraríamos melhores amigos e seríamos um quarteto fantástico.

Sua mente estava sublimada com aquela ideia fantasiosa e não enxergava perfeitamente.

Por outro lado, tentava me manter consciente das reais intenções dele.

Mas, a cada mensagem que eu recebia, um pedacinho da parede que eu havia construído à prova de King caía.

Logo me convenci que eu poderia usar aquilo em meu proveito. Eu não tinha experiência e Patrick tinha muita. Ele queria coisas comigo, era legal e esforçado o suficiente para enviar mensagens diárias, às vezes fofas, na maioria das vezes muito picantes, e eu podia aproveitar alguma diversão.

"É! É para aquele trabalho que me manteve ocupado, lembra?" – K.

Sim, eu lembrava, foi esse trabalho que não permitiu que ele colocasse a sua promessa – de que a próxima vez que ele estivesse comigo estaria enterrado entre as minhas pernas – em prática. Promessa que eu estava muito disposta a deixá-lo cumprir.

O que não o impossibilitou de me agarrar duas vezes para me dar beijos que me faziam ter experiências extracorpóreas. Como durante a aula de teatro, entre as coxias, quando eu estava simplesmente andando e senti uma mão puxando o meu braço e me fazendo sumir do palco, colocando-me contra um dos cenários e atacando a minha boca com brutalidade.

Ou quando ele simplesmente bateu na porta do meu quarto no dormitório e me beijou sem se importar que Sloan estivesse lá, assistindo tudo. Quando ele me largou, voltei flutuando para cama, enquanto minha companheira de quarto evocava o nome de Deus em vão, contínua e interminavelmente.

Fora isso, eram as mensagens que criavam a expectativa para o momento que ele prometera. O detalhe era que Patrick não tinha ideia de que eu nunca fizera sexo na vida e eu tinha certeza de que ele acharia bizarro que uma garota de dezoito anos ainda não havia tido nenhuma experiência sexual. Foi fácil agir ao contrário, como se eu fosse experiente, meu corpo reagia quase que por conta própria quando se tratava de King, desde o começo. Desde que o vi transando com outra.

Essa era uma questão que eu vivia me esforçando para lembrar. King transava com outras garotas. Ele não era o cara que parecia querer compromisso. Então, decidi que eu não faria nada mais do que me divertir com ele e explorar todas as deliciosas sensações que ele me proporcionava quando tinha suas mãos e boca em mim.

"O que está te fazendo pensar tanto?" – K.

Sua mensagem tirou-me de meus devaneios, porém com certeza não diria o que estava em minha mente.

"Nada demais! Vamos mesmo trocar mensagens a distância? Você está do outro lado da cafeteria." – J.

Enviei a mensagem e olhei em sua direção, querendo captar sua reação quando a lesse. Seu telefone deve ter indicado a notificação, pois ele o pegou novamente e leu a mensagem. O sorriso de lado, cheio de charme e promessas sujas apareceu, mas ele não olhou para mim. Simplesmente se levantou, pegou suas coisas e caminhou em direção à minha mesa.

– Posso me sentar? – perguntou, com a voz divertida.

– Pode – respondi, tentando não parecer animada demais.

Do seu jeito King de ser, pegou a cadeira e arrastou, sentando-se em seguida.

Relaxado e com as pernas bem abertas, colocou seu estojo de guitarra entre elas e o apoiou em sua coxa direita. Ficou me encarando, em silêncio, e eu estava disposta a ficar naquela brincadeira de encarar e tudo mais, entretanto o olhar que ele me lançava era intenso demais. Senti meu rosto esquentar e engoli em seco, desviando meu foco.

Um riso escapou dele, pelo nariz, me fazendo encará-lo novamente.

– Está corando, princesa.

– Pare.

– É bonitinho.

– Veio aqui para me deixar desconfortável? – questionei, tentando não rir.

– Não, na verdade vim saber se você vai à corrida deste sábado.

– Sloan me falou a respeito...

— E você vai? — indagou mais uma vez.

— Vou — respondi, dando de ombros. — Estou apostando em você novamente. — Patrick me olhou por alguns segundos, chocado com a minha declaração.

— O quê? Ganhei uma boa grana da última vez.

— Eu não disse nada, princesa!

King levantou as mãos em rendição.

Era verdade, quase três mil dólares foram entregues a mim após a última corrida de Patrick, era um bom dinheiro e eu finalmente tinha economias. Aquela quantia e a bolsa de estudos eram mais do que tive em um longo tempo. Com a morte do meu pai, minha mãe conseguiu gastar todas as economias da nossa família. De fato, sequer sabia como ela estava se virando, uma vez que nem trabalhava. Vivemos por um longo tempo com o dinheiro do seguro do papai, então, vim para Juilliard e simplesmente tentei esquecê-la. Parte minha sabia que era errado evitar minha mãe como eu estava fazendo, entretanto uma parte bem maior apenas concordava que ela merecia aquilo.

— Mas está pensando em algo. O que é? — inquiri, cruzei os braços e o olhei em desafio.

Um sorriso largo se abriu nos seus lábios e ele levantou-se, pegando o estojo, deixando-me decepcionada.

— Está na minha hora, princesa.

— Ah... ok, a gente se vê!

Sorri ao me despedir. Patrick me olhou seriamente e se abaixou até que estivesse bem perto do meu rosto.

Respirou fundo e fechou os olhos, enquanto sua face estava a centímetros da minha. Quando os abriu, pareciam mais escuros. Ferozes.

— Sabe... — começou, mas sua atenção estava por todo o meu rosto, como se analisasse cada milímetro. — Eu estava falando a verdade na mensagem. Você está gostosa demais nessa roupa de bailarina. Ainda espero poder pegar você com ela.

O espaço entre nossos rostos foi encerrado e sua boca estava na minha, beijando-me com firmeza, porém rapidamente, e cedo demais, ele se separou de mim.

— Vou vencer a corrida, princesa. E quando eu sair daquele carro, vou pegar o meu prêmio.

Então, se foi.

Como da outra vez, me deixou lá, vendo-o partir, toda mole e com o corpo em chamas.

— Nada mal — murmurei para mim mesma dentro do quarto, enquanto me olhava no espelho.

O vestido ficava no meio das minhas coxas, era branco com margaridas desenhadas por todo o tecido. Coloquei uma jaqueta jeans curta por cima e *ankle boots* sem salto. Deixei meus cabelos soltos e caprichei no perfume.

E na depilação também.

*Jesus, o que estou fazendo?*

— Eu não vou mais! — exclamei, sozinha. — Vou avisar que estou doente e que não conseguirei ir... Isso!

Caminhei rapidamente até o telefone com o objetivo de cancelar tudo com King, mas Sloan e Milan entraram no quarto bem na hora.

— Ei! Está pronta? — A voz alegre da minha amiga me fez amarelar.

Amarelei em amarelar.

Quem faz isso?

— Eu... é...

— Oi, Julie... — Milan cumprimentou, encostou-se no batente da porta e cruzou os braços.

Seu sorriso era fácil e largo, sempre. Ele era muito menos enigmático e sisudo do que Patrick, porém tão bonito quanto. Sloan estava feliz com ele e aparecia cada vez menos em nosso dormitório.

— Oi!

Engoli em seco, tentando aplacar o nervosismo.

— Está pronta, Julie?

— Não sei... — respondi, sentindo meu estômago dar voltas.

— Não sabe?

Milan riu e me olhou como se não tivesse entendido a minha resposta.

Normal, ele fez uma pergunta direta. Sim ou não eram as respostas aceitáveis para o seu questionamento. O melhor amigo do cara que, provavelmente, estaria tirando a minha virgindade naquela noite me perguntava se eu estava pronta para ir, não para abrir as pernas.

— Não... digo, sim... — Fechei os olhos e balancei a cabeça, tentando colocar as ideias no lugar. — Sim, estou pronta.

Quando King confirmou comigo se eu iria à corrida, não imaginei que seria para providenciar minha condução. No fim da noite passada, ele havia me enviado uma mensagem dizendo que eu iria de carona com Milan e Sloan para a fazenda, mas que voltaria com ele para Nova Iorque no dia seguinte, o que confirmava ainda mais a sua promessa.

— Ei, baby! — Milan gritou para Sloan, que parecia perdida dentro do *closet*, procurando por algo. — Vamos nos atrasar!

Quando ele a chamou de baby, tive uma sensação agridoce. Era errado invejar a felicidade da minha amiga, mesmo assim, não pude deixar de fazê-lo. Ela havia se envolvido com um cara que realmente parecia gostar dela. Já King, parecia fascinado em ficar entre as minhas pernas desde o meu surto de voyeurismo. A verdade era que eu deveria ficar longe de Patrick.

Entretanto, além de não conseguir resistir a ele, não vi motivos para não usar a forma como ele me fazia sentir para ter uma experiência sexual. Patrick fazia meu corpo todo enlouquecer apenas com um olhar, se fosse para transar com alguém pela primeira vez, que fosse alguém que me fizesse sentir daquela forma.

Alguém com quem eu não criasse expectativas sobre um relacionamento depois. Eu não tinha tempo para aquilo, e ele certamente não queria uma garota fixa. King parecia gostar demais da sua vida mundana para renunciar à sua felicidade.

Era um ganhar/ganhar.

Chegamos mais cedo, mas para a minha sorte — e um pouquinho de decepção também — Patrick estava longe de ser encontrado. Milan nos deixou para procurá-lo e ajudar com o carro antes da corrida.

— O que você tem? — Sloan perguntou, assim que seu namorado estava longe.

— Nada — respondi.

Porém fui rápida demais.

— Julie, você está estranha, o que tá rolando?

— Já disse que nada! — exclamei e dei uma risadinha, tentando desmerecer a sua preocupação e logo mudei o foco da conversa. — Como estão as coisas com Milan?

Ela deu um longo suspiro e passou a me dizer o quanto estava louca por ele. Sloan era uma garota legal e depois do que havia passado, merecia alguém bom para ela.

— Minha mãe ligou na semana passada e ele estava junto, quando ela mencionou convidá-lo para o feriado no final do ano, Milan educadamente recusou, mas disse que poderiam se ver nas férias de primavera, se ela quisesse — contou, feliz.

— Isso é... Legal! — comemorei, entretanto realmente não sabia muito qual era o protocolo que caras deviam seguir naquelas situações.

Sloan revirou os olhos e bufou.

— Você não entende, um cara como Milan Royce não fugir quando "conhecer a mãe da garota" é mencionado, é algo importante.

— Desculpa, Slow... Nunca namorei antes. Estou por fora...

Uma coisa era certa. King jamais conheceria minha mãe, primeiro porque eu sabia que minha história com ele provavelmente acabaria naquela noite. Depois que transássemos, tinha certeza de que ele desapareceria. E segundo, porque minha mãe era uma *coisa* muito séria para ser apresentada a algum namorado meu.

Só de pensar me dava medo.

— Bem, talvez isso mude... — brincou, remexendo suas sobrancelhas perfeitamente feitas.

— Do que você está falando?

— King e você, Julie...

— Qual é, Slow! Sabemos que ele não é desses...

Uma pequena célula dentro de mim queria que ela não concordasse comigo, e aquela célula ficou chateada quando ela suspirou e assentiu concordando comigo.

— A gente pode sonhar...

— Bem, não eu.

— Ainda bem que você sabe, quando pararem de se ver, não vai ser complicado.

— É!

Revirei os olhos e os desviei em seguida, querendo esconder o pouquinho de desapontamento que eu estava sentindo.

⭘

King iria correr com um cara de outra cidade, chamava-se Zach Liam e tinha um carro muito veloz, mas Sloan não soube dizer o nome porque tinha o mesmo entendimento de carros do que eu. Ou seja, nenhum.

Quando a multidão começou a se acumular perto da pista, a adrenalina que eu costumava sentir desde que comecei a frequentar a Farm's Creek cresceu dentro de mim. Meu coração estava acelerado e a excitação era grande. Slow e eu caminhamos e ficamos estrategicamente no ponto onde os carros em breve estariam estacionados lado a lado e não precisamos esperar muito tempo para o azul-metálico do carro de King logo se destacar. Ao lado dele, um carro preto andava vagarosamente e, quando pararam no local da partida, abriram as portas e saltaram para fora.

— King! King! King! — a multidão gritava em uníssono.

Se havia alguém torcendo por Zach Liam, sequer sabíamos. Seu nome estava sendo abafado pelo nome do rei daquelas pistas.

Patrick andou em volta do carro lentamente, seus dedos deslizaram pela lataria do veículo, enquanto ele parecia sério e compenetrado.

Vestia o habitual: jeans, blusa branca e a jaqueta de couro sexy. Os cabelos eram a selvageria de sempre, bagunçados, como se alguém tivesse acabado de enfiar os dedos ali. Milan se aproximou de King e eles trocaram algumas palavras antes de olharem em nossa direção.

Quando nos encaramos, esqueci todas as dúvidas que vinham crescendo dentro de mim. Era aquilo que Patrick King fazia comigo. Apenas um olhar, e eu esquecia o medo, as reticências, o pudor. Tudo. Meu corpo não parecia mais me pertencer, minha boca ficava seca e meus joelhos moles.

Fazia-me destemida, imprudente, sedenta, louca. Tudo junto.

Patrick analisou-me de cima a baixo. E seus olhos se demoraram em minhas pernas nuas. Quando voltou a me encarar, o sorriso que ele costumava dar estava lá, a postos, pronto para fazer-me louca e molhada por ele.

Antecipação.

– Ok, está na hora, vamos, Pat! – Milan chamou sua atenção.

Pat... era assim que Milan o chamava?

*Gostei.*

Os caras se reuniram e conversaram. Olharam em volta, apontaram para lugares, riram, gesticularam para os seus carros e conversaram mais um pouco até que voltaram para seus automóveis. As portas bateram e deram partida nos motores, alinhando-se pouco mais à frente. Assim que estava com o carro na linha de partida, King abaixou o vidro e apontou em minha direção para que eu me aproximasse. Andei até ele e parei, cruzando os braços.

– Oi, princesa xereta! – cumprimentou com um sorriso.

Milan, ao seu lado, se projetou para frente do banco e olhou para mim, rindo.

– Princesa xereta? Posso saber?

– Não! – King e eu exclamamos ao mesmo tempo.

Nós rimos, e King voltou a sua atenção para mim.

– Ganho um beijo de boa sorte?

Ergueu a cabeça para cima, quase para fora do carro. Olhei em volta, para todas as pessoas nos assistindo e me senti intimidada. O que significava beijar Patrick na frente de todas aquelas pessoas?

— Vamos, é só um beijo.

Aproximei-me e deixei que ele tomasse meus lábios nos seus. Foi rápido, mas um beijo firme. Cheio de promessas.

— Até a linha de chegada, princesa.

— Até — consegui dizer. Dando alguns passos para trás, mantive minha atenção nele, pois sabia que havia pessoas me olhando.

— Com licença, querida! — Ouvi uma voz desdenhosa dizer ao mesmo tempo em que meu corpo era empurrado para o lado. — Tenho um trabalho a fazer.

Ao passar por mim, a dona da voz foi até o meio da pista, rebolando. Se pôs entre os dois carros, olhou diretamente para King e, enquanto o fitava, tirou a blusa vermelha na frente de todos, expondo os seios fartos. Os gritos e assobios foram altos, mas a reação da única pessoa que me importava saber, eu não conseguia ver. King já havia fechado o vidro com insulfilm, não consegui ver se ele havia apreciado o show ou não.

*Você não deveria se importar, Julienne.* Disse a voz dentro de mim.

Mantendo a pose, aplaudi a garota como todos estavam fazendo, ela balançou a blusa para cima, como uma bandeira, e os carros começaram a acelerar, abafando a gritaria. O som dos motores era quase ensurdecedor. Senti uma mão no meu braço e depois fui puxada para trás.

— Você vai comer poeira se ficar muito perto, amiga — Sloan avisou.

— Ela é a namorada do King ou o quê? —cochicharam ao meu lado.

Se aquelas duas queriam ser discretas, estavam falhando.

— Provavelmente o "ou o quê". King não tem namorada, ele tem fodas.

— Mas eu os vi juntos pelo campus.

— E daí? Ela deve valer um pouco mais do tempo dele, apenas.

Falaram verdades difíceis de engolir...

# ONZE
## JULIE

Zach Liam não estava facilitando as coisas para Patrick. Ao longe, todos podíamos ver os carros alinhados, lado a lado, tentando ultrapassar nas curvas. Meu corpo todo formigava e meu peito doía com o pulsar do meu coração, tamanha era a emoção da corrida. Era quase como estar dentro de um filme.

Optei por viver mais aquela experiência e esquecer o que as duas garotas haviam sussurrado ao meu lado. Eu já sabia que Patrick King não tinha namorada e que eu não seria uma exceção em sua vida. Também não queria ter um relacionamento com ele. Então, não havia motivos para ficar remoendo ou analisando o mal-estar que se instalou momentaneamente em mim quando ouvi o que elas disseram.

*Viva o momento, Julie. Você nunca fez isso antes.*

Ao longe, conseguimos ver os carros retornando para a última volta. Foi lá que King ganhou uma maior vantagem. Todos gritaram seu nome e, quando o carro finalmente alcançou a linha de chegada, ele derrapou levantando uma grande nuvem de poeira no ar.

King saiu do carro e a multidão se aglomerou em volta dele. Gritando seu nome e comemorando mais uma vitória, felizes por terem apostado no vencedor e aumentado o saldo da conta bancária. Sloan saiu de perto de mim e correu para os braços de Milan, do outro lado do carro. Fiquei ao longe, assistindo, quando percebi que Patrick esticou a cabeça e começou a olhar em volta. Quando seus olhos pararam em mim, ele se desvencilhou das pessoas e caminhou em minha direção rapidamente. Seu corpo todo gritando com um objetivo apenas.

Ter-me.

Seu braço circulou minha cintura e me puxou contra o seu corpo de forma brusca, erguendo-me do chão e deixando meu rosto mais próximo do dele, King me beijou. Atacou meus lábios como um viciado em abstinência, deixando-me completamente a sua mercê, sentindo aquele beijo reverberar por todo o meu corpo. Os arrepios que me arrebataram eram mais do que apenas na pele, formaram-se por dentro da minha carne, queimando tudo, deixando-me acesa. Esquecendo do meu nome e principalmente dos meus medos.

— Vem comigo, princesa — ordenou, assim que nossas bocas se descolaram.

Soltando-me e deixando que meus pés pisassem no chão novamente, segurou minha mão e começou a andar em direção à Picape de Milan.

— O que estamos fazendo? — indaguei, mesmo que estivesse deixando-o me conduzir.

— Vamos dar o fora daqui, quero o meu tempo com você.

— No carro do Milan? — Olhei em volta assim que fiz a pergunta, as outras garotas nos encaravam com desprezo.

— Há um colchão inflável com o nosso nome na carroceria.

Abriu a porta do carona, mas antes que eu pudesse entrar, me virou e prensou-me contra o carro, colocou sua perna entre minhas coxas, pressionando bem no meu centro.

— Hoje, princesa, vou fazer você ver as estrelas, literal e figurativamente.

Outro beijo explosivo, de tirar o fôlego, e uma pequena mordida em meu lábio inferior. Para colocar a maldita e deliciosa cereja do bolo e ele me liberou para que eu pudesse entrar na Picape.

Patrick não dirigiu por muito tempo, subimos uma colina, vendo a pista de corrida e as pessoas diminuindo consideravelmente de tamanho à medida que nos afastávamos. Não falamos nada, até que o carro parou novamente, no topo da colina. Olhei para cima e, realmente, as estrelas literais eu já começava a ver. O céu não estava escuro o suficiente ainda, a noite não havia chegado em sua plenitude, mas os pontos brilhantes no céu já faziam a sua aparição discreta.

— Vou descer — avisou —, arrumar as coisas lá atrás e você fica aqui. Já volto.

Assenti com um sorriso tímido. Patrick me beijou mais uma vez antes de sair do carro. Olhei discretamente pelo espelho retrovisor enquanto ele abria a lona da carroceria, revelando um colchão de ar já cheio. Meu estômago revirou em antecipação e nervosismo e mais uma vez lembrei-me dos motivos pelos quais eu estava fazendo aquilo.

Eu queria fazer com alguém que me fizesse sentir daquela forma. Estava pronta, seria mais fácil com alguém como King. Sem esperanças...

Sem arrependimentos.

De repente, a porta do meu lado se abriu e saltei assustada.

— Ei... Venha!

King estendeu a mão para mim, sentindo-me trêmula, peguei sua mão e aceitei a ajuda para descer da Picape. Assim que meus pés estavam no chão, Patrick me puxou para ele e beijou-me profundamente, sua língua era ávida e cheia de promessas, gemi, relaxando e deixando aquela descarga de adrenalina viciante se apossar do meu corpo enquanto correspondia ao seu ataque aos meus lábios com o mesmo fogo que me era presenteado.

Sem parar nosso beijo, guiou-me de costas até a carroceria, onde me colocou sentada. Nossas bocas se separaram e seus olhos escuros e quentes tinham um brilho familiar, o brilho que conheci na primeira vez que o vi. Engoli em seco, percebendo que, em breve, seria eu aquela com ele entre as pernas. Medo e tesão se misturaram dentro de mim e me acometeram como um raio. Imediatamente me senti nervosa, entretanto parar sequer passou pela minha cabeça.

Patrick tirou minhas botas, beijou e mordeu meus tornozelos. Por um momento fiquei com medo de que ele analisasse meus pés. Bailarinas eram conhecidas por sua graça e beleza nos palcos, mas ninguém sabia o quão maltratados eram os seus pés. Senti-me aliviada quando ele não os observou, seus lábios subiram, brincando com a pele de minhas pernas. Fazendo com que respirasse fundo. Ele parou de me tocar apenas por um segundo, para subir na parte de trás da Picape comigo. Puxou-me para o meio do colchão e sentou-se ao meu lado.

— Vou colocar música, alguma preferência? — questionou, pegando o celular.

— Algo que você compôs... talvez? — murmurei, incerta.

King me olhou com estranheza por um momento, depois abriu o sorriu, largo. Feliz com o meu pedido. Deu alguns cliques em seu smartphone e deixou tocando uma *playlist* de músicas instrumentais. Seu violino.

Fechei os olhos e reprimi a vontade de dançar ao ouvir as notas tão belamente tocadas e me apeguei na música para tentar relaxar. Senti a mão de Patrick retirando um lado da minha jaqueta e abri os olhos para observá-lo deixando meu ombro exposto. Deu um beijo ali, com a boca aberta, quase como uma chupada, provando a minha pele.

Ajeitei-me no colchão e tentei não pensar no barulho que a lona fez no processo, minha mente estava na música e nele, no que os dois poderiam me proporcionar de bom. Senti sua mão começar a alisar a minha perna e sua boca se aproximar do meu rosto, deu um beijo em minha mandíbula e desceu pela pele do meu pescoço, fazendo o fogo começar a me aquecer, gentil, sexy. Não havia necessidade de pedir para ele ir devagar. Ele já estava indo.

— I-isso... — Engoli e respirei fundo para me recompor e conseguir falar. — Você planejou isso tudo para mim?

Não resisti e questionei. Estava diferente da forma que eu o vi em ação antes. Não me levou atrás da casa da fazenda. Tratava-me como algo importante, como se eu merecesse mais.

— Queria ter meu tempo com você sem ser incomodado. — Uma leve mordida na pele sensível entre o pescoço e o ombro. — Algo me diz que a experiência de entrar em você será diferente...

Foi algo lindo de se ouvir, mas, ao mesmo tempo, colocou pressão no ato e me fez pensar: e se não fosse diferente? Havia algo que poderia fazer para dar essa experiência a ele?

Não consegui filosofar por nem mais um segundo. Como ele conseguia ser tão charmoso? Cristo! Suas palavras tinham efeito direto no meio das minhas pernas. Como era possível?

Contudo, por mais que fosse perfeito estar com ele ali, eu tinha o dever de contar a verdade. Era o correto. Por mais direto e pervertido que King tenha sido comigo, ele não foi nada mais do que honesto. Merecia a verdade.

— Patrick... — gemi seu nome, sua mão subiu pela minha perna e brincou com a minha calcinha, seus dedos longos fizeram cócegas em meu centro quente, fazendo-me contorcer. — Preciso dizer algo.

— Uhum... — respondeu, mas sua mão continuou brincando com o meu núcleo e sua boca não parou de chupar o meu pescoço.

Fazendo um grande esforço, peguei seu braço e o apertei, pressionando para que sua mão saísse debaixo da minha saia. Patrick congelou por um segundo e voluntariamente se afastou de mim.

— O que foi? Mudou de ideia?

Seu tom não parecia acusatório, apenas preocupado.

— Não! — exclamei rapidamente. — Não mudei de ideia, só preciso dizer algo antes.

Seus ombros relaxaram, assim como seu semblante.

— Desculpe, cortei o clima...

— Não! Tudo bem — Tentou me tranquilizar. — Apenas diga o que você quer dizer.

— É que...

Não havia melhor jeito de dizer do que diretamente, mas pelo olhar de Patrick, talvez nem fosse necessário verbalizar. Ele parecia estar percebendo.

— Eu nunca... — Balancei a cabeça em negação. — Nunca fiz...

— Você é virgem — afirmou, engolindo seco.

Assenti e o encarei de volta, mortificada. Provavelmente o clima tinha sido permanentemente cortado.

— Você não parecia... digo, você não deu indícios de ser, pela forma que nos conhecemos e tudo mais... Caramba! — Colocou as mãos na cabeça e puxou os cabelos. — A forma como vim agindo com você e tudo...

— Não! — exclamei e peguei suas mãos, fazendo-o largar os cabelos. — Eu quis tudo isso. Não fiz nada contra a minha vontade ou para agradar você, Patrick. O mesmo serve para esta noite.

— Mas a primeira vez de uma mulher é importante...

— É, e tenho certeza de que essa será para mim.

De onde eu estava tirando aquela convicção toda? Nem eu sabia!

— Mas também não precisa ser todo o circo que sempre fazem. Não sou boba, sei que primeiras vezes não são como contos de fadas e nem procuro por isso.

— Eu não sei, Julienne... É uma grande coisa, vai parecer mais para você depois e...

— Não quero um relacionamento com você tanto quanto você não quer com qualquer garota, Patrick. — Aquilo teve um gosto esquisito na minha boca, mesmo assim continuei: — Mas também não quero que minha primeira vez seja com um cara que não vá fazer meu corpo reagir como o meu reage quando sou tocada por você.

Ele me olhou um tanto impressionado, analisou-me como se procurasse algo perdido.

— Não vou implorar — completei depois de um tempo.

E realmente não iria. Seria uma pena, e meu coração falhou uma batida só com a ideia de ele me recusar, porém não imploraria.

King se aproximou e colocou suas mãos em meu rosto, encarando-me tão próximo que quase não conseguia enxergá-lo.

— Não quero que implore, mas também não quero que veja isso como...

— Está preocupado de eu virar sua perseguidora? — interrompi. — Eu sei exatamente como isso termina, King. Não criei expectativa de que seremos mais do que pessoas que se sentem atraídas e que querem saber até onde a química que sentimos pode nos levar. Não tenho esperança de que nos tornemos um casal apaixonado, nem nada do tipo.

Ele continuou procurando alguma falha na minha convicção e, quando pareceu não encontrar, acabou com o espaço que ainda havia entre nós e me beijou com paixão. Foi calmo, suave, sensual e cheio de desejo. Deixou-me tonta e completamente à sua mercê.

Senti-me segura.

Suas mãos voltaram a explorar a minha pele, mas, desta vez, com mais suavidade, não demorou muito para que minha jaqueta fosse totalmente tirada de maneira habilidosa por suas mãos treinadas e, logo em seguida, o meu vestido também.

Eu queria ser participante ativa daquele ato, tratei de entrar na sua dança. Retirei sua jaqueta de couro e alisei seus braços fortes, musculosos e duros. Sua pele era lisa e seu cheiro era tão bom, combinava com ele. Como tudo. Cada centímetro de King combinava com ele. Era belo e sexy, completamente proporcional.

Minhas mãos foram para a barra da sua camiseta branca e puxaram o tecido para cima, revelando seu corpo, o peito bem definido e os gomos do seu abdômen davam água na boca. Dancei meus dedos entre os músculos travados e tensos da sua barriga enquanto ouvia sua respiração passar por entre os dentes.

O som do seu violino ditou nossos ritmos, o beijo foi ficando frenético, nossos corpos começaram a se moldar e, quando percebi, Patrick estava em cima de mim, beijando meu corpo, retirando meu sutiã e tomando meu seio em sua boca. Chupando-o, enquanto sua mão trabalhava o outro seio. Sem negligenciar qualquer parte minha, ele se encaixou entre minhas pernas e esfregou o volume do seu membro em mim, fazendo o atrito do seu jeans contra a minha calcinha e contra o meu sexo trazer a primeira onda de prazer.

— Ah! Deus! — gemi alto, sem conseguir me controlar.

Patrick não parou sua exploração em meu seio. Minhas mãos brincaram em seus cabelos, puxando e acariciando-o ao mesmo tempo, minha pélvis se mexia em sincronia com a dele. Ficou claro que nossos ritmos combinavam, enquanto massageávamos nossos sexos um contra o outro.

Deixando meus seios, ele desceu até minha barriga com a língua quente e úmida por todo o caminho, beijou, lambeu, mordeu, chupou abaixo do umbigo, enquanto gemia meu nome.

— O gosto da sua pele é tão, tão bom, princesa... — resmungou, enquanto me deixava quase pronta para aceitá-lo dentro de mim.

Seus dedos habilidosos engancharam-se no fino elástico da minha calcinha e, enquanto descia a lingerie, Patrick ia dando beijos na pele que expunha aos poucos, a cada centímetro que a roupa íntima descia, sentia seus lábios tocarem a minha feminilidade. Minhas mãos foram para a minha cabeça e puxei meus cabelos, contorcendo-me, enquanto ele iniciava a sua exploração inédita em meu corpo. Quando minha calcinha estava fora, ele pediu delicadamente:

— Abra as pernas, princesa.

Vagarosamente obedeci ao seu comando e abri minhas pernas, gostava que ele me conduzisse, estava perdida e isso ajudava a me tranquilizar. Senti-me exposta e, por isso, fechei os olhos, entretanto não por muito tempo. Ao sentir a língua de Patrick passar de baixo para cima, de uma ponta a outra do meu sexo, abri os olhos e vi cada uma das estrelas no céu. Senti as mãos dele segurarem meus quadris, levantando-me levemente em direção a sua boca e, a partir daquilo, começou a me sugar. Lábios e língua devorando-me, penetrando-me, trazendo sensações maravilhosas em todo o meu corpo.

Ao perceber o aumento dos meus gemidos e a forma como eu rebolava em sua boca, King aumentou os movimentos em meu clitóris com a língua grossa e quente, até que eu estava gritando, completamente entregue, sentindo o orgasmo me atingir em cheio. Patrick voltou a beijar meu corpo, começou por minhas pernas, subiu pela minha barriga, deu atenção especial aos meus seios, gemeu em meu pescoço, até chegar em meus lábios. Sua língua brincou com a minha, explorou cada canto de minha boca e me fez provar o meu próprio gosto.

King se afastou e ajoelhou na minha frente, com minhas pernas em suas coxas, nesse momento vi o enorme volume em sua calça, de lado, em direção à cintura.

Desabotoei seu jeans, um tanto desajeitadamente por causa da instabilidade do colchão de ar, necessitando ver mais, conhecer o seu corpo. Ele ficou imóvel, deixando-me abaixar seu jeans.

Ele sorriu ao ver minha expressão de surpresa assim que tirei seu membro para fora e assustei com o tamanho. A ereção era maciça, o tronco grosso, a cabeça intumescida. Pegou sua carteira, tirando um preservativo de dentro e, sem tirar os olhos dos meus, colocou a proteção. Assisti a tudo fascinada. Já havia gozado em outro momento em suas mãos, essa parte não seria novidade, estava relaxada e me sentia segura com ele. Apenas me entreguei, deitando de volta no colchão e passando a mão no seu tórax, receptiva.

— Quer ficar por cima? Ditar o ritmo, assim você controlará melhor a dor e tudo mais... — ofereceu com cuidado e naturalidade.

— Quero que você me conduza.

*Como o seu instrumento, King, toque-me e faça música em mim.*

Anuindo, Patrick voltou a ficar em cima de mim, senti seu membro escorrer entre meu sexo para, em seguida, ajeitando-se em uma posição melhor, pressionar a minha entrada úmida com a ponta do seu membro rígido.

King ficou suspenso no ar, em cima de mim, com os braços e mão apoiados ao lado das minhas costelas. Começou com movimentos lentos, gentis, forçando levemente, provavelmente preocupado em me machucar.

Senti-me tocada por sua atenção, não era o King que eu havia visto desde que o conheci. Não houve piadas, flertes ou sedução em suas palavras desde que ele soubera que aquela era a minha primeira vez.

— Tudo bem? — perguntou, suavemente.

— Tudo bem... — sussurrei e sorri para ele, que me devolveu o seu melhor e mais aberto sorriso.

Aquilo me deixou ainda mais relaxada.

Quando ele pressionou mais, senti parte dele me invadir, doeu, mas foi rápido. Quase não tive tempo para me sentir tensa. Apertei meus olhos com força e segurei o ar, enquanto minhas mãos apertavam os músculos de seus braços.

Ao perceber isso, ele parou, mas não tirou. Como se desse tempo para meu corpo se acostumar com a sua invasão.

Pouco a pouco foi avançando, invadindo-me, enquanto me beijava. Calculando cada centímetro que investia, lento o suficiente para que meu interior acomodasse seu tronco.

Eu gemia alto dentro de sua boca. Doía, mas o tesão tornava tudo suportável.

Quando chegou ao fim, ficou parado mais uma vez, latejando dentro de mim. Até que a dor aliviou.

— Está tudo bem, Julie?

*Julie.* Aquela foi a primeira vez que ele me chamou pelo meu apelido de verdade. Não princesa xereta, nem Julienne.

Só Julie.

— Sim, não para...

Em uma sincronia impecável, a próxima faixa que tocou no celular dele era uma melodia lenta e bela. As longas notas do violino embalaram nossos corpos. Patrick moveu-se delicadamente, gentil em cada vez que afastava e invadia o meu corpo com seu membro. Beijava-me com gula, enquanto minha mão acariciava seu peitoral e minhas pernas puxavam sua cintura para mim cada vez que ele se afastava, como se pegasse impulso.

Sentir aquele homem em cima de mim, gemendo, com sua pele levemente lustrosa de suor nos músculos contraídos, me causava arrepios e uma gostosa sensação de conforto com o calor do seu corpo sobre o meu.

Nossos beijos ficaram mais intensos, enquanto nos tornávamos um só. Movimentava-me em seu membro, receptiva, acomodando-o com carinho e deixando que todas as sensações fossem aproveitadas por nós dois. Continuamos assim até que seus impulsos começaram a ficar mais rápidos, erráticos e sua respiração, ofegante.

Estávamos no ápice. Inebriados.

Não muito depois meu nome foi dito com tensão:

— Julienne!

Mais algumas estocadas, um suspiro alto dentro de minha boca, e ele atingiu o orgasmo. Pude sentir seu membro vibrando dentro de mim, enquanto seu coração martelava seu peito e, já que estávamos grudados, martela o meu também.

Abraçados, ofegantes, ficamos daquela forma por um longo tempo. Como se não quiséssemos que a noite tivesse fim.

Bem, ao menos eu não queria.

# DOZE
## KING

Seu pequeno corpo ainda tremia embaixo do meu.

Eu deveria ter saído de cima dela há alguns minutos, mas pensei que seria rude dadas as circunstâncias. Era a sua primeira vez, afinal.

Julienne, a garota *voyeur*, que me deixou dizer e fazer coisas com ela como se fosse uma mulher experiente, que me deixava louco apenas com o olhar, havia me entregado a sua virgindade.

Ela disse que não era grande coisa, deixou claro que estava tudo bem fazer aquilo sem nenhuma amarra, porém algo em mim gritava para não me deixar levar, não assinar aquela sentença.

Mas quando foi que eu ouvi a voz da minha consciência do caralho?

Eu tive de, mais uma vez, pensar com a cabeça debaixo. Meu pau estava tão sedento para entrar nela que não me deixou raciocinar direito. Isso e o fato de ela dizer as palavras certas me fizeram tomar a decisão da qual, provavelmente, me arrependeria.

Não por mim, porra, não era o que eu tinha em mente e nem foi o melhor sexo que tive em minha vida, no entanto foi delicioso, diferente e apavorante. Despertou coisas com as quais eu não gostaria de mexer dentro de mim, mas que, mesmo assim, sentia necessidade de serem remexidas.

Caralho! Eu estava fodido.

— Você está bem? — questionei suavemente, porém não a olhei.

Com o canto de olho, notei sua cabeça assentir, dando-me a resposta afirmativa em silêncio. Lentamente, saí de dentro dela. Sentei-me no colchão e fiquei de costas, tentando pensar em qual seria o próximo passo.

Não era sempre que eu aconchegava mulheres. Apenas quando a necessidade vinha. E estava lá. Queria ter Julienne em meus braços. Contudo tinha medo de ela interpretar aquilo de forma errada.

*Não seja um fodido babaca, Pat! É a primeira vez dela. Dê o que a garota precisa para sentir que fez a coisa certa.*

Finalmente tomei coragem e a encarei.

Cacete! Por que eu fiz aquilo?

Ela estava tão linda. Nua, com a pele perfeita sendo banhada pela luz da noite, os cabelos emaranhados e seu corpo todo sedoso, convidando-me para invadi-la novamente.

Quando me encarou, havia um brilho diferente em seus olhos. Algo mudou nela e eu não saberia dizer o que era. Talvez ninguém nunca pudesse dizer. Apenas Julie saberia afirmar. Sabia, no entanto, que algo definitivamente estava diferente. Um sorriso preguiçoso espreitou pelos seus lábios vermelhos e inchados dos meus beijos quando ela fez menção de se levantar.

— Aonde vai? — questionei, um pouco alarmado.

— Preciso me... hum... limpar — respondeu sem graça. — Tenho algumas coisas na minha bolsa.

Apontou.

— Eu pego para você.

Julie assentiu e voltou a relaxar na cama.

Tirei o preservativo do meu membro, vesti minha cueca e saltei da traseira da camionete, contornando o automóvel rapidamente e pegando a sua bolsa na cabine. Entreguei a ela e apanhei meu celular.

— Vou enviar uma mensagem para o Milan.

Dei a desculpa e virei de costas, tentando lhe dar privacidade.

"Podemos destrocar os carros em NY? Vamos ficar por aqui." — K.

A resposta de Milan foi apenas um *emoji* de curtida.

— Pode se virar agora, King — Julienne disse. — Obrigada pela privacidade.

Sorri ao encará-la, tentando descobrir se eu era assim tão transparente, ou se ela era perspicaz demais. Subi na caçamba da camionete e sentei ao seu lado na cama. Olhei breve e discretamente para o colchão, tentando encontrar algum resquício do que tinha acontecido, mas não havia nada. Julienne devia ter limpado. Já usava seu vestido e havia prendido os cabelos de forma displicente para cima.

— Sente-se bem? — perguntei novamente.

Não perguntaria se ela havia gozado ou aproveitado, sabia que sim, ao menos antes de realmente consumar o ato, eu tinha certeza. Eu a fiz gozar antes de realmente penetrá-la porque sabia que ela não aproveitaria depois, seria doloroso e invasivo para ela.

— Sim, obrigada. Você foi... gentil. — Engoliu em seco. — E, se quiser, podemos voltar para a festa, não há necessidade de ficarmos aqui, você não precisa seguir o protocolo de namorado... — Deu de ombros. — Sei que não somos.

Suas palavras tornaram tudo desconfortável. Ficamos em silêncio por um tempo antes que eu respondesse aquilo.

— Podemos ficar aqui como amigos, então.

Julie me olhou com espanto, quase me ofendeu que ela pensasse tão pouco de mim. Sim, eu fodia garotas, mas eu não era um canalha e mandava-as vazarem da minha frente no minuto seguinte.

Percebendo a sua desconfiança diante das minhas palavras, resolvi agir no lugar de falar. Aproximei-me e beijei seus lábios castamente, então me deitei no colchão e a puxei para mim.

— Conte-me sobre você, princesa.

Ela ficou imóvel e tensa por alguns segundos, então acariciei seu cabelo e a senti relaxar aos poucos, enquanto falava.

— Sou de New Jersey. Tudo o que sempre quis foi ser uma bailarina. Parte porque minha mãe queria, mas acho que ela teve sorte de projetar algo em mim que eu aceitasse e amasse.

Enquanto falava, descobria mais sobre a garota que eu não tinha intenção de namorar, mas com quem desesperadamente queria estar perto. O que era aquilo?

Julienne Beth Walker era o seu nome completo. Havia nascido em uma tarde chuvosa de outubro em 2001. Dia dezessete. Tinha dezoito anos. Amava a cor rosa, nenhuma novidade, e sonhava em ser a primeira bailarina de Juilliard. Sua mãe, Esther Walker, era um pouco louca e pensava que vivia no século passado ainda, falando em como mocinhas deveriam se comportar e estarem sempre lindas, esbeltas e prontas para arranjarem bons partidos. Já seu pai, Ben Walker, morreu há dois anos, embolia pulmonar. Ele tinha deixado o seguro de vida para ela e a mãe, mas foi gasto rápido demais.

Ela me contou tudo como se não fosse grande coisa, porém era possível ouvir a dor em sua voz quando ela se referia ao pai. Eu conhecia aquela dor. Perdi a minha mãe também e ela fazia falta para caralho na minha vida.

— Eu nunca tive um cachorro, sempre foi o meu sonho — confidenciou.

— Tive alguns quando morei na casa do meu pai — contei.

— Como se chamavam?

— O meu favorito chamava-se Goku. Eu amava animes quando era garoto.

A lembrança do grande e bobo labrador chocolate correndo em minha direção me acertou em cheio, deixando-me melancólico.

— Minha mãe nunca deixou. Acho que não gostava de cachorros. Mas eu sempre quis um.

— Qual raça queria? — indaguei.

— Não importava, desde que se chamasse Bolshoi. — Sua risada foi graciosa, ela se apertou contra o meu corpo e suspirou. — Sou uma fanática por balé.

— Percebi.

— Patrick? — chamou, delicadamente.

— Uhm?

— Você fez desta noite algo especial. Obrigada.

*De nada, Julienne.*

# TREZE
## KING

– Muito bem, Srta. Walker.

Ouvi dizerem por trás da cortina. Eu estava na coxia, trocando uma das cordas arrebentadas da minha guitarra.

Assim que a turma da aula de teatro deixasse o palco, eu e outros músicos faríamos uma passagem de som para a aula de acústica do primeiro ano.

Levantei-me da cadeira e deixei a guitarra em cima dela, antes de abrir uma fresta da espessa cortina e espiar se a *Srta. Walker* de quem estavam falando era Julienne. E era. Ela vestia apenas uma calça de moletom folgada e um top minúsculo tapando seus pequenos seios rosados. Seios que tive em minha boca e mãos.

Cacete, só de olhá-la eu ficava duro. Julie estava fazendo um exercício de respiração e andando graciosamente pelo palco, desviando-se dos outros alunos que passavam por ela em todas as direções possíveis e diferentes. Seu rosto estava corado, suado e seu cabelo preso em um coque levemente despenteado, mas que certamente fora construído para ficar perfeito. Provavelmente ela teve aula de balé mais cedo.

– Tudo bem! Classe dispensada – a professora gritou, batendo palmas e os alunos debandaram rapidamente.

Julienne andou até o outro lado da coxia e fiz o mesmo trajeto por dentro dos bastidores para encontrá-la. Quando me viu, prendeu levemente respiração, parecia espantada com a minha presença.

– Ei! – cumprimentei com um sorriso. Não havíamos nos falado desde domingo, quando a deixei em casa.

– Oi...

Sorriu timidamente e pegou uma toalha cor-de-rosa na sua bolsa, passando-a no rosto em seguida.

Abri minha boca para perguntar-lhe como estava indo, quando senti uma mão em meu ombro, antes que som algum saísse. Os olhos de Julienne foram para a pessoa atrás de mim e me virei para saber quem era.

— Olá, King! Você não ligou, fiquei esperando a noite toda...

— Lana, oi... eu...

— Eu preciso ir! — Julienne exclamou bruscamente, pegou sua bolsa e colocou no ombro. — A gente se vê, King.

Sem aguardar a minha resposta, ela se foi. Deixando-me com Lana.

— Quem era aquela garota? — questionou, como se fosse minha dona.

— Ela é o motivo pelo qual eu não liguei ontem à noite — resmunguei, vendo Julie partir.

— Consegui uma corrida, boa grana, mas só para o final do mês, as avaliações do primeiro trimestre começarão e a galera está compenetrada, cara.

Parei de tocar meu violão e descansei o braço em cima do instrumento.

— Sem problemas, estamos bem com as economias ainda.

Antes que eu pudesse dizer algo mais, Sloan saiu do quarto de Milan vestindo apenas a sua camiseta. Os cabelos selvagens e as bochechas vermelhas, característicos depois de terem feito sexo.

O que me fez lembrar de Julienne de imediato. Bem, não é como se eu tivesse parado de pensar nela nas últimas semanas e só voltei a pensar agora.

— Ei — Sloan cumprimentou, sem muito entusiasmo.

— Oi, Slow. Como vai? — Procurei ser amigável.

— Bem e você?

— Tudo indo... Como vai sua amiga?

Não foi proposital, eu não pretendia perguntar sobre Julienne. Não depois que as coisas ficaram estranhas entre a gente.

O motivo de ter ficado?

Provavelmente foi o fato de termos feito sexo e uma garota ter dado a entender que eu saí com ela em seguida. Algo em mim dizia que eu deveria explicar a ela o que tinha acontecido, mas decidi que não lhe devia satisfação. Ficou combinado que não seria mais do que apenas uma aventura, do que explorar a atração que sentíamos, não havia sentimentos profundos envolvidos ali. Não era *mais* para nenhum de nós dois.

Não era!

Por isso, não entendia bem o que havia acontecido, eu a aconcheguei, conversamos, rimos e escutamos música, enquanto observávamos o céu estrelado. Pegamos no sono juntos, abraçados e, pela manhã, a deixei no seu dormitório, no campus. Nos despedimos com um beijo prolongado, provando o gosto de nossos chicletes de hortelã. Ela sorriu, agradeceu a noite... Eu disse que o prazer foi todo meu e ela se foi.

Naquela segunda, o lance com Lana no teatro aconteceu e tudo mudou.

Nas semanas seguintes ela me cumprimentou normalmente, como uma conhecida qualquer. Passava por mim, sorria, mas nunca parava para falar. Sempre fugia antes que eu pudesse abrir a minha maldita boca.

O que eu havia feito?

Mandei mensagem, perguntando como estavam as coisas – algo que geralmente eu não fazia –, e ela respondeu sucintamente que tudo estava bem.

Então comecei a deduzir que Julienne não queria mais a minha companhia ou não tinha tempo. O que não era tão absurdo assim, já que eu sabia que seu treino com a Sra. Ottawa havia começado. A apresentação no final do ano letivo era algo importante para ela, especialmente querendo ser a primeira bailarina. Não havia a possibilidade de ser sobre Lana.

– Que amiga? – questionou, estreitando os olhos para mim.

– Julienne.

– Está ótima! – exclamou, desafiadora.

– Café? – Milan perguntou a ela, que assentiu.

Ele beijou a sua cabeça e sussurrou:

– Seja legal.

— Eu sempre sou, querido — respondeu, cinicamente.

Quando Milan estava longe, na cozinha, Sloan se voltou para mim.

— Julie está ótima, treinando muito, King. Você sabe.

— Ela comentou — respondi, seco.

Foi uma das suas respostas por mensagem para mim.

"Treinando muito."

— Pois é... Ela tem passado muito tempo com o seu *pas- de-deux*, Antony Baltimore.

Essa informação pode ser considerada normal. Eles estavam ensaiando e tudo mais. O que não me parecia normal era o fato de Sloan estar me provocando, atiçando. Elas deviam estar falando de mim ultimamente.

— Legal...

— Ele até a convidou para um encontro — comentou, cutucando a cutícula da unha.

Encarei Sloan por um tempo, enquanto ela fazia todo o seu teatro dissimulado para mim. O que só me trouxe a confirmação de que algo realmente estava acontecendo nos bastidores. Provavelmente Julie falou com a amiga sobre a outra garota.

— Sei o que está fazendo, Chapman.

— Sabe?

Seus belos olhos verdes me encararam, friamente.

— Sei.

— E não vai fazer nada?

Ela provavelmente sabia de tudo, elas eram amigas, companheiras de quarto e Sloan era uma enxerida do caralho.

— O que quer que eu faça? Ela está me evitando... — Minha voz saiu um pouco menos controlada.

Coloquei o violão no sofá e me levantei, andando em direção à mesa. Sem pensar, peguei meu telefone e fui direto para o contato de Julienne, nem sei o motivo, não pretendia ligar.

*Princesa Xereta.*

Havia registrado seu nome daquela forma, e sua imagem do contato era uma foto roubada da sua conta do Instagram. Ela estava tão linda naquela imagem, toda bailarina, na ponta dos pés. A foto era em preto e branco e ela parecia tão deslumbrante quanto no dia em que usou meu carro como palco para a sua dança, ou no dia em que toquei em sua aula com Ottawa.

Magnífica.

— Nada aconteceu entre Lana e eu... Julienne não deveria ficar com raiva...

— Foda-se Lana, ela não está nem aí para Lana. Julie está evitando você porque pensa que é isso que deve fazer, King! Não por estar com raiva — Slow praticamente gritou comigo, frustrada. — Caramba, para quem tem fama de pegador você conhece porra nenhuma das mulheres.

— Eu não gosto desses joguinhos, Sloan.

— Não é jogo, caramba! Ela pensa que você teve o que queria, e que agora não a quer pegando no seu pé.

— Isso é besteira, eu não disse nada.

Me defendi. Naquela manhã, nos despedimos numa boa. Nos beijamos. Foi bom, porra!

— Você é um idiota!

— Tentei falar com ela! — exclamei, frustrado. — Ela fica agindo indiferente.

Sloan me olhou como se eu tivesse algum tipo de retardo mental e balançou a cabeça em negação, bufei e me joguei no sofá.

— Patrick, ela está saindo com outro cara hoje. — A voz dela, agora, estava suave.

— Isso é assunto dela, Slow.

— É? Tudo bem. Então não vou me meter e dizer a você que eles vão ao Irish Pub beber alguns drinques.

Remexi-me no sofá e a encarei seriamente. De relance, vi Milan na porta da cozinha, assistindo toda a nossa troca.

— Nem que a vi separando uma lingerie nova para usar. Semanas desde que tudo aconteceu, King... Semanas. Ela está pronta para uma nova rodada.

Ela levantou e caminhou em direção à cozinha.

— Você é má — Milan resmungou, com a voz divertida.

— E daí? Você gosta.

— Pode apostar que sim. — Eles riram juntos.

*Você acha Sloan má? Tente uma vadia melindrosa, meu amigo!*

Eu poderia dar qualquer desculpa para ir ao Irish Pub naquela noite. Mas estaria me enganando. A verdade é que fui para falar com Julienne, já que ela ignorou as minhas ligações e mensagens. Bem, ela não ignorou uma mensagem. Porémseria melhor se tivesse ignorado.

"Preciso falar com você."

Sua resposta veio rápida, entretanto odiei suas palavras.

"Falo com você durante a semana. Tenho um compromisso hoje."

Por que eu estava fazendo aquilo? Era para transarmos e esquecer, partir para outra. No entanto lá estava eu, perseguindo-a, pronto para agir como um babaca e estragar seu encontro.

Porém, quando cheguei, a cena que encontrei foi completamente diferente. Julienne estava sozinha no bar, olhando atentamente de um lado para o outro e parecendo mais decepcionada a cada segundo.

Onde estava o cara?

Resolvi me manter afastado por mais um tempo, talvez Tony Baltimore estivesse no banheiro ou algo assim, mas depois de meia hora, Julienne continuava sozinha. Frustrada, ela pulou do seu banco, pegou casaco e bolsa, jogou algum dinheiro no balcão e andou em direção à saída.

Sem pensar duas vezes, fui atrás dela. Encontrei-a do lado de fora da porta tentando chamar um táxi.

— O que faz tão tarde na rua, princesa?

Julienne saltou ao ouvir a minha voz.

— O que faz aqui, King? — questionou, olhando em volta, encarou a fachada do bar e depois olhou para mim como se tivesse entendido. — Você estava no bar também?

O que eu diria?

— Fui encontrar alguns amigos e vi você... — menti. — Resolvi dizer oi.

— Ah... Oi, então.

Seu olhar se desviou rapidamente e, em seguida, ela me deu as costas e voltou a procurar por um táxi.

Rapidamente um táxi parou e Julienne se virou para mim.

— A gente se vê, King!

Eu estava começando a odiar aquela frase.

Rapidamente fui até o táxi e o dispensei, ficando entre ela e o carro.

— O que está fazendo?

O motorista partiu e eu a encarei.

— Venha comigo...

Tentei segurar sua mão, mas ela recusou.

— Tenho que ir embora, Patrick, preciso ensaiar amanhã. — Foi sucinta.

— Amanhã é sábado, Julienne.

Porra! Ela estava tão linda. Maquiada, lábios vermelhos e carnudos, seus olhos destacados com a cor escura em volta do azul quase cintilante. Os cabelos loiros, soltos em ondas e seu corpo apertado naquele vestido. Por pouco não me fizeram perder o controle no meio da rua e agarrá-la ali mesmo.

— Eu sei...

— Venha comigo, princesa.

Estendi a minha mão, torcendo para que ela não recusasse de novo.

— Para onde? — indagou, incerta, e sua mão pegou a minha.

— Se estiver tudo bem para você, para a minha casa — ofereci, torcendo para que ela aceitasse.

Nossas mãos se tocando causava uma sensação diferente em mim.

Ela me encarou por um tempo, então finalmente assentiu.

— Continua sendo nada demais. Certo? — Seu questionamento tinha um tom que eu não sabia identificar direito.

— Certo, princesa.

# QUATORZE

## JULIE

Eu não sabia o que pensar sobre o convite de Patrick. Nas últimas semanas, especialmente depois que o vi com a garota no teatro, coloquei em minha cabeça que eu não seria dessas garotas que pensam demais no cara com quem tiveram uma noite. King não era o tipo de cara que queria uma namorada. E eu não podia querer um namorado também.

Quando Tony me chamou para um encontro, não estava muito inclinada a aceitar, mas pensar em King estava sendo demais para mim. Nossa noite juntos, a forma como ele foi doce comigo durante todo aquele tempo, o seu toque, o jeito como me senti quando seu corpo quente ficou pressionado contra o meu...

Caramba! Estava sendo demais!

Mesmo depois do que aconteceu na coxia do teatro, eu ainda estava pensando em King e em tudo o que fizemos, tendo sonhos sobre nós dois, lembrando constantemente que ainda não tive a oportunidade de transar com ele me prensando contra uma parede. Como da primeira vez que o vi.

Não ajudou muito o fato de eu ter atendido a ligação da minha mãe.

"Você está a poucos passos de ser a melhor, querida, não deixe que nada tire o seu foco."

Em seguida, ela me contou que tinha planos de vir me buscar para um jantar de Ação de Graças e que eu não precisaria viajar para Jersey e encontrá-la. Uma pena, eu estava com saudades do meu quarto. Quando perguntei detalhes do jantar, ela voltou a falar de como eu precisava me dedicar ao balé.

Eu não precisava que ela me dissesse. Ao mesmo tempo, precisava, sim. Suas palavras pareciam vir para chacoalhar a minha mente para fora da atmosfera erótica, sexy e absolutamente orgástica que Patrick King, e todo o seu apelo sexual, havia me colocado. Por isso, foquei em não deixar que aquela noite me consumisse e pensei que seria uma boa ideia começar a sair com outros caras.

Focar apenas na dança não estava ajudando. Eu continuava pensando nele, e vendo-o por aí. E... porcaria! Por que ele estava me enviando mensagens? Não deveria ser algo como: sexo e adeus?

Fiquei frustrada e aliviada quando Tony não apareceu para o encontro, parte minha estava chateada, pensando que eu não valia a pena o suficiente para um cara sequer ligar e dar uma desculpa — mesmo que fosse uma mentira — por não ter aparecido. A outra parte estava feliz em voltar para o quarto e simplesmente relembrar mais uma vez como tinha sido a noite da minha primeira vez com King.

Para minha surpresa, quem apareceu foi o King, pegando-me desprevenida, sem saber o que pensar ou raciocinar. Foi assustador aceitar tão rapidamente o seu convite para ir a sua casa, ao mesmo tempo, algo em mim gritava: *Finalmente! Sexo!*

Esse pensamento fazia de mim uma viciada? Não sabia dizer. Nunca tive quaisquer vícios, o balé sempre me manteve saudável e longe de basicamente tudo que fosse mundano. Ao olhar para Patrick, parado, diante de mim, enquanto fechava a porta do seu apartamento, fui obrigada a admitir que a dança me fez ficar longe de algumas coisas muito... muito gostosas.

— Quer algo para beber? Tenho cerveja e vinho — ofereceu.

Seu sorriso era largo, como se realmente estivesse feliz com a minha presença. Não usava sua jaqueta de couro, mas com o calor do fim do verão, não havia necessidade, embora estivéssemos em outubro e o outono em breve daria as caras.

Ele vestia uma camiseta preta, colada em seu corpo definido e com uma gola v cavada o suficiente para mostrar duas correntes em seu pescoço, uma de prata, sem nenhum pingente e outra de couro preto, com uma moeda furada ao meio. O jeans era azul escuro e moldava bem suas pernas, além de ter um cós baixo.

— Só água, por favor — consegui responder, sem tirar os olhos dele.

— Se importa se eu beber?

Que raio de pergunta era aquela?

— Por que você se importaria com o que eu me importo?

— Qual é o problema de me importar com o que você se importa?

Um sorrisinho escapou dos seus lábios.

— Não vou entrar no seu jogo de palavras... — informei, cansada. — Por que estou aqui, Patrick?

— Enviei mensagem a você, precisava falar algo... — respondeu, tenso.

Virou-se de costas e caminhou até cozinha sem outra palavra, ao longe, por entre os pilares que separava a sala da cozinha, eu podia vê-lo abrindo a geladeira e analisando o seu conteúdo.

Olhei em volta e analisei seu apartamento rapidamente, a sala era ampla, pouco decorada e tinha uma televisão simplesmente obscena de tão grande que era. Típica casa de homens. Mas também havia uma mesinha no canto da sala com enormes folhagens verdes e bem cuidadas e um porta-retratos com ele e Milan abraçados a uma mulher. O que significava que alguém cuidava daqueles garotos. Levando em consideração a pouca história que eu conhecia de King, devia ser a mãe de Milan. Sloan havia me dito que ela ajudou a criar Patrick e que os amigos cresceram juntos.

— Sua água.

Dei um salto ao ouvir Patrick tão próximo de mim, olhei para o copo de água em sua mão e o peguei cuidadosamente.

— Obrigada.

— Vem, vamos sentar — convidou, pegando delicadamente em minha mão.

Aquilo parecia um encontro. E pensar sobre a possibilidade me fez rir. Alto suficiente para ele perceber.

— Qual é a graça, princesa? — indagou, nos sentamos no sofá e ele levantou uma de suas pernas, virando-se para mim.

— Nada...

— Qual é... conta.

— É que eu saí para um encontro com outro cara — expliquei — e agora estou aqui, com você... Não que seja um encontro, claro.

King me fitou com os olhos sorridentes, mas seus lábios estavam selados até que levantou sua garrafa de cerveja bem próximo da boca. Antes de beber, disse:

— Não vejo problema em isso ser um encontro.

Bebeu e desviou os olhos de mim, como se ele mesmo estivesse tentando entender o que havia acabado de falar.

Sentindo-me corajosa, virei em sua direção, colocando a perna sobre o sofá, espelhando sua posição, e indaguei:

— Do que está falando, Patrick?

— Por que você tem me evitado, Julie?

Lá estava, ele me chamando de Julie novamente. Aquilo fazia toda a minha pele se arrepiar, como se meu apelido tivesse sido dado por ele, como uma carícia em meu ser.

— Eu... pensei que era isso que você queria...

— E por que você pensaria isso, princesa?

Era covardia o que ele fazia. Sua voz desceu algumas oitavas e ele apenas sussurrava, enquanto me olhava como se estivesse pronto para me despir.

*Oh, Deus! Por favor, que ele queira me despir!*

— Bem, você não é o tipo de cara que deseja ver a garota mais de uma vez, sei lá... — Dei de ombros, falando em voz alta, parecia besteira naquele momento. — E toda a coisa com a garota no teatro.

Ele se moveu um pouco, ficando ainda mais próximo a mim.

— E se eu disser que quero ficar com você novamente? — sussurrou a pergunta.

Senti seus dedos alisarem a minha perna dobrada em cima do sofá, fazendo-me fechar os olhos e prender a respiração.

— Mas... eu não sei, Patrick. — Minha voz era um mar de incerteza.

Ele nunca me levaria a sério falando daquela forma, toda derretida.

— Gosto quando você diz o meu nome. Me deixa louco, sabia? — Sua mão espalmou em minha coxa e seus dedos apertaram a minha carne firmemente. — Não precisamos intitular nada. Apenas quero aproveitar a química que temos.

— Pensei que aquela noite não tinha sido boa para você — disse, um pouco envergonha e um tanto hipnotizada pelo fato do seu rosto estar tão próximo do meu.

Seus olhos escuros, quentes e aconchegantes me olhavam com atenção, como se King quisesse se infiltrar em meus pensamentos.

— Aquela noite foi sobre você, princesa — afirmou.

— Então você realmente não gostou.

— Se eu não tivesse gostado, não estaria aqui, querendo repetir a dose, pode ter certeza.

— Mas isso não seria algo a mais do que havíamos combinado...? — Minha pergunta saiu com um misto de questionamento e afirmação.

— Não será nada que você não queira.

Seu nariz começou a acariciar o meu, enquanto nossos olhos ficavam se admirando em um confronto pesado.

— Eu quero...

— O que você quer, princesa?

O que eu queria?

Morria de medo de me permitir pensar o que queria. Mas ele conseguia me fazer desligar esse sentimento.

— Quero conhecer a sua cama — informei, por fim.

Patrick não hesitou. Respirando fundo, sugando o ar como se tivesse levado um susto, tomou meus lábios nos dele. Sua língua mergulhou em minha boca fazendo com que eu gemesse. Suas mãos foram para a minha cintura e me puxaram para cima dele. Mas não ficamos no sofá. King se levantou e me manteve em seus braços, minhas pernas rodearam sua cintura. Enquanto passávamos pelo corredor, peguei-me ansiando para que ele me prensasse contra a parede. Foi daquela forma que o vi pela primeira vez e, de algum jeito pervertido, queria que ele fizesse o mesmo comigo.

Entretanto King tinha um plano diferente. Ao chegarmos em seu quarto, ele fechou a porta e caminhou até a cama, deixando-me lá, deitada. Dando um passo para trás, ele começou a tirar suas roupas vagarosamente e eu só podia pensar em uma coisa.

Ter seu corpo sobre o meu novamente.

# QUINZE

## KING

Desde que a conheci, não conseguia entender totalmente seu olhar, seu jeito de ser. Sua inocência estava estampada em cada parte do seu corpo. A pele macia, branca e sem defeitos a olho nu. Seu corpo era bastante delicado, exatamente como o de uma bailarina, como se tivesse sido esculpido por algum artista.

Ela era como um anjo. Linda e iluminada.

Então, vejo o seu olhar de puro desejo. Malícia, desejo e o brilho erótico em sua feição quase me fizeram questionar se ela era realmente a virgem de poucos dias atrás. Julienne poderia não ser experiente, entretanto tudo nela gritava para colocar em prática as vontades que eu despertava nela.

Despia-me, analisando o seu comportamento, mal podendo conter a ânsia de entrar nela. Minha língua tremia dentro da minha boca para dizer todas as obscenidades que gostaria, porém, embora seus olhos e sua ansiedade me dissessem que qualquer palavra sexualmente agressiva que eu usasse seria bem-vinda, decidi que ainda não era hora. Julienne ainda não estava preparada para receber todo o tesão que eu tinha por ela.

Quando a minha última peça de roupa atingiu o chão, deixei que ela me olhasse por um tempo, alisei meu pau – duro como pedra –, provocando-a, e gostei da sensação da minha mão alisando-o, enquanto aquela garota com cara de anjo e desejo de demônio assistia.

– Você queria conhecer a minha cama, princesa – falei, sem parar de me masturbar diante dos seus olhos. – É confortável?

– Eu... – Seus lábios tremeram e sua resposta custou para sair, depois de uma lambida em sua boca e uma bela olhada no meu pau, finalmente falou: – Gosto da cama.

— Bom... — disse simplesmente, sua capacidade de formar algo coerente estava completamente comprometida pela excitação.

Abaixei-me na cama e apoiei cada uma de minhas mãos em seus tornozelos.

— Vamos cuidar de você.

Assim que terminei a sentença, meus dedos contornaram seus tornozelos e, com firmeza, puxei suas pernas abertas para perto de mim e, consequentemente, para a borda da cama.

Sloan, aquela vadia maliciosa, havia dito que Julienne tinha escolhido uma lingerie especial para aquela noite, ao me abaixar e levantar o seu vestido, tive a confirmação de que ela não estava mentindo. Usava renda cor-de-rosa clara, que se confundia com a pele, quase como se não usasse nada. Acariciei suas pernas até os quadris, puxando o elástico da calcinha para baixo, revelando sua pequena e bela boceta. Queria novamente cair de boca, fazê-la gritar o meu nome, enquanto chupava seu centro molhado e inexperiente. Geralmente, preferia que as garotas tivessem experiência sexual antes de comê-las, era melhor dessa forma, elas participavam da foda ativamente e se mostravam menos tensas.

Contudo, além de uma parte primitiva em mim ter aflorado e gostado da ideia de fincar minha bandeira na terra inexplorada que era Julienne Walker, eu ainda sentia um prazer incrível em ser aquele que lhe ensinaria tudo.

Passei meus dedos médio e indicador por sua fenda molhada, brinquei de cima a baixo na sua abertura rosadinha, enquanto minha outra mão voltou a acariciar meu pau. Eu estava pronto para gozar, a ponto de sentir leves choques na glande, sempre que meus dedos acariciavam esse ponto sensível. Não era diferente para Julie. Seus gemidos se tornavam mais altos sempre que meus dedos brincavam com o seu clitóris macio. Tão macio que a necessidade de o ter entre meus dentes foi demais e eu acabei caindo de boca em sua boceta doce. Lambi com avidez, pressionando toda a extensão antes que começasse a trabalhar seu nervo mais sensível.

— Oh, Deus! — ela gritou alto.

Seus calcanhares apoiados na cama forçaram-se para baixo e seu quadril se levantou, como se minha *lambida* fosse demais para ela.

Que fosse.

Ela gozaria em minha boca antes de gozar no meu pau.

Minhas mãos largaram seu quadril e subiram por sua barriga, por baixo do vestido, até encontrar o sutiã. Com um pouco de dificuldade, meus dedos ultrapassaram a peça apertada e, finalmente, chegaram em seus seios, eram pequenos, mas minha memória mantinha viva a imagem de suas tetas delicadas com cor de pêssego. Era como cetim em meus dedos. A pele gostosa deslizava por eles, enquanto minha língua aumentava a velocidade da sua dança e trazia a primeira gozada dela.

— Patrick! — Julienne gritou, e suas coxas se fecharam em minha cabeça.

Continuei atacando seu ponto de prazer com a língua até que suas mãos foram para meus cabelos e puxaram com força para trás.

Sem deixar que ela tivesse muito tempo para respirar, aproveitei a viagem do seu orgasmo para tirar o seu vestido e sutiã, beijando e lambendo o seu pescoço, deitando meu corpo sobre o seu assim que ficou nua. Um gemido tímido ficou preso em minha garganta quando senti sua pele quente sob a minha.

Cacete, como era bom sentir Julienne embaixo de mim, sua quentura e maciez faziam com que eu quisesse me perder nela, esquecer da vida lá fora. Ela era como música.

Sim! Música.

E quando eu a tocava, esquecia da vida. Dos problemas e das dores.

Era apenas ela, a música.

E eu estava fodido, porque a música era Julienne.

— Você está bem? — perguntei, antes de beijar sua boca.

Ela assentiu e logo disse:

— Estou pronta para você.

A voz rouca e seus belos e cristalinos olhos azuis me fizeram gemer novamente. Eu também estava pronto para ela.

Sentei na cama, abrindo a gaveta de suprimentos da minha mesa de cabeceira, peguei um preservativo e logo abri o invólucro metalizado, revesti meu pau com a camisinha e voltei a me deitar. Julie havia se colocado no meio da cama e esperava ansiosamente por mim, nua e com o brilho pós-orgasmo em seu rosto.

Deitei na cama e a puxei para cima de mim.

— Não, não sei como...

— Você sabe dançar, princesa. — Segurei seu quadril com uma mão e com a outra, direcionei meu pau em sua boceta macia e melada. — É só dançar em cima de mim.

— Patrick...

— Não tenha medo...

— Me ensina? — Sua voz era incerta e nervosa.

— Claro, princesa...

Posicionei minhas mãos em seus quadris e pressionei levemente, fazendo ela se sentar em mim. Sentir meu membro deslizar para dentro dela me fez fechar os olhos. Fiz o movimento lânguido para que ela acompanhasse e logo estava se movendo com maestria, nossos corpos se encaixando perfeitamente. Deixei que minhas mãos passeassem pelo seu corpo, enquanto nos movimentávamos juntos, vagarosa e vigoroso.

Ela não parecia sentir dor, então não perguntei novamente como ela se sentia. Deixei que estivesse livre para fazer o que quisesse. E quando pareceu que seu orgasmo começava a se formar mais uma vez, ela deitou seu corpo sobre o meu e beijou-me com força, enquanto aumentava os gemidos. Querendo gozar com ela, levantei meus quadris, e meti com mais força e rapidez.

Puta que pariu!

Queria gritar o quanto sua boceta era perfeita e como queria enchê-la com a minha porra. Falar sujo mesmo. Mas me contentei em dividir os gemidos mútuos em nossas bocas.

Mais uma vez gozamos juntos, chegando ao paraíso.

Exaustos, o corpo dela caiu sobre o meu, abracei-a e a mantive em cima de mim por um longo tempo.

— Patrick? — chamou baixinho.

De alguma forma eu sabia o que ela perguntaria. Senti aquilo, então fui rápido ao responder antes que o questionamento fosse feito.

— Fique. Durma comigo.

# DEZESSEIS
## JULIE

*Tudo bem, Julienne. Ele te convidou para dormir em seu apartamento, passar a noite com ele. Vocês fizeram sexo mais vezes e caíram no sono quando já era de manhã. Não há motivos para entrar em pânico.*

*Exceto pelo fato de que estou morrendo de vontade de fazer xixi.*

*Vá ao banheiro, então!*

*E se ele acordar?*

*Ele não está em coma, ele vai acordar eventualmente e você terá de enfrentá-lo.*

*Ele vai me mandar embora...*

Sim, eu estava mentalmente falando comigo mesma. Era patético... ou preocupante. Depende do ponto de vista, mas continuava sendo um fato. Não queria levantar, estava com medo de que Patrick acordasse e um clima chato se instalasse entre nós. Ele me pediu para ficar, entretanto como seria a manhã seguinte? Nenhum de nós chegamos a pensar sobre aquilo.

Para ser honesta, tudo o que King e eu pensamos foi em gozar só mais uma vez... e depois mais uma.

E outra...

Agora eu só conseguia me perguntar: como foi que fiquei tanto tempo sem provar disso?

Seria sempre assim? Sabia que não. Nem todos os meus parceiros seriam Patrick King. Não teria a mesma química.

Talvez nem encontrasse alguém que mexesse comigo da mesma forma pelo resto da minha vida, mas não ficaria pensando nisso.

Sem conseguir segurar por mais tempo, levantei-me da cama o mais quieta possível, vesti minha calcinha e uma camiseta dele, que estava jogada na cadeira. Fui até a porta e a abri vagarosamente. Olhei de um lado para o outro no corredor, procurando pela porta do banheiro, por sorte, havia uma placa de W/C com um desenho de um boneco fazendo sexo oral em uma boneca. Aquilo me fez quase explodir em risadas, porém precisava manter a boca fechada ou acordaria o pedaço irresistível de homem.

Tranquei a porta do banheiro. Minha bexiga, sabendo que eu estava ali, tornou tudo mais urgente e, por pouco, não fiz o xixi perna abaixo bem no banheiro do cara com quem eu havia feito sexo a noite toda.

Mas não parou por aí. Ao me aliviar, senti uma ardência absurda, ardência esta que me lembrou direitinho da intensidade que compartilhamos na cama.

— Ai! Merda! — sussurrei, sentindo a maldita ardência e não pude deixar de rir da situação.

Fiz o que deveria fazer e ainda roubei um pouco de Listerine e bochechei para amenizar o hálito matinal, lavei o rosto, ajeitei o cabelo e saí do banheiro com a mesma intenção: de não fazer barulho nenhum. Entretanto, antes que eu entrasse no quarto de Patrick, a voz de Milan me fez saltar.

— Bom dia, Julie!

— Milan, oi! — cumprimentei, com a mão no peito. — Você me assustou!

— Bem, você também... — Cruzou seus braços e encostou-se na parede. — Não imaginei que estaria aqui. Você não tinha um encontro com outro cara?

— Sloan contou... — constatei.

— É, no café da manhã de ontem, ela estava aqui e deu um bom sermão no Pat por...

— Espera — interrompi. — Patrick sabia?

Milan ficou branco e petrificado ao denunciar tudo a mim.

— Não posso acreditar...

O que ele estava fazendo lá, afinal? Espionando-me? Por quê?

A porta do quarto de Patrick se abriu e ele saiu, cabelos desarrumados, rosto inchado e peito nu. Apenas o seu jeans caindo na cintura.

— Ah, você está aí... — disse, parecendo até aliviado em me ver. — Bom dia, princesa...

— O que estava fazendo no Irish Bar ontem, King? De verdade! — questionei, séria.

Ele não precisou responder, bastou um olhar feroz ao seu amigo para eu saber a resposta.

Passei por ele na porta e fui pegar as minhas coisas para dar o fora dali.

— Ei, princesa... —ele disse, enquanto eu tirava a blusa e pegava o sutiã para colocar... — Caralho, você é gostosa demais... — gemeu, visivelmente atrapalhado com o seu raciocínio quando me viu nua.

— Cala a boca, Patrick!

— Me escuta, Julienne...

— Por que você iria ao bar para boicotar a minha noite?

Vesti o sutiã e peguei o vestido.

— Eu... não boicotei! —defendeu-se.

— O que disse a Tony para ele não ir?

Coloquei o vestido, irritada.

— Qual é, Julienne! — debochou. — Não fiz nada, nem vi o cara.

— Então por que ele não foi?

— Sei lá, Julienne! — Levou as mãos nos cabelos e bufou, frustrado. — Talvez você não valha a pena.

Dei um passo para trás ao ouvir suas palavras. Desviei meus olhos sem conseguir encará-lo. Sua resposta doeu. Muito.

Procurei pelos meus sapatos e bolsa e os peguei rapidamente. Bem, quem diria que a caminhada da vergonha poderia ser tão humilhante?

— Julie, eu não quis dizer dessa maneira. — Tentou se justificar.

— Me deixa em paz, Patrick.

Passei por ele, indo em direção à porta.

— Deixa eu explicar, quis dizer...

Eu estava me sentindo tão humilhada que sequer quis ouvi-lo, com raiva, quis pagar na mesma moeda o que ele me fez sentir. Então disse:

— Obrigada por me ensinar uma coisinha ou duas sobre foder, King. A garota da fazenda tinha razão, você é demais! — Engoli em seco. — Eu realmente terei algo para comparar quando for para cama com outro cara. Tanto no sexo quanto na babaquice.

— Que merda, Julienne! Me deixa explicar! — gritou, seus passos foram rápidos.

Senti sua mão em meu braço e travei.

— Não me toque e nem fale comigo — solicitei, com a voz em tom neutro.

Seu toque imediatamente deixou de existir contra a minha pele.

— Eu só quis dizer que talvez você não valesse a pena para ele, não significa que você não valha a pena para *mim*, Julienne — sussurrou, parecendo angustiado.

Olhei assustada para ele e percebi que sua expressão era ainda mais apavorada do que a minha.

— O que isso quer dizer?

— Eu... não sei... eu não...

Sua cabeça sacudia em negação e seus olhos pareciam enormes.

Meu coração iria sair pela boca. Minha mente girou e eu tinha absoluta certeza de que meus pulmões haviam sido roubados de dentro de mim. O que era aquilo?

— Patrick, não brinque comigo... — Minhas palavras saíram sussurradas. — O que isso quer dizer?

Encarei-o em desafio. Algo em mim queria que ele abrisse os braços e me pedisse para ficar ali e conversarmos. Contudo King parecia tão ou mais confuso e medroso quanto eu.

— Acho melhor você ir, preciso pensar, princesa.

Encaramo-nos por um longo momento e pude vê-lo realmente assustado. Praticamente implorando para que eu fizesse o que me pedia. Pensando que seria melhor darmos espaço um ao outro, assenti e saí do seu quarto sem olhar para trás.

A navalha correu no ponto certo, na altura do calcanhar, nem abaixo, nem acima demais. Dobrei a sapatilha para frente e para trás para dar mais flexibilidade e logo peguei a fita de cetim na cor champanhe, agulha e linha para costurá-las. O principal instrumento de trabalho de uma bailarina não vinha moldado aos seus pés, eram duras e machucavam quando novas. Por isso precisávamos torná-las flexíveis e prontas para o palco, cortávamos as sapatilhas e depois queimávamos levemente os solados, deixando-as mais maleáveis.

Tinha pegado um bom dinheiro das minhas economias, graças às corridas de Patrick, e o usei para comprar novos aparatos de dança. Collants, meias, polainas, sapatilhas, esparadrapos, maquiagem e tudo mais o que eu precisava, foi bom para manter a minha mente fora dos constantes pensamentos sobre King e eu. Em dois dias ele não entrou em contato. Nem ligações e nem mensagens. O que me levou a acreditar que todo o papo de que eu valia a pena para ele era apenas aquilo. Papo.

Usei as palavras de minha mãe como um mantra e decidi que voltaria ao foco. Estudar. Teria prática de teatro em breve. Embora a Juilliard não tivesse um programa de artes dramáticas, havia aulas de dramaturgia para que soubéssemos interpretar tanto na música quanto na dança, e era uma aula importante. Também tinha mais dois ensaios com a Sra. Ottawa antes do feriado de Ação de Graças, quando mamãe viria me visitar. Não tinha ideia de onde ela ficaria, no entanto ela me garantiu que já havia visto um hotel.

Não estava particularmente exultante em ver a minha mãe. A verdade era que não concordava com a forma com que ela levou as nossas vidas depois da morte do papai. Nunca fomos ricos, mas meu pai nos deixou confortáveis. Entretanto, nos dois anos após a morte dele, minha mãe conseguiu gastar todo o dinheiro do seguro. Vim para Juilliard dependendo da bolsa integral, sem ela, nada teria acontecido para mim. Com a morte do meu pai, descobri que Esther Walker era uma excelente mãe, mas somente enquanto Ben Walker foi um excelente provedor.

Minha mãe era tão filha do meu pai quanto eu. Ele cuidava de nós e, quando eu precisei ser cuidada, Esther estava preocupada demais em gastar o dinheiro e evitar filas de emprego.

Ainda assim, eu estava preferindo pensar nela e em sua visita para Ação de Graças do que na manhã absurdamente confusa que tive com Patrick.

— É um milagre a sapatilha estar viva depois da força que você colocou no corte. — Tony sentou-se ao meu lado. — Pensei que dividiria ela ao meio.

— Oi, Tony.

Não queria ser rude com o meu *pas-de-deux*. Precisávamos de harmonia para dançar. Para ser honesta, sequer sabia se deveria ficar brava ou agradecida pelo bolo que ele me deu. Mesmo com o desfecho entre mim e King, a noite foi...

Inesquecível.

Jamais poderia negar aquilo.

— Eu queria pedir desculpas por ter deixado você me esperando.

— Uma ligação teria sido legal.

Dei de ombros, mas não o encarei. Peguei a linha fina e comecei a enfiar no buraco da agulha. Estávamos na praça central, entre os prédios. Sentia-me sufocada no dormitório e resolvi deixar os primeiros ventos do outono, que finalmente chegava, tocar minha pele e açoitar meu cabelo.

— Eu poderia inventar um monte de mentiras para tornar a minha *mancada* mais fácil de engolir, mas somos um par agora, ao menos na dança. — Suspirou, parecia realmente sincero em seu tom de voz, entretanto continuei não olhando para ele. — Julie, eu recentemente terminei um relacionamento e ela, Samantha, não está levando muito bem. Ela apareceu no meu dormitório e ficou chorando... Foi um saco.

— Sinto muito.

O que mais diria?

— Ela sabia que eu tinha um encontro e, se descobrisse que a garota era você, meu *pas-de-deux*, nossas vidas acadêmicas se tornariam um inferno. Desculpe. Ela, inclusive, quebrou o meu telefone.

Desta vez, eu o encarei.

— Pois é... — ele disse, sem graça.

— Tony, olha...

Acho que minha feição denunciou quais seriam as minhas próximas palavras, pois ele nem me deixou falar.

— Eu sei, não é o nosso momento.

— Somos parceiros de dança, o show do final do ano letivo é importante demais... — justifiquei.

— Sim, sim! Sem problemas! Concordo. — Fitou-me fixamente. — Porém não posso deixar de fazer isso.

Aproximou-se e com as mãos segurou o meu rosto, beijando-me com delicadeza. Fiquei tão assustada com a sua ação que sequer fui capaz de retribuir. Apenas fiquei ali, petrificada.

— Desculpe — falou quando soltou meu rosto. — Apenas precisava saber.

— Tony...

Ele se levantou e colocou as mãos nos bolsos de suas calças de moletom.

— Desculpe, eu só queria saber como seria. Sem complicações! Juro. — Sorriu tranquilo ao dizer aquelas palavras. — Vejo você no ensaio!

— Tchau... — murmurei, realmente atordoada.

E quando a figura do garoto que havia acabado de me beijar, sem a minha permissão, saiu do meu campo de visão, deparei-me, ao longe, com a forma do garoto que havia feito muito mais do que me beijar apenas quarenta e oito horas atrás.

Com os braços cruzados e me olhando fixamente, pude perceber — mesmo de longe —seu maxilar apertado. Seus olhos pareciam duros em minha direção e, depois de um breve momento, ele moveu a cabeça.

Um consentimento.

Como se estivesse dizendo: "Tudo bem, entendi".

E daquele jeito, as coisas entre mim e King terminaram.

# DEZESSETE
## JULIE

— Vou sentir sua falta durante o feriado — Sloan resmungou, jogada em minha cama, enquanto eu arrumava uma bolsa com algumas roupas para o feriado misterioso com a minha mãe.

Nós nos encontraríamos no dia seguinte, quinta-feira, e passaríamos todo o feriado juntas.

— São quatro dias, e você vai estar muito satisfeita passando esse tempo com o seu namorado e a mãe dele. — Sorri.

Sim, Milan e Slow haviam assumido o relacionamento. Eram namorados com direito a final de semana em Orlando, curtindo os parques da Disney com a sogra. Estava feliz por ela. Mas cada vez que ouvia histórias sobre ela e Milan Royce, lembrava-me *dele*.

Algo me incomodava quando eu pensava em Patrick. Muito pelo fato de ele simplesmente agir como se não nos conhecêssemos. Ele não me desprezava quando estávamos no mesmo local, mas também não falava comigo. Sendo assim, também não dirigi a palavra a ele.

— Você parece empolgada demais para estar com a sua mãe — Sloan comentou, desconfiada.

Eu havia contado como era a minha relação com Esther e minha amiga deixou claro o que pensava da minha progenitora.

"Basicamente sua mãe é uma vaca interesseira e mimada. Desculpe, garota, mas a verdade é essa."

Eu não teria usado aquelas palavras por ser a minha mãe, porém Slow definiu muito bem quem ela era.

— Só quero sair um pouco do campus.

— Acha que é assim que você vai esquecer o King?

Parei de mexer em minhas coisas e olhei feio para ela.

— Faz semanas, Sloan, já superei essa história, você é a única a conjurar o nome do cara a cada oportunidade.

— É exatamente por isso que sei que você não superou, amiga — constatou. — Você não fala dele e depois do que você me contou... — Ela sabia toda a história, principalmente que eu não era mais virgem, graças a Patrick. — Realmente acho que deviam conversar. Diálogo sabe?

— Não, Slow, não sei de nada disso. Diálogos é para quem deve algo a alguém, King e eu não tínhamos nada sério, combinamos que não seria *mais*. Não há o que conversar.

— Você tem certeza disso?

Seu olhar estava sério e fulminante em mim, como se estivesse me testando, querendo que eu quebrasse minhas defesas e lhe desse uma resposta diferente.

Eu não daria.

— Absoluta certeza — afirmei. — Agora me deixa terminar de organizar minhas coisas, tenho ensaio com o professor Karovisky ainda hoje.

— Adoro as aulas de contemporâneo dele — falou, pulando da minha cama e indo em direção a sua. — E, para registro, realmente acho um desperdício essa rusga entre você e King. Acho que poderia dar certo, se não fossem tão cabeça dura.

— Ele poderia ter me procurado para conversar.

Dei de ombros.

— Você poderia ter feito o mesmo, Julienne. E sabe disso.

Talvez minha melhor amiga tivesse razão, eu poderia ter procurado por ele, porém, semanas se passaram, e como elas, o tempo também passou.

Não importava mais.

— Muito bem! — exclamou o professor Karovisky, um descendente de russos, velho o bastante para ser meu pai e, ainda assim, extremamente charmoso. As alunas costumavam compará-lo a Patrick Swayze. E era verdade. O professor dançava, balançava seus cabelos com o mesmo corte do ator de Dirty Dancing e usava o mesmo tipo de roupas.

Estava esperando pelo momento em que *Time of my life* começasse a tocar e ele saltasse do palco fazendo a coreografia final do filme.

Suada e exausta, bati palmas junto com meus colegas e, assim que o professor nos dispensou, sentei-me no chão do palco para que pudesse tirar as minhas sapatilhas de pano, deixei as *pontas* no dormitório, não eram obrigatórias na aula daquele dia e eu queria algum descanso para os meus pés. Os treinamentos estavam sendo brutais comigo, especialmente os do show da professora Ottawa. Ela estava nos sugando como um maldito *dementador* do *Harry Potter*.

Nunca era bom o suficiente. Mas Antony e eu estávamos indo muito bem. Até conseguimos um ou dois elogios dela. Tony nunca mais tocou no assunto do beijo que tinha dado em mim, acho que percebeu que não foi bacana fazer aquilo sem o meu consentimento. O fato de eu não ter devolvido o beijo deve ter dado uma pista clara disso.

Bem, aquilo e o fato de ele ter se acertado com a namorada. Talvez eles não estivessem prontos para dar um ponto final na relação deles... O importante, no entanto, era que estávamos trabalhando juntos e sem tensão entre nós.

Tirei minhas sapatilhas e estiquei meus pés, não estavam doloridos, mas certamente cansados, olhei meus dedos com pequenos calos em cima das juntas e fiz uma cara feia. Eles eram o motivo de eu não ter sandálias em meu armário. Eu era bonita dos tornozelos para cima. Levantei-me e peguei meus pertences, caminhando descalça até a coxia, pois sabia que uma próxima turma chegaria em breve para ensaiar. Sentei-me no pequeno sofá atrás das cortinas.

Busquei meus tênis e meias dentro da bolsa para colocá-los quando vi meu celular brilhando. Era uma mensagem da minha mãe dizendo que havia alugado um carro, que me buscaria no campus no final da tarde e que era para eu estar apresentável, ela sempre pedia aquilo.

Como se eu não soubesse me vestir. Senti meu cenho franzir, enquanto lia suas palavras.

*Carro alugado? O que aconteceu com o nosso carro?*

Decidida a não me incomodar com as decisões da minha mãe, respondi um sucinto "ok" e cliquei em enviar. Foi quando ouvi.

As notas grossas, densas e obscuras de um violoncelo começaram a soar. Senti em minha pele que era ele. Não sabia como, nem o porquê, mas tinha certeza absoluta de que era Patrick tocando seu instrumento com sofreguidão e intensidade absurdas.

Mudava toda a atmosfera do lugar.

Levantei-me e caminhei os poucos passos de distância entre o sofá e a grossa cortina do palco, procurei pela fresta do meio em um silêncio desesperado, quando a encontrei, abri-a e coloquei meu rosto discretamente na abertura.

E como previ, era King.

Deus, ele era tão lindo.

Seus braços fortes estavam cobertos por uma camiseta de mangas compridas e gola alta, era de uma cor escura, talvez preta, quem sabe azul-marinho... Conseguia apenas ver seu perfil, ele estava de lado para a plateia do teatro vazio, a barba havia crescido um pouco mais, fazendo-o parecer mais velho. Os ombros em uma postura estoica, mesmo quando seus braços, mãos e cabeça mexiam-se freneticamente, de acordo com a música brutal e sexy ao mesmo tempo. Seus olhos estavam fechados de forma apertada, como se estivesse realmente sofrendo.

Decidi, naquele momento, que pelo menos deveríamos conversar para limpar o ar, amenizar o clima que havia ficado entre nós. Nossos melhores amigos eram namorados sérios, por isso nos veríamos de novo, deveríamos conviver amistosamente.

Mas, assim que dei o primeiro passo em sua direção, outros membros do departamento de música adentraram o teatro, conversas e risadas altas desconcentraram Patrick, que parou de tocar imediatamente. Um de seus colegas, também segurando um celo, se aproximou e eles começaram a conversa.

Percebendo que aquele não era o melhor momento, dei dois passos para trás e me escondi atrás da cortina.

Terminei de calçar o tênis, peguei minhas coisas e saí do teatro.

*A gente se vê por aí, King.*

— Meu bebê! — exclamou minha mãe, assim que entrei no carro.

Não sabia exatamente o que esperava encontrar depois de três meses sem vê-la, talvez ainda houvesse esperança de que as coisas fossem diferentes da próxima vez que nos víssemos, entretanto minha mãe parecia um pouco melhor do que da última vez que a vi.

Estava mais bem vestida, com o rosto parecendo ter passado por algumas sessões de botóx, os cabelos mais loiros e as roupas cheiravam a coisa cara.

— Oi, mãe... Bom te ver — murmurei, sem muito entusiasmo.

Sua mão, cheia de unhas compridas e bem feitas, deu uma batidinha na minha perna, como se aquilo fosse carinho, e logo colocou o carro em movimento.

— Você está tão bonita, docinho! — regozijou-se. — Perdeu peso! Estou orgulhosa!

*Claro que você está.*

— Embora seu cabelo esteja precisando de uma atenção especial...

— Meu cabelo está ótimo, mãe — interrompi. — Vamos, conte-me as novidades — solicitei.

Apenas uma coisa era mais prazerosa do que me criticar, falar de si mesma.

— Tudo está ótimo, querida! Você não perde por esperar. Tenho uma grande novidade para você hoje!

— Mal posso esperar — resmunguei, afundando-me em meu assento.

Tinha certeza absoluta de que o feriado seria perturbador, para dizer o mínimo.

Estranhei quando ela pegou a autoestrada.

— Estamos indo para onde, mãe?

— Relaxe, bebê! — disse, toda animada. — Vamos passear. É uma surpresa.

Eu morria de medo das suas surpresas. Sequer queria estar com ela ali. Minha vontade era ficar no campus e dormir pelo feriado inteiro. Como não era possível, tentei fazer o que ela ordenou. Relaxei.

E relaxei...

E relaxei um pouco mais.

Relaxei por mais de cento e cinquenta quilômetros. Dormi por duas horas.

— Acorde, querida! Chegamos — Esther cantarolou ao entrar em uma propriedade sofisticada.

— Onde estamos, mãe?

Olhei o relógio, assustada ao perceber quanto tempo tínhamos viajado.

— Na surpresa, querida. Venha, vamos descer. — Ela me deu uma boa olhada e suspirou um pouco, decepcionada. — Você poderia ter se vestido um pouco melhor.

Fato número um, Esther Walker era tão narcisista que notou minhas roupas após duas horas de viagem.

Fato número dois, meu jeans, camisa branca, blazer preto e colar de pérolas, ainda que falso, eram bons o suficiente, foi ela quem tinha comprado aquelas roupas, ela montou aquele *look* para mim. Mas mamãe não perdia a oportunidade de "querer o que era melhor para o seu bebê".

Fato número três, algo estava errado. Ela estava nervosa.

Descemos do carro e olhei impressionada para a mansão à nossa frente, não muito depois, a porta se abriu e um belo homem saiu. Vestia calças cáqui e suéter, os cabelos bem penteados para trás.

— Olá, sejam bem-vindas! — disse, animado e simpático.

Andamos até o homem sorridente e, quando nos postamos na frente dele, mamãe lhe beijou os lábios.

— Mãe? — chamei.

Olhando para os dois, eles realmente pareciam apaixonados, entretanto não era aquilo que me intrigava. Era o homem... ele me lembrava alguém...

— Querida, este é meu noivo e seu futuro padrasto, Parker King.

Meu sangue gelou por completo.

— Vo-você disse... Ki...

Naquele exato momento, alguém saiu pela porta tempestivamente.

— Estou de saída! Não vou ficar assistindo a esse cir... Julienne?

— Pat... Patrick... — sussurrei, sentindo meus joelhos fraquejarem.

O rosto de Patrick certamente espelhava o meu. Ele estava branco, com os olhos arregalados na minha frente.

— Que porra é essa, pai? — Seu questionamento foi gritado, porém seus olhos não deixaram os meus.

— Patrick, modos na frente da sua nova irmã.

# DEZOITO

## JULIE

Quem chegasse naquele momento e nos visse sentados no sofá abusivamente caro na sala ridiculamente luxuosa de frente para nossos pais, pensaria que aquele era o dia que o namorado estaria apresentando a namorada para a família... ou vice-versa.

Quando eu digo vice-versa, falo de namorada apresentando o namorado.

Não sua mãe comunicando que está noiva do pai do cara com quem você perdeu a virgindade.

Como aquilo foi acontecer?

Enquanto Esther e Parker, até o nome deles combinavam, conversavam entre si, talvez se preparando para nos contar sem que nossas cabeças explodissem, olhei freneticamente em volta.

– O que está procurando, princesa? – O tom dele parecia preocupado.

– Não me chame assim – resmunguei, mas continuei analisando o espaço.

– Prefere que eu te chame de irmã?

– Isso me causa calafrios... – gemi.

– Você não é minha irmã, princesa. Relaxa.

– Ainda não acredito que nossos pais estão noivos... Isso é uma brincadeira, tem que ser!

– Não é uma brincadeira, Julienne. – A voz de Parker King me fez saltar.

Ele nos encarou com curiosidade, porém minha mãe parecia aérea a tudo. Deslumbrada com o local em que estávamos.

— Imaginei que pudessem se conhecer já que fazem parte da mesma universidade, só não esperava que fossem tão... — Seus olhos estavam atentos na gente, ele sabia. — Próximos.

— Como vocês se conheceram? — questionei, imaginando mil cenários.

— Foi na semana antes de começar as aulas, quando apresentam os programas e acomodações para os pais e alunos, bebê — minha mãe contou.

Eu me lembrava, ela foi a Juilliard comigo para conhecer as instalações, como todos os pais interessados. No caso, Esther Walker aproveitou aquela visita para fazer compras. Ela nem sequer ficou tempo suficiente naquele dia. Deu-me um abraço, disse para eu me esforçar e não engordar, depois se foi.

— Eu fui à instituição para conversar com a reitoria — o pai de King disse, movendo-se levemente no sofá.

— Você foi tentar usar o seu dinheiro para me manter fora da Juilliard, pai. Pode falar — Patrick debochou. — Afinal, você é comprometido em sabotar a minha vida.

— Não estamos aqui para discutir a sua educação, garoto. — Parker foi pontual. — Mas podemos tirar o feriado para isso.

Um sorriso desafiador se fez nos lábios do pai de Patrick. Lembrou-me dele, tanto nas feições, quanto na vontade de socá-lo. Foi assim que King sorriu para mim na fogueira, logo após dizer que eu também queria ser fodida contra a parede. Resultou comigo jogando cerveja na sua cara.

Honestamente, não sabia quem eu odiava mais naquele momento.

Minha mãe ou Parker.

— De qualquer forma — Esther continuou —, estávamos saindo do estacionamento do campus e eu bati no carro do seu pai, Pat.

— Meu nome é Patrick, senhora.

— Oh, desculpe, querido... Seu pai disse que chamam você de Pat...

— Pessoas que mereceram isso, aquelas que tenho afeição — disse King, eu podia ouvir o deboche escorrendo das palavras ditas. — Meu pai me chama assim porque é metido, caso esteja se perguntando.

— Patrick, controle-se.

King levantou-se em um rompante, apontando o dedo para seu pai.

— Controle-se você! — gritou, violento.

— Patrick! — chamei nervosa, só o vi alterado daquela forma na noite em que ele me salvou do babaca no estacionamento.

Fiquei preocupada.

— Me respeite!

Parker levantou-se para encarar o filho. Eles tinham o mesmo porte, Parker era um homem bem conservado e parecia mal ter chegado aos cinquenta anos, de qualquer forma, pai e filho não deveriam brigar naquele nível de estresse, era perigoso.

— Se dê ao respeito, pai! Casar com alguém que você conheceu há três meses? Você nem sabe quem é esta mulher!

Apontou para minha mãe, com desdém.

Não o culpava, eu havia dado um bom resumo de quem era a minha mãe, inclusive em como ela tinha tendências de garimpar ouro.

— Nós temos o direito de refazer nossas vidas, Patrick... — Foi Esther quem se ergueu naquele momento.

— Mãe, não se meta... — avisei, minha intenção era boa.

Não queria que houvesse ainda mais conflito. Concordava com Patrick, porém era contra resolver as coisas daquela forma.

Aquele pensamento logo escapou de mim, minha mãe tinha de vomitar asneiras.

— Seu irmão e seu pai...

— Meu o quê? — berrei, sentindo meu sangue ferver.

Andei até ela e a encarei com raiva.

— Seu padrasto... desculpe. Eu não quis...

— Este homem não é meu pai, Patrick não é meu irmão e nós não somos uma família! — vociferei. — Essa tentativa de forçar um relacionamento familiar entre a gente é ridícula.

Só então percebi que King e seu pai nos encaravam.

— É verdade! — Abri meus braços e reafirmei o que havia dito. — Vocês se conheceram há três meses e querem se casar? Em nenhum momento tentaram nos preparar sobre o que estava acontecendo?

Encarei King e percebi que ele também me olhava. Tinha um brilho orgulhoso em seu rosto.

— Bem... sua mãe achou melhor fazer surpresa.

Minha risada saiu mais como um bufo. É claro que ela sugeriria aquilo. E correr o risco de ter alguém colocando areia nos seus planos? De jeito nenhum!

— Você é realmente surpreendente, mãe. — Cada uma das minhas palavras saíram com escárnio.

Mas ela não perdeu a compostura.

Sabia que minha progenitora não queria passar tempo comigo quando ela tinha insistido em me buscar para Ação de Graças, entretanto jamais pensei que resultaria naquela introdução ao golpe do baú.

— Queridos... — iniciou com um sorriso em direção aos Kings. — Posso ter uma palavrinha em particular com a minha adorável filha?

A face de Patrick adquiriu um brilho feroz e, por um momento, não entendi muito bem quando ele respondeu, no entanto senti-me emocionada. Mesmo com o que havia acontecido entre nós, ele foi protetor comigo.

— Você está bem com isso, princesa?

Só então minha mãe percebeu. Parker já havia percebido muito antes, entretanto minha mãe, que só pensava nela, apenas se deu conta naquele momento.

— Prin...? Vocês já se conheciam... e... — A compostura de Esther Walker se foi. — Oh, meu Deus! Será um escândalo! Jesus! — King revirou os olhos para o drama da minha mãe. — Vocês serão irmãos quando nos casarmos...

— De jeito nenhum seremos irmãos, senhora — ele revidou.

Eu podia ver minha mãe perdendo o controle.

— Esther, não há problema — Parker disse, tentando amenizar. Não sabia se era para acalmar os ânimos ou se ele realmente era um homem esclarecido e nada retrógrado. — Eles são crianças ainda...

— Mas a sociedade não vai gostar... — minha mãe respondia para ele, mas seus olhos, cheios de julgamento, estavam em mim. — E se falarem mal de nós? É vergonhoso.

O egoísmo e a futilidade da minha mãe não tinham fim. Realmente.

Não sei o que me deu quando lhe respondi:

— Mais vergonhoso do que se casar com alguém para ser sustentada?

Senti duas coisas naquele momento: um orgulho fodido de mim... e um tapa na cara.

Literalmente, levei um tapa no rosto, da minha própria mãe.

Bem, aquilo foi o mais perto de se importar o suficiente comigo que ela demonstrou em muitos anos.

Minha mão foi direto para a bochecha e esfregou a pele quente, enquanto a mamãe querida me fitava cheia de ódio.

— Esther! — Parker exclamou.

— Puta que pariu! — King disse ao mesmo tempo.

— Não ouse dizer isso! Eu amo Parker! Amei seu pai, mas ele morreu e você precisa aceitar isso!

Descontrolada. Minha mãe estava completamente descontrolada. O que me machucou, porém, foi a forma com que ela descartou a imagem do meu pai. Sim, aquilo doeu mais que um tapa.

Simplesmente não tinha mais nada a dizer.

Olhei para King, procurando refúgio nele. Talvez porque fosse o único que achava tudo aquilo tão absurdo quanto eu. Ou, quem sabe, o motivo era que ele conseguia me fazer sentir bem, segura e diferente quando estávamos juntos.

Patrick entendeu. Sem dizer nada, pegou a minha mão e me arrastou para fora daquela casa.

— Patrick, volte aqui! — seu pai exigiu.

Mas sequer nos importamos em parar, fizemos a volta no grande jardim e caminhamos até onde seu carro estava estacionado.

Não esperei que ele abrisse a porta, na ânsia de me sentir protegida da dor egoísta, infligida pela minha própria mãe, soltei sua mão e corri para o automóvel, abri a porta e entrei, fechando-a em seguida.

Assim que Patrick entrou, sentando no banco do motorista, virou-se para mim e me encarou com o rosto tomado pela preocupação. Seus olhos foram para o ponto que ardia levemente, devia ter ficado vermelho, pois ele franziu a testa, colocou a palma da sua mão em cima do machucado e acariciou delicadamente. Suspirei, sentindo como se ele quisesse apagar os últimos minutos.

— Vou levar você para relaxar — sussurrou.

Abri meus olhos e fui pega pelo brilho dos seus, ainda havia raiva neles, mas também a malícia que eu tinha conhecido meses atrás.

— Eu... eu... — Respirei fundo. — Relaxar?

— Uhum.

Acariciou meu rosto uma vez mais e, enquanto fazia aquilo, o sorriso que eu conhecia tão bem cresceu em seus lábios.

E os arrepios que ele sempre despertava em mim reagiram a ele como se dissesse: Olá, sorriso sacana.

Um bar.

Patrick me levou para um bar.

Sentamo-nos no balcão e King pediu *shots* de tequila.

— Não vou ficar bêbada, Patrick! — gritei para que ele.

— Não é para ficar, princesa.

Acomodou-se um pouco mais em seu banco. Só então consegui dar uma boa olhada nele. As coisas estavam loucas, especialmente sobre os nossos pais. Toda a tensão que carregamos nas últimas semanas com relação a nós dois fora deixada de lado com a bomba que caiu sobre nós.

Naquele momento, encaramo-nos e conversamos silenciosamente. Aos poucos comecei a ver pequenas rugas se formando nos olhos de Patrick e percebi que eu também estava querendo rir de tudo aquilo.

Rir não, gargalhar!

Quando percebemos, não conseguíamos parar de rir do absurdo que estávamos vivendo. Quais eram as chances?

De repente, os risos morreram, a atmosfera à nossa volta começou a contar outra história. Já não era sobre nossos pais e o capítulo louco de *Além da imaginação* que protagonizamos momentos atrás. Era sobre nosso assunto inacabado.

– Você beijou aquele cara – King acusou, como se já tivéssemos verbalizado o assunto.

Peguei outro *shot* de tequila e, mesmo não sendo acostumada a beber, virei o pequeno copo sem limão e sal, direto. Puro.

– Não devo satisfação a você – disse seriamente, em desafio.

Os olhos de King se tornaram mais ferozes.

– Mas você quer me dizer.

Ele deixou seu banco e ficou em pé, próximo a mim. Sua atenção nunca saindo da minha. Nunca desviando.

– E por que eu ia querer?

– Você sabe o porquê...

– Vou dizer o que eu sei, King.

Firmei meus pés nas madeiras no meio do banco e me equilibrei, levantando-me para ficar na mesma altura que ele.

– Sei que está com ciúmes de mim.

– Tudo bem, então... – Ele fechou a distância entre nós e me encarou. – Assumo que estou com ciúmes e você assume o que é óbvio. Eu começo.

Colocou uma de suas mãos em meu pescoço, alinhando nossas cabeças de forma muito próxima. Então levou sua boca até o meu ouvido e disse, em sua voz mais sexy, alto o suficiente para que eu ouvisse no meio de todo o barulho do bar.

– Fiquei com ciúmes de você, princesa. Louco de raiva! Quero você só para mim.

*Ai, meu Deus!*

Senti meu corpo todo amolecer. Que saudades eu estava sentindo daquele homem, do seu corpo, sua voz e, principalmente, do seu toque. Eu queria que Patrick me tocasse novamente.

— Agora é a sua vez... — informou e depois deu uma pequena mordida em minha orelha, fazendo-me tremer por completo.

Determinada e inebriada pela névoa sexy que ele me arrastou, apenas fixei meus olhos nos seus e finalmente assumi.

Para ele, para mim e para nós.

— O que temos *é mais*.

— Essa é a minha garota.

E seus lábios estavam nos meus.

# DEZENOVE

## JULIE

— Antony, se você derrubar Julie, ela cairá de cara no chão.

A professora Ottawa disse como se estivesse pedindo o seu cachorro quente sem ketchup. Funcionou. A mão do meu *pas-de-deux* ficou ainda mais firme.

Tony sustentava meu corpo com apenas uma mão localizada exatamente no meio das minhas costas, enquanto meu corpo estava caído, mole, formando um arco em cima dele. Eu podia ouvir a sua respiração cada vez mais alta de tanta força que ele estava fazendo, porém mantinha-se firme. Ele era forte e muito dedicado, o que não me fazia menos receosa.

Não queria cair de cara no chão.

— Ajoelhe-se devagar — ela pediu suavemente e Tony o fez, equilibrando-me em sua mão. — Ótimo! Lentamente vá virando o seu braço até que Julienne esteja com os pés no chão... Perfeito, Antony!

E, assim, eu estava a salvo no chão, com o meu rosto intacto.

— Muito bem, estou satisfeita com vocês dois.

Ottawa novamente disse como se fosse qualquer coisa, nada demais. Mas Tony e eu nos olhamos com felicidade e empolgação. Um elogio assim da professora de balé clássico avançado para dois alunos do primeiro ano era algo tremendo.

— Obrigada.

— Obrigado.

Tony e eu nos cumprimentamos no mesmo humor que o dela, Sra. Ottawa não era dada a comemorações exageradas.

— Estão dispensados e tenham um bom final de semana — anunciou, ajeitando os óculos. — Antony, não se esqueça de exercitar mais os braços, essa é uma sequência difícil e preciso de você forte para não se lesionar.

— Sim, senhora.

— Julienne... fique, quero falar com você.

Assenti, curiosa, torcendo para não ter feito nada de errado. Nossa instrutora não era conhecida por humilhar os alunos, Tamisha Ottawa era mais do tipo que arrancava seu couro em particular. Tony se despediu de mim e deixou a sala vazia. Coloquei meu suéter por cima da roupa de balé, sentindo o inverno que se aproximava, mesmo que ainda fosse outono, era início de dezembro e não demoraria muito para que realmente encarássemos o frio.

— Você tem ido muito bem, Julienne — elogiou, de forma comedida.

— Obrigada.

— Seu desempenho nas últimas duas semanas tem se mostrado em um novo patamar... — Ela tirou os óculos e os limpou no pequeno e desbotado pedaço de flanela que carregava dentro de um livro. — Não apenas comigo, todos os professores estão dizendo que suas performances têm sido nada menos do que... apaixonadas.

O perigo de tudo?

Quando ela falou em paixão, a imagem de King se formou imediatamente na minha frente, como se ele realmente estivesse ali, em sua jaqueta preta, sorrindo de canto de boca e pronto para colocar suas mãos em mim. Desde a noite em que eu havia admitido que o que tínhamos era mais, passamos cada momento livre que nos era permitido.

As aulas tomavam muito de nosso tempo, principalmente as minhas, uma vez que eu tinha prática para o programa de final de ano. E ainda havia nossos pais, cercando-nos, tentando falar conosco. Colocar as coisas no lugar.

E nós estávamos fugindo o máximo que podíamos.

Fugíamos deles e de tocar nesse assunto. Quando estávamos juntos, fechávamo-nos em nossa bolha de luxúria...

— Amo o que faço, senhora — foi o que conseguir dizer a ela.

— E é por isso que pedi para ficar.

Caminhou até a sua mesa e pegou de dentro de uma pasta uma folha verde. Olhou por um tempo para aquele papel e depois me chamou com os dedos, fazendo uma pequena mímica para que eu me aproximasse dela. Entregando-me o documento.

Era um formulário.

*Academia Britânica de Balé.*

— Eu... eu não estou entendendo.

Olhei do papel para o rosto estoico da professora à minha frente.

— Fui chamada para a reitoria da Academia de Balé Britânica em Londres e devo partir após as festas de final de ano.

Analisei novamente o formulário em minha mão e uma onda de orgulho me invadiu. Sabia o que era aquilo.

— Como reitora, quero elevar ainda mais a qualidade do corpo docente da escola — explicou — e quero os melhores comigo.

Ela apontou para a folha como se quisesse enfatizar o que estava me dizendo.

— Quer que me junte a você... desculpe. Quer que eu me junte à senhora?

— Eu lhe dei um formulário, não dei? — Um pequeno sorriso quis aparecer em seus lábios. — Seu nome está sendo muito falado por aqui e não será difícil de conseguir recomendações, caso se inscreva.

— Entendo, senhora...

— Sei que a questão financeira deve ser uma preocupação para você também, mas já adianto que se você for aprovada no teste de vídeo, receberá os mesmos benefícios que recebe aqui. Cuidarei pessoalmente dessa questão, se for deixar você mais tranquila.

Meus batimentos cardíacos aumentavam a cada palavra da professora. Senti-me tão orgulhosa ao saber que estava sendo reconhecida tão rapidamente.

— Não sei nem o que dizer... — murmurei, sentindo-me fora de órbita.

— Imagino que sim, você é jovem e tem um grande futuro pela frente como bailarina, Julienne, se decidir ficar aqui em Juilliard, será a primeira bailarina da escola e um dia terá carreira internacional — explanou, temperando seu tom vocal com um pouco mais de entusiasmo, parecia que Tamisha Ottawa realmente gostava de mim e aquilo me deixou ainda mais lisonjeada. — Mas se escolher ir para Londres, você *já terá* uma carreira internacional. É um programa difícil e exigente, entretanto não tenho dúvidas de que você brilhará naquela escola.

Abri um largo sorriso, sentindo a grandeza da proposta que a professora estava me fazendo. Olhei para ela, tentando encontrar as palavras para agradecer sua generosidade ao me dar aquela oportunidade, porém tudo o que saiu de mim foram lágrimas e soluços.

Com um estalar de língua, Sra. Ottawa deu um tapinha em meu ombro, como se quisesse me reconfortar e disse:

— Você precisa fazer um vídeo com uma coreografia de sua escolha. Sugiro que seja original, estão procurando por isso. Ele precisa ser enviado antes do Natal, o que lhe dá apenas uma semana.

— Vou pensar em algo para apresentar.

— Ótimo. O vídeo e o formulário devem ser enviados juntos.

Ela juntou suas coisas e, sem mais nenhuma palavra, caminhou para fora da sala, deixando-me lá, explodindo de alegria.

De repente, um sentimento tomou conta de mim e me deixou assustada, estava tão feliz que senti necessidade de compartilhar aquilo com alguém.

Não pensei em minha mãe, nem fiquei triste por não poder contar ao meu pai. Sloan sequer passou pela minha cabeça.

Eu só queria encontrar Patrick.

Peguei o celular e enviei uma mensagem.

"Preciso te ver. Contar algo." — J.

"Tenho mais uma aula. Me encontra no departamento de música?" — K.

"Yep :)" — J.

Troquei minhas sapatilhas de ponta pelas normais, de pano, peguei minha toalha e sequei meu rosto, enquanto andava até mais perto da parede espelhada. Olhei-me de forma concentrada, perguntando-me o que poderia ajeitar em minha aparência. Decidi soltar os cabelos para descobrir que eles estavam marcados demais e ficaria horrível deixá-los soltos. Bufando, voltei a prendê-los e resolvi que precisava parar de ser tão boba com relação a Patrick.

Não éramos namorados, entretanto tínhamos algo ali. Aquele *algo* ficou muito claro quando começamos nos beijar naquele bar e só paramos, de alguma forma sem nos matarmos no meio da estrada, quando fizemos check-in em um *bed & breakfast* em Hamptons.

A lembrança daquele final de semana fazia com que meu corpo inteiro reagisse.

*— Cristo, garota! O que você está fazendo comigo? — dizia, enquanto me beijava de forma desesperada.*

*Mal conseguíamos respirar. Ele mordeu meu lábio inferior ao mesmo tempo em que desabotoava minha calça. Tirei sua jaqueta quase arrependida, parte minha queria que ele estivesse vestindo-a enquanto transávamos, a ideia teria de ficar para outra ocasião.*

*— Eu quero fo... quero você!*

*Parei ao ouvi-lo hesitar.*

*— Por que não disse? — questionei, colocando minhas mãos em seu peito, afastando-o de mim.*

*— O quê?*

*Ele tentou voltar a me beijar, mas o empurrei delicadamente de novo.*

*— Por que não disse que quer me foder? — A pergunta saiu quase sem ar.*

*King me deixava daquela forma, sem fôlego, quase o tempo todo em que estava por perto, porém eu precisava saber qual era o motivo de ele estar se segurando. Obviamente era aquilo que estava acontecendo.*

*— É que...*

*— Você não me quer? — Dei outro passo para trás. — Porque parece que sim, mas agora eu já não sei...*

*— Cale a boca, princesa.*

*Patrick riu. Suas mãos pegaram meu rosto e o puxaram para o dele. Um beijo apaixonado a mais antes de ele voltar a falar:*

*— Só estou tentando não te assustar.*

*— Me assustar?*

*— Sei lá, você não tem tanta experiência e eu queria ir devagar...*

*— Pare de se segurar, Patrick. Eu quero você. Quero o King — falei sem pestanejar. — Quero que você me foda tão bem quanto você faz música. Faça música em mim!*

*Uma fúria transformou o seu rosto todo, como se eu tivesse apertado um gatilho. O rosnado sexy emitido em sua garganta não me preparou para o que estava prestes a acontecer. As mãos dele se tornaram rápidas, hábeis e furiosas, minha blusa foi rasgada e retirada de mim junto com o pequeno blazer que minha mãe desaprovara mais cedo, minha calça sumiu do meu corpo, assim como a calcinha. Ele tirou suas mãos de mim apenas por um momento, o suficiente para pegar um preservativo na carteira, abrir sua calça e colocar a camisinha. Pegando-me em seus braços, me empurrou contra a parede e puxou minhas pernas para cima.*

*— Espero que você tenha absoluta certeza do que quer, princesa, porque vou foder você contra a parede.*

*O olhar dele era o mesmo. Assim como o sorriso sacana que me dera na primeira vez que nos vimos.*

*Era loucura da minha parte me lembrar do dia em que o encontrei fodendo outra garota contra a parede? Bem, meu cérebro estúpido pensou ser muito coerente, tanto que meu corpo pareceu ainda mais excitado com a iminência de tê-lo invadindo-me daquela forma, daquele jeito.*

*Ele me sustentou em apenas um braço enquanto enfiava o outro entre nós e ajeitava seu membro na minha entrada, uma nova onda gostosa passou em meu baixo ventre quando espiei a sua ação. Logo gritei, pois foi o tempo do encaixe e ele estava deslizando para dentro de mim de forma brusca e rápida.*

*— Sim! — gritei alto, deixando que ele me invadisse repetidamente, sentindo meus seios balançarem em seu rosto, enquanto ele gemia... não, Patrick rugia, urrava, ao me penetrar uma e outra vez, sem parar.*

*— Caralho! Como eu sonhei em foder sua boceta deste jeito, princesa! Porra! Porra! Porra!*

— Com licença? — A voz me fez pular de susto. — Preciso limpar a sala para a próxima aula.

— Desculpe, já estou de saída — informei, pegando minhas coisas e deixando a sala.

Sorrindo feito uma boba, atravessei o campus até o departamento de música, era assim que me sentia sempre que me lembrava da forma como fazíamos sexo depois daquela noite. Era sempre tão intenso, sujo e maravilhoso.

Minha vontade era ficar enroscada nele em uma casa vinte e quatro horas por dia, mas mesmo que toda a química do meu corpo estivesse alterada por ter conhecido Patrick King e, bem, ter sido apresentada às maravilhas proporcionadas por ele, tornar-me dependente do cara que participava de corrida clandestina para pagar suas despesas porque seu pai, empresário e rico, queria lhe dar uma lição. Do garoto dono dos sorrisos sacanas e olhares sexys. Do homem com brincadeiras de adolescente. Do músico incrivelmente lindo que tocava tão bem quanto fodia... Não era nada saudável.

Antes que eu alcançasse a sala de música, a porta se abriu e os alunos da turma de Patrick começaram a sair de lá. Não demorou muito e ele apareceu. Com sua guitarra no ombro, o estojo dela na mão e a jaqueta de couro exatamente onde deveria estar. No seu corpo delicioso.

— Ei, princesa! — cumprimentou com um sorriso.

— Oi... — Fiquei na ponta dos pés e beijei seus lábios. — O que está fazendo com a guitarra fora do estojo? — perguntei, achando estranho.

— Quero tocar para você.

— Para mim? — perguntei, animada, e descansei minhas mãos em seu pescoço.

— Fiz uma música para você.

Pois é, estava ficando difícil não depender dele para respirar.

# VINTE
## JULIE

— Você fez uma música para mim? — perguntei, só para confirmar se tinha escutado direito.

— Sim — sorriu, galante.

*E ele diz com essa naturalidade?*

Eu o segui para o estúdio, era fechado e abafado.

— Aqui teremos privacidade.

— Por que não vamos para o seu apartamento então? Lá teremos privacidade.

— Porque não quero correr o risco de esquecer. — Fechou a porta e sentou-se na primeira cadeira que viu, próxima da mesa de som. — Senta, princesa.

— Não quer esquecer?

— Ela veio na minha cabeça agora. Não tive tempo de anotar nada. Está tudo aqui. — Bateu na sua têmpora e sorriu. — Coloque seu celular para gravar, ok?

— O-ok...

Peguei o celular, enquanto ele plugava sua guitarra na pequena mesa de som do estúdio. Logo começou a dedilhar as cordas, então esperei pelas notas.

Só não esperava que tivesse letra também.

Ouvi várias músicas de Patrick no período que estávamos juntos, mas nunca havia escutado a sua voz cantando. Meu coração disparou, enquanto ele cantava a música.

*Nunca acreditei em contos de fadas,*
*Nem me interessei por donzelas em perigo.*
*Naquela noite caótica,*
*Avistei uma princesa toda delicada,*
*Mas com olhar de libido.*

Já não estava conseguindo lembrar como se respirava. Os olhos de Patrick estavam fechados, concentrados na música, ele não via a minha reação.

*Banho de cerveja;*
*Dança sobre o carro;*
*Na luz das estrelas;*
*Um corpo entregue de bandeja.*
*No frio da madrugada meus pensamentos voam*
*Até você,*
*Até você, princesa,*
*Até você.*

Seus olhos se abriram e me fitaram diretamente, sua concentração se fixou em mim por um tempo, enquanto sua voz ecoava pela sala. Deus, que voz! Era firme, sexy, grave e, caramba! Ele estava cantando para mim. Derramando seu coração naquela canção. Ele tinha noção do quanto isso significava?

Ou talvez fosse apenas uma música. Como tantas outras que ele já deve ter criado. Nada de mais.

Mas então ele não teria dito que era para mim.

Caramba! Eu não sabia o que pensar.

*Na palma da sua mão,*
*Na ponta da sua sapatilha,*
*Você me tem.*
*Você me tem, bailarina.*

*A gente não procura,*
*Não escolhe abrir o livro.*
*Contos de fadas não existem,*
*Mas bailarinas dançam.*

Eu só conseguia pensar no fato de que ele estava roubando o meu coração com aquelas palavras, a melodia lenta e sua voz. Patrick King estava roubando o meu coração para ele e não havia nada que eu pudesse fazer para sequer me proteger. Estava perdida. Completamente.

*Na palma da sua mão,*
*Na ponta da sua sapatilha,*
*Você me tem.*
*Você me tem, bailarina.*

Quando seus olhos se abriram de novo, ele me encarou e sorriu.

— O que achou? — indagou, empolgado. Mas minha cara deve ter lhe mostrado algo diferente, pois sua excitação desapareceu rapidamente. — Você não gostou.

Ele parecia realmente decepcionado.

— E-eu...

O que eu diria a ele? Que não estava sentindo o meu corpo? Que foi a coisa mais linda que alguém já tinha me dito?

Quem faz aquele tipo de música e a canta para a garota como se não fosse nada, afinal?

— Você odiou! — constatou ele, levantando-se rapidamente, deixando sua guitarra sobre a cadeira.

Levantei junto e me aproximei, colocando minhas mãos em seu peito.

— Pare. — De alguma forma, consegui encontrar a minha voz diante de tudo aquilo. — Patrick, você prestou atenção nas palavras que cantou?

Ele parecia tão fora de órbita enquanto tocava que não aparentava estar consciente.

— Claro que sim...

— Você sabe a música... mas entendeu as palavras? Digo... você não as colocou no papel, acho que não parou realmente para prestar atenção no que dizem...

— Não estou te entendendo, Julienne...

Olhei para trás e vi que meu celular continuava a gravar tudo, então fui até ele, peguei-o e dei *stop* no aplicativo. Dei *play* novamente e me aproximei para que ele ouvisse.

Em silêncio, Patrick escutou sua voz cantando aquela linda canção e, enquanto o fazia, as reações em seu rosto apenas me diziam que ele sequer tinha percebido do que se tratava a sua música para mim.

— Uau... — disse, seus olhos arregalados e brilhantes me encaravam com espanto.

— Sim... uau, Patrick. Essa é a uma canção...

— De alguém que está apaixonado — ele completou antes de mim.

Abri a minha boca e acho que pisquei várias vezes, pois vi o seu sorriso se formando como se fosse as páginas de um cartoon sendo viradas. Sabe? Quando várias formas de um mesmo desenho são feitas para depois virarmos as páginas rapidamente e ele parecer que está se movendo.

— Eu...

— Você está apaixonada por mim também, baby. Estamos no mesmo barco.

— Estou? Oh, meu Deus, Patrick! Você é tão cheio de si — gemi, colocando minhas mãos no rosto.

Senti suas mãos em meus braços, puxando-os para que eu livrasse meu rosto do esconderijo que tinha formado para ele.

— Vai negar, baby?

— Agora sou *baby*?

— Acho apropriado já que você vai ser a minha namorada.

— Eu serei a sua namorada? — quase gritei a minha pergunta. — Cacete, Patrick, se você pudesse transaria com você mesmo, não?

O sorriso de comedor, aquele de lado, todo sacana, que avisa o quanto vai ser bom o sexo com ele, apareceu quando deu mais um passo em minha direção. Meu coração batia cada vez mais rápido. Não estava acreditando que o cara que conheci transando com outra garota, de uma forma nada apropriada, estava realmente ali, derramando o seu coração e me pedindo em namoro.

— Primeiro: essa sua boquinha perfeita falando sujo me deixa com um tremendo tesão. — Pegou o meu rosto e beijou-me rapidamente. — Segundo: eu meio que transo comigo mesmo, baby, quando me masturbo.

— Argh! — Eu o empurrei para longe. — Você é um porco até quando está pedindo uma garota em namoro.

— Quem disse que estou pedindo, princesa xereta? Estou dizendo que você vai namorar comigo, porque estamos apaixonados um pelo outro, porque o que temos *é mais*, e já admitimos isso.

— Nossos pais vão se casar, Pat.

— Não me faça broxar agora, Julienne — avisou. Tínhamos evitado falar do casamento dos nossos pais até aquele momento. — E você me chamou de Pat... Só quem eu deixo me chama assim...

Novamente suas mãos estavam no meu rosto.

— Bem, você me chamou de baby, acho que tenho direitos agora.

Dei de ombros e deixei escapar um sorriso.

— Quer dizer que você aceita ser a minha namorada?

Foi tão bonitinho o seu olhar esperançoso que me deu vontade de apertar as suas bochechas.

— Pensei que não tivesse escolha.

— Você sabe que tem... Só estava com medo de que você dissesse não.

— Patrick King está com medo? — brinquei.

Enrolei meus braços em seu pescoço.

— Patrick King está apaixonado.

— É, Julienne Walker também está. — Suspirei como uma boba. — Obrigada pela música, é linda.

— Eu tenho uma musa agora. — Deu uma piscadinha. — Ei, você disse que queria me dizer algo. O que era?

Meu coração quebrou um pouco.

— Sobre isso...

# VINTE E UM

## JULIE

Andar em shopping sempre foi algo que gostava de fazer quando era para comprar meus equipamentos de balé. Andar no shopping em véspera de Natal era algo que eu nunca havia feito antes.

E eu estava agradecida por nunca ter me feito passar por tal situação. Nem mesmo minha mãe havia me arrastado para o inferno que era o comércio nova-iorquino em véspera de feriado, entretanto Sloan e eu estávamos em dívida uma com a outra. Nossa vida social, o pouco que existia, foi consumida pela paixão que tínhamos pelos nossos namorados, então passávamos nossos dias de folga enroscadas neles. Muitas vezes no mesmo apartamento, ela no quarto de Milan e eu com King em seu próprio quarto.

Quando ela soube da proposta da professora Ottawa por meio de uma fofoca de corredor, ficou furiosa e exigiu que tivéssemos um tempo para nós duas.

Lá estávamos nós. Comprando presentes de Natal para nossos namorados e roupas para a grande ceia que seria na casa de Parker King. Patrick não estava feliz com aquilo, mas seu pai estava promovendo um banquete e exigiu a nossa presença. A mãe de Milan era a responsável pelo jantar e queria que estivéssemos lá também. Eu não tive muito contato com a senhora Royce, entretanto sabia que ela era uma boa pessoa e fazia qualquer coisa por Patrick.

Por falar em Patrick, meu namorado parecia aéreo e distante. Queria acreditar que o motivo era qualquer outro e não o fato de que eu havia enviado um vídeo com uma audição para a escola de balé britânica. Quando perguntava a ele se estava chateado, sua resposta era sempre a mesma:

— Estou orgulhoso para caralho de você, baby!

Porém o humor nunca melhorava.

King foi compreensivo e pareceu feliz por mim quando contei sobre a oportunidade que me fora dada, inclusive me ajudou a fazer o vídeo da audição. Ele tocou a música que fizera para mim e eu dancei. Apenas a melodia, com um solo de guitarra incrível. Ele estava comigo quando enviei o vídeo e a inscrição também, apoiando-me em cada momento do processo. Contudo, com o passar dos dias de dezembro, foi ficando cada vez mais distante e pensativo. Menos na hora do sexo, é claro.

Na hora do sexo ele sempre tinha muita atenção no que estava fazendo.

Homens...

— Aqui está seu salmão e salada. — Sloan colocou a bandeja na minha frente. — E o suco de laranja.

Ao seu lado da mesa, ela deixou uma bandeja com um prato enorme e fumegante de yakissoba e um copo gigante de Coca-Cola.

— Como você é capaz de comer tudo isso?

— Como *você* é capaz de comer apenas isso?

— Somos bailarinas!

— Somos bailarinas que estão de recesso, Walker. Festas de final de ano, lembra? Seja um ser humano!

Minha melhor amiga foi o que ela mais gostava de ser...

— Cadela — resmunguei, pegando o garfo, pronta para comer a minha comida.

— Neurótica — ela retrucou, rindo, então deu um suspiro e falou: — Sei que você está uma pilha de nervos com tudo que vem acontecendo, eu estaria surtando no seu lugar. Mas tente relaxar, Julie. Toda a história bizarra entre sua mãe e o pai do King, mais a sua inscrição para Londres são coisas tensas, se você não se der ao menos esse feriado, vai pirar.

Respirei fundo e fiquei calada por um tempo, Sloan tinha razão. Eu precisava relaxar. Patrick não estava em seu melhor estado também e se eu deixasse toda essa tensão cair sobre mim, nosso final de ano seria uma catástrofe.

— Vou pedir um sundae de caramelo depois — anunciei, com um sorriso.

— Esse é o espírito, garota! — exclamou, comendo seu yakissoba. — Depois de comer, preciso de ajuda. O que acha que devo dar para o Milan?

Eu tinha pelo menos oito sacolas em minhas mãos e uma caixa enorme embaixo do meu braço direito. Como eu consegui carregar aquilo tudo sozinha? Sem ideia. Sloan havia ido direto para o apartamento de Milan e Patrick, como eu ainda não havia arrumado minha mochila para ficar com ele em seu apartamento, optei por ir direito para o dormitório.

Era final do dia e tomei um susto quando vi Patrick na minha porta, sentado em frente a ela. Era para ele estar em casa, entretanto estava ali, aparentando nervosismo.

— Pat?

Aproximei-me, coloquei as coisas no chão e sentei ao seu lado.

Meu estômago se apertou de medo por um momento, talvez o momento em que ele diria que estava zangado por eu ter me inscrito para a academia de balé britânica.

— Eu o odeio, simplesmente odeio! — A raiva em sua voz me fez ter medo dele pela primeira vez. Não era explosiva. Ao contrário, era cheia de dor, ódio e rancor.

— Odeia quem, baby? — perguntei com cuidado, porém já imaginava que ele estivesse falando do seu pai.

Parker King era um homem de negócios bem-sucedido. Não era o homem mais rico e poderoso de Nova Iorque, mas chegava a um patamar bem alto com a sua empresa de engenharia e construção civil. Patrick me contou que o pai havia mudado de ideia com relação a sua escolha de ser músico e vinha tentando forçá-lo a largar a faculdade e cursar administração para assumir seu lugar na empresa.

— Em algum momento ele vai entender e respeitar a sua decisão...

— Não é sobre isso — interrompeu-me.

Quando finalmente virou o seu rosto para mim, seus olhos estavam vermelhos.

— O que está acontecendo? — questionei, alarmada.

— Podemos entrar? — pediu. — Posso ficar com você essa noite?

Sua pergunta estava repleta de vulnerabilidade, parecia um menino assustado. Apenas assenti em resposta. Abri a porta e coloquei as coisas para dentro, enquanto ele tirava sua jaqueta e suéter. Troquei o que vestia por algo confortável e o puxei para a cama. Era pequena, ele mal cabia nela, mas demos um jeito e nos aconchegamos.

O silêncio se alastrou por um longo tempo, ainda era cedo, entretanto o frio e o aconchego dos seus braços quase me fizeram dormir. Porém, quando meus olhos estavam se fechando, ouvi Patrick fungar mais uma vez.

— Pat, fale comigo... — pedi.

Ele estava triste. Muito. Partia meu coração ver aquele rapaz, que sempre tinha um sorriso charmoso ou uma palavra espertinha para dizer, tão ferido.

— Amanhã é 24 de dezembro.

— Eu sei...

— Amanhã é véspera de Natal.

— Sei disso, baby...

— Não quero passar o natal com ele. — Foi sucinto em suas palavras.

— Por que não? — perguntei. — Já demos nossa palavra que iríamos. Lembra que decidimos tentar fazê-los entender nosso relacionamento? Ficar fugindo será pior.

— Você não entende... — Pat bufou, tentando se levantar da cama, mas o impedi.

— Patrick, fale comigo, por favor! — exclamei. — Se não quer ir, tudo bem. Não iremos, mas me conte o que está acontecendo.

Ele ficou mudou por um longo espaço de tempo. Aos poucos foi relaxando, mantive-me em silencio para que ele pudesse se acalmar e pensar. Quando se deitou novamente ao meu lado e beijou meus lábios com delicadeza, ousei perguntar novamente os seus motivos.

— Nada, baby, só estava com raiva — respondeu com um sorriso singelo e um tanto falso.

Sabia que ele estava escondendo algo, porém optei por não colocar mais combustível na revolta que ele estava sentindo. Deixei que ele me beijasse até que estivesse menos tenso. Até que seus olhos se fechassem, pegasse no sono e não demonstrasse tanto sofrimento.

Sabia que seria uma noite tensa. A hostilidade entre pai e filho seria potencializada pela presença passivo-agressiva da minha mãe. Então propus que não fôssemos.

— Nós podemos pedir pizza, ficar no seu apartamento, pedi que Sloan levasse o presente que comprei para você para lá de qualquer forma, e tem uma cama muito maior... — Tentei minha voz mais sedutora, porém aquilo só o fez rir. Não muito tempo atrás eu era uma virgem e, embora não fosse uma obtusa sobre sexo, também não era a rainha da sedução. — Não seja mal.

— Você é a coisinha mais linda que já coloquei meus olhos, princesa.

Suas mãos enormes pegaram a minha cintura com firmeza e me puxaram para ele.

— Estou tentando ser sexy, não uma coisinha linda.

— Bem, você é sexy, linda e tudo mais.

Abaixou-se e beijou-me com vontade. Sua língua brincou dentro da minha boca e seus dentes mordiscaram meu lábio inferior. Quando voltou a falar, eu já estava sem ar e pronta para tirar minhas roupas.

— Por mais que eu quisesse aceitar o seu convite, pular o jantar seria me privar da presença de Milan, Sloan, por mais vadia que ela possa ser às vezes, e de Vanessa. — Suspirou. — A senhora Royce é como uma mãe para mim e sei que ela ficaria triste.

Pat, apesar de não demonstrar, era sensível, um músico completo, inteligente... mas principalmente bom. Aos dezoito anos, Patrick King havia conhecido o lado ruim da vida e, de alguma forma, ele tinha mantido seu bom coração intacto. Eu desconfiava que a culpa daquilo era de Vanessa Royce.

— Tudo bem, vamos encarar esse jantar — resmunguei.

O prédio onde o pai de Patrick morava era no Upper West Side. Minha mãe devia estar muito orgulhosa de si mesma, casando com um homem bem-sucedido, com casa nos Hamptons e uma cobertura em Manhattan. Em uma das últimas ligações que eu havia atendido dela, ouvi-a dizer que só queria alguém para cuidar dela. Conseguiu.

Quão patético aquilo poderia ser?

Ao entrarmos no hall do prédio, o porteiro veio nos cumprimentar.

— Sr. King, como está?

O sorriso do homem era carinhoso em direção ao meu namorado.

— Olá, Steve. Estou bem e você?

— Muito bem, senhor. Há tempos não o vejo. É uma pena. — Em segundos a atenção de Steve estava em mim. — Essa é a sua escolhida, senhor? É linda.

Sorri envergonhada para o homem e estiquei minha mão para ele, enquanto Pat nos apresentava.

— Esta é Julie, Steve. Baby, esse cara me salvou de muita enrascada na adolescência.

— Cerca de dois anos atrás, não é, menino?

Steve revirou seus olhos azuis cinzentos para nós. Era um senhor grisalho, cerca de sessenta anos e em boa forma, seu terno e quepe bem alinhados lhe davam uma aparência imponente, mas o sorriso era tão simpático que nos fazia sentir bem-vindos.

— Você fala como se tivesse trinta anos.

— Bem, você me chama de senhor! — Pat se defendeu.

— Mera formalidade.

O homem piscou para mim.

— Não pisque para a minha garota, velhote.

— Você flertou com a minha Emma por anos, moleque. Hora do troco.

— Apenas pelos cookies, juro.

Amei ver a ligação entre os dois, Patrick era querido por aquele homem.

— Temos que subir, nos falamos depois, Stev.

— Claro, menino. Tenha um bom Natal.

— Você também, espere...

Patrick enfiou a mão no bolso e pegou a carteira.

— Desnecessário, menino. Seu pai já nos deu uma gorjeta generosa para o Natal. Obrigado.

— É bom que ele tenha dado mesmo.

— Garantiu videogame para os netos, acredite. — Steve bateu no ombro de Patrick de forma carinhosa, afagando apertado em seguida. — Suba e bom Natal e para a senhorita também —desejou com um sorriso acolhedor.

— Podemos usar o elevador de serviço? — Pat questionou, já andando na direção oposta ao elevador grande e elegante.

— Claro.

Assim que as portas do elevador se fecharam, olhei para Patrick, tentando entender o motivo de o utilizarmos.

— Pegando o elevador de serviço, chegamos direto na cozinha. O único lugar que dá para aguentar ficar naquela cobertura.

Deu uma piscadela para mim.

Ao chegarmos, ele tirou as chaves do bolso e colocou na porta.

Antes que ele virasse a chave, a porta se abriu revelando um sorridente Milan.

— O paspalho chegou, mãe! — exclamou. — Pare de se preocupar.

— Deixe-nos entrar, otário.

King empurrou Milan e me puxou com ele para dentro da cozinha. Sloan estava encostada na geladeira enorme, comendo uma cenoura. Ela me fitou e sorriu largamente.

— Nessie! — meu namorado exclamou com entusiasmo.

Esperava vê-lo mais chateado depois do que ele me contou, mas Patrick realmente parecia animado em ver Vanessa Royce.

Uma mulher elegante, vestida com calça, blusa, sapatos sociais pretos e um cabelo muito bem preso, com mechas grisalhas, veio em sua direção. Ela era tão bonita.

— Meu outro garoto chegou! — disse, feliz, caminhando até Patrick, de braços abertos. Ele a pegou em seus braços e a levantou. Fazendo-a rir alto. — Eu estava com saudades, você só quer saber de uma certa garota agora...

Sua atenção veio para mim. King a colocou no chão e esticou sua mão, sinalizando para que eu me aproximasse.

— Nessie, essa é Julienne, minha namorada.

— É um prazer, Sra. Royce.

Estiquei a mão para cumprimentá-la, mas o que recebi foi um abraço.

— Que alegria finalmente conhecer você, Julie! Bem que me disseram que você era linda.

Antes que eu pudesse responder ao elogio, a voz da minha mãe atrapalhou a conversa e nos deu uma boa sinopse de como seria aquela noite.

— Vanessa, o jantar precisa estar pronto em quinze minutos, não mais... Oh! Vocês chegaram? Não vi ninguém bater à porta! Julienne, querida, que bom que chegou...

Todos encaramos a minha mãe, enquanto ela dava um sorriso falso e caminhava em minha direção com os braços abertos.

— Oi, mãe — disse, sem entusiasmo.

— Patrick, querido, como está?

— Bem, senhora. — Patrick foi educado, mas não parecia inclinado a ser muito simpático com a minha mãe.

— Que ótimo! — Sua atenção se voltou para Vanessa e pude perceber que ela não era fã da Sra. Royce. — Vanessa, temos um acordo?

— Está tudo pronto, Sra. Walker.

— Ótimo! — Mamãe sorriu apertado. — Voltarei para os convidados... Julienne, venha, quero te apresentar para algumas pessoas.

— Convidados? — Patrick questionou, alarmado. — Era para ser apenas um jantar íntimo.

Ele olhou para Vanessa, procurando por respostas, o olhar da mulher que ele tinha como uma segunda mãe era triste e apologético.

— Oh, bem... seu pai quis convidar alguns amigos. Venha, Julie...

— Mãe, eu não me sinto à vontade.

— Não seja boba, querida. É uma noite de celebração...

Antes que eu pudesse lhe dar qualquer resposta, Patrick passou por nós na cozinha e saiu em disparada, certamente procurando pelo seu pai.

— Milan, vá com ele — Vanessa pediu ao filho. — O senhor King realmente não sabia.

— O que está acontecendo? — indaguei para todos.

— Nada demais, querida, venha...

— O que está acontecendo? — perguntei novamente, percebendo que a tensão ficava maior.

A Sra. Royce fuzilava minha mãe com os olhos e Sloan parecia tão perdida quanto eu.

— É Natal, Julienne — mamãe explicou —, não podemos viver de pêsames a vida inteira

— Como pode ser tão insensível? — Vanessa disse, alterada.

— Ora, eu...

Sua sentença nunca teve chance de ser terminada. Logo Patrick estava de volta, com fúria contida em seus olhos. Os ombros estavam tensos e ele parecia simplesmente transtornado.

— Estou indo embora desse lugar — avisou, passando por Vanessa. — Desculpe, não posso ficar.

— Patrick? O que aconteceu?

— Filho.

Parker King entrou na cozinha.

— Eu não vou ouvir você e suas justificativas de merda. Você não respeitou a memória da minha mãe e deixa sua atual mulher chamar o pior dia da minha vida de celebração.

Olhei entre os dois sem entender o que se passava ali.

— Patrick, querido, deixe-me explicar o que quis dizer... — As palavras de minha mãe eram condescendentes, exatamente da forma que eu mais odiava. Ela não sentia qualquer afeto ao dizê-las.

Apontando para ela, Patrick gritou transtornado:

— Não fale comigo! Não fale!

— Parker! Olhe como o seu filho está falando comigo! — Esther criticou.

— Não dificulte as coisas agora, Esther, por favor.

— Mas...

— Você não tinha direito de fazer uma festa no dia do aniversário de morte da minha mãe! — A voz de Patrick não estava mais alterada, contudo era uma mistura de ameaça com sofrimento.

Ele iniciou sua caminhada em direção à porta, enquanto eu ainda sentia a dor da sua revelação.

Meu sangue congelou ao assisti-lo dar as costas para todos e ir embora.

— Eu só queria deixar esse dia menos triste... é Natal... — ela tentou se defender.

Pat parou no meio do caminho, mas não se virou. Manteve-se de costas para todos nós.

— Não é natal, é o dia em que a minha mãe se matou. Não vou celebrar isso, nunca.

A dor com que ele proferia cada uma de suas palavras fez com que meu peito doesse. Sem pensar duas vezes iniciei minha caminhada até ele.

— Espere, Patrick, vou com você!

Pat esticou sua mão para mim e, quando o encarei, parecia aliviado com a minha decisão.

— Vá com eles, Milan, Sloan... — Vanessa tentou persuadir.

— Não — Patrick negou imediatamente. — Fique com sua mãe, cara.

A troca de olhares afirmativos foi silenciosa entre os amigos, mas dizia muito. Milan ficaria para defender a mãe das garras da nova dona da casa. Sloan me olhou e eu apenas assenti, nossa troca foi para dizer que ela também deveria ficar e apoiar o seu namorado. Eu faria aquilo pelo meu.

— Julienne Walker, não ouse sair por aquela porta...

— Não — pontuei, levantando a mão para ela, fazendo sinal para que parasse de falar. — Você já fez o suficiente. Apenas não!

Patrick e eu saímos da casa do seu pai e descemos pelo mesmo elevador que subimos. Foi silencioso. Puxou-me para os seus braços e apertou meu corpo ao seu com força, enquanto fazíamos a descida lenta até o térreo. Quando o elevador apitou, quebrei o silêncio e perguntei para onde estávamos indo.

Ele apenas disse:

— Não importa, contanto que estejamos juntos.

Quando chegamos no carro, Patrick não parecia tão transtornado quanto estava antes, entretanto a tristeza era tanta que exalava dele.

Fiquei em silencio, não cobraria do meu namorado que contasse aquela história dolorosa para mim. Remexer nela no aniversário de morte da sua mãe seria cruel.

Contudo King resolveu falar.

— Foi na véspera de Natal que encontrei a minha mãe em seu closet, enforcada. — A rouquidão em sua voz me disse que ele estava prestes a chorar novamente.

Fechei meus olhos, sentindo-me devastada por aquelas palavras. Ainda tínhamos tanto para aprender um sobre o outro. Sabia que sua mãe havia falecido, entretanto não tinha ideia de que havia cometido suicídio.

— Eu sinto muito — consegui dizer. virei-me de frente para ele e beijei seus lábios com delicadeza. — Sinto demais, baby.

— Ela usou as suas echarpes, tinha um monte — contou, mas não parecia que estava dizendo aquelas coisas a mim.

Era como se lembrasse do ocorrido em voz alta.

— Foi... foi você quem a encontrou?

Acariciei gentilmente seu rosto.

— Eu tinha treze anos — foi a sua resposta. — Pedi para meu pai cancelar o jantar ontem.

Assenti. Por isso estava tão chateado quando apareceu em meu dormitório.

— Claro, totalmente compreensível.

— Ele recusou. — Seus olhos me fitaram com raiva. — Mas prometeu que seria algo simples, um jantar íntimo. — Seus lábios se apertaram. — Eles estão fazendo uma festa. Uma festa, Julienne!

— Isso é culpa da minha mãe, desculpe...

— Não se desculpe por ela... — Respirou fundo. — Além do mais, as pessoas só fazem para a gente o que deixamos. Meu pai está concordando com tudo isso porque ele superou a morte da minha mãe, ele concorda. — A revolta nas palavras de Patrick era evidente e dolorosa.

— Você o culpa?

— Ele estava tendo um caso. Fui eu quem contou a ela. No dia seguinte ela se matou.

— Oh, Pat... — Peguei seu rosto em minhas mãos e o beijei com todo o carinho que carregava em mim. — Sinto muito, sinto muito.

— Tudo bem, vai passar. Podemos não falar mais nisso, por favor.

Assenti rapidamente, disposta a respeitar o seu pedido.

Ficamos abraçamos por um longo momento e, com o passar dos segundos, fui sentindo seu corpo relaxando e sua respiração mais suave. Ele estava se acalmando.

— Eu sou tão idiota... Você passou o mês todo dessa forma por causa disso, e eu achando que você estava bravo com o meu teste. Desculpe por isso também.

Ele me olhou com o cenho franzido.

— Já disse que apoio você, princesa.

— Eu sei... e é apenas um teste, nem sabemos se eu serei aceita...

— Sabemos que você será, Julienne — falou com firmeza. Um sorriso mais animado, ainda que discreto se formou em seus lábios. — Mas vamos pensar nisso quando o resultado chegar... Faremos dar certo essa nossa distância.

Assenti, resignada, e beijei seus lábios mais uma vez.

— Há algo que possa fazer? — perguntei, queria fazer com que ele se sentisse melhor. — Sobre a briga com o seu pai e toda a tristeza sobre a sua mãe... Sei que não quer mais falar sobre...

— Você já está fazendo, princesa xereta. — Ele me abraçou com mais força e beijou minha testa desta vez. — Apenas fique aqui comigo.

# VINTE E DOIS

## KING

— Não, mãe, não voltarei. Você pode ter a sua noite mágica de natal com o seu noivo que eu ficarei com o meu namorado. — Ela andava de um lado para o outro na minha sala de estar. Tínhamos acabado de chegar da rua e a megera ligou. — Pare de dizer isso! Não vou terminar com Patrick porque vocês se casarão, ele não é meu irmão. Não sei por que estamos discutindo isso quando o que você fez esta noite foi muito pior. Cruel, na verdade.

A mulher provavelmente fazia um discurso sobre aquilo. Julienne estava ficando ainda mais irritada, seus passos de um lado para o outro começavam a se parecer mais como uma marcha militar.

— Sinceramente, nem sei por que atendi o telefone,. Depois do que você fez hoje, eu nunca mais deveria olhar na sua cara, mãe. Você foi cruel! — Mais silêncio. — Estou falando assim com você porque estou cansada de assistir você ser superficial e cruel, sobretudo... Você não me domina mais... Não coloque a culpa em Patrick! Feliz Natal, mãe!

Julie estava mudando bem diante dos meus olhos. A forma que ela falava com a mãe naquele momento mostrava que ela finalmente estava cansada da convivência com aquela mulher. Jamais diria à minha namorada o que pensava da mãe dela, por mais que ela percebesse que Esther não era uma pessoa decente, eu não seria aquele a esmagar ainda mais o seu coração. Era loucura que sua mãe e meu pai tivessem se conhecido e se aproximado daquela forma, eu poderia dizer que o destino estava de sacanagem com a gente e, se ele fosse uma pessoa física, chutaria a bunda do otário. Mas não era, o destino era um filho da puta e eu e Julie éramos marionetes em suas mãos.

Marionetes felizes, no entanto. Ao menos no que se limitava a nós dois.

Se o preço para ficar com a minha garota era ter de ver meu pai se casando com a mãe dela, que assim fosse.

Mesmo que os dois juntos fossem a fome com a vontade de comer.

— Desculpe por isso — disse, aproximando-se e me abraçando. E, quando ela fazia aquilo, era o paraíso. — Este dia deve estar sendo tão difícil para você.

Sorri, enquanto ela apoiava sua cabeça em meu peito. Era difícil. Muito. Mas, naquele ano, depois do dia anterior, quando tive a briga com meu pai e a presença dela ali, na minha vida... apenas me fez querer não sofrer mais.

— É difícil — confirmei, apertando-a mais forte em meus braços. — Porém não quero ficar pensando nisso, lamentando...

Ela se separou de mim e me encarou com um largo sorriso. Com todos os seus dentes branquinhos e alinhados, seus olhos verdes e brilhantes como os cabelos loiros. Um anjo.

Uma princesa.

A minha princesa.

— Acho que tenho uma ideia de como fazer você não pensar no dia de hoje...

— Você está se saindo uma bela safada... — brinquei, deixando minhas mãos escorregarem pelo seu corpo até que estivessem sobre a sua bundinha deliciosa.

— Bem, vou encarar isso como um elogio, mas eu não estava falando de sexo.

Tirando minhas mãos do seu traseiro, ela me puxou para o quarto onde uma caixa grande de presente descansava sobre a cama.

— Presente! — exclamou, empolgada, soltou minha mão e caminhou até que estivesse ao lado da caixa grande. — Feliz Natal.

— Ainda não é Natal.

— Tanto faz! — Revirou os olhos. — Venha abrir seu presente.

Bateu com a mão na cama, convidando-me a me aproximar.

Sua animação era quase infantil enquanto me aguardava abrir a grande caixa.

Abri a tampa e dei de cara com uma guitarra. Uma Curly preta, uma das guitarras mais baratas e ruins do mercado. Minha garota podia entender de balé, entretanto música era outra história. Mesmo assim arregalei meus olhos e sorri para o presente, tentando demonstrar entusiasmo e já pensando nas desculpas que daria a ela para nunca tocar aquela porcaria.

— Uau, baby! Obrigado!

— Gostou mesmo?

— Adorei.

Adorei que ela me presenteou com algo relacionado a música, finalmente tinha alguém apoiando o meu sonho além de Milan e Nessie. Mas o presente em si era péssimo.

— De qualquer forma, não comprei para que você usasse.

*Ufa!*

— Não?

— Não. O vendedor disse que era a pior guitarra da face da terra. Comprei por ser a mais barata, queria que usasse como um objeto de decoração.

Ela mexeu dentro da caixa e tirou um envelope vermelho de dentro. Abriu-o e tirou uma foto. Era a primeira foto que havíamos tirado juntos. Uma *selfie* qualquer no meio do campus. Julienne tirou a guitarra da minha mão e a levou até o canto vazio do quarto, ao lado da cama. Encostou o instrumento em pé e arrumou a foto no topo, entre as cordas.

— Viu? Um grande porta-retratos — explicou — com lembranças nossas, música e eu.

— Duas coisas que eu amo — declarei, naturalmente. Era a verdade.

Julie ficou imóvel por alguns segundos, encarando-me com seus grandes olhos verdes e brilhantes. Foi como se ela estivesse dançando naquele momento. Sim, aquele brilho eu só via quando ela estava dançando.

— Você disse que me ama.

— Disse.

— Amo você também.

A rapidez com que ela falou me fez suspeitar da veracidade de suas palavras.

— Não precisa dizer de volta, baby...

Rapidamente ela fez seu caminho de volta para a cama. Colocou-se de frente para mim, em pé e entre as minhas pernas. Suas mãos seguraram o meu rosto, fazendo-me olhá-la.

— Eu amo. Só que com tudo o que está acontecendo e mais o meu teste para Londres, pensei que ,se dissesse, ia complicar ainda mais as coisas. Eu não sei...

Londres.

Eu simplesmente odiava aquela palavra. Odiava com força.

Mas minha garota jamais saberia daquilo, primeiro porque decidi que pensaria sobre aquilo quando a hora chegasse. Depois porque, se ela fosse, eu não seria aquele a esmagar seus sonhos. Sabia o quanto era ruim alguém tentar atrapalhar nossos sonhos, vivia aquilo constantemente com meu pai, para fazer o mesmo com a garota que possuía meu coração.

— Vem cá. — Deitei na cama e a puxei para cima de mim. — Cruzaremos a ponte quando for necessário, ok?

Era o que eu continuava a dizer para mim, sempre que pensava naquilo.

— Ok — sussurrou de volta.

Beijei seus lábios com carinho e suspirei ao senti-la. Era bom, quente. Não era apenas sobre sexo.

— O que acha de ganhar o seu presente agora?

— Acho que prefiro ganhá-lo depois — ronronou e mordeu a ponta do meu queixo.

Senti meu pau reagir na mesma hora, porém, por mais que eu a amasse e quisesse esquecer o dia de hoje, não estava com condições para transar.

— Baby...

Julienne viu a minha relutância e saltou para longe de mim rapidamente.

— Desculpe, não é o momento.

— Não, desculpe você, princesa. Dei a ideia errada — justifiquei.

— Sem essa, eu devia ter mais noção. Vamos respeitar esse dia... sempre. Desculpe!

Seu rosto todo estava mortificado. Resolvi, então, que não ficaria estendendo o assunto.

— Presente? — perguntei, mudando de conversa.

— Presente!

Ela bateu palmas, entusiasmada, e sentou-se na cama.

Levantei e fui até a sala, onde estava a minha jaqueta. Retirei a pequena caixa retangular do bolso interno e voltei para o quarto. Sentei em frente a ela na cama e lhe entreguei a caixa.

Com expectativa, ela abriu seu presente e encarou o colar delicado que descansava sobre o tecido almofadado de cetim.

— Oh, Patrick! É lindo!

Pegou o pequeno colar com pingente de sapatilhas. Era de ouro e não foi difícil de encontrar uma vez que falei com a pessoa certa.

Sloan Chapman. A fada madrinha vadia.

Eu gostava dela.

Quero dizer, a garota era um pé no saco, mas se não fosse por ela, Julienne e eu ainda poderíamos estar fazendo a frustrada dança do acasalamento.

— Quer colocar? — ofereci, esticando minhas mãos para pegar a joia das suas.

Julie a entregou para mim, e se virou, levantando seus cabelos para que eu a colocasse.

— É lindo... — sussurrou ao olhar para o pingente descansando em seu colo. — Obrigada.

— Obrigada pelo meu presente também.

Naquela noite, depois de cearmos uma pizza enorme, e convencer Julienne de que não explodiria de gorda se comesse aquela — segundo ela — porcaria e assistirmos a um filme qualquer de natal, fomos dormir. Abraçados em minha cama, nos beijamos e acariciamos um ao outro por um longo tempo.

— Pat?

— Uhm?

— Estou feliz por estar com você hoje.

Ela não me desejaria um Feliz Natal. Sabia que aquele nunca seria totalmente um dia feliz para mim. Entretanto me alegrava tê-la ali, nos meus braços.

— Feliz Natal, princesa.

Tudo o que eu conseguia pensar era: *Não vá embora.*

# VINTE E TRÊS
## JULIE

— Caralho! — Patrick exclamou, assim que me viu sair do seu quarto e caminhar para a sala de estar onde ele, Sloan e Milan me aguardavam para irmos a uma festa de Ano-Novo na fraternidade de Milan.

O garoto de Stern na NYU.

— Caralho mesmo, cara! — Milan concordou enquanto me olhava.

Não havia desejo em sua encarada, mas parecia realmente impressionado com a minha produção para a noite.

— Essa é a minha namorada, caramba! — King retrucou, entretanto seus olhos não se desviaram de mim. — Espero que Sloan te espanque por elogiar a melhor amiga dela.

— Jamais! — ela disse, confiante. Não era para menos. Estava linda em seu próprio vestido branco. — Estamos gostosas, não seja tão ciumento, King — brincou ela.

Meu namorado apenas rosnou em resposta e se aproximou de mim.

— Acho que poderíamos ficar em casa. — Sua voz era como sexo derretido, mesmo que não existisse tal coisa, foi o que pensei na hora.

Seus olhos queimavam em mim, como se quisesse me virar de costas e me comer de quatro ali mesmo. Selvagem! Ainda me surpreendia com a química que tínhamos.

Mas antes que eu pudesse dizer que concordava, Sloan protestou:

— De jeito nenhum! Se vou a essa festa, Julienne vai também!

— Você está absolutamente linda, princesa xereta.

Suas mãos acariciaram as laterais do meu vestido. Era curto, colado e branco. Deixava pouco para a imaginação e, provavelmente, eu morreria de frio, uma vez que era pleno inverno em Nova Iorque, entretanto a reação dele fazia valer a pena.

Fazia-me sentir linda, poderosa e desejada.

Meu sobretudo preto, que estava sobre o sofá, e o par de meia-calça transparente deveriam conter o frio junto com o par de coturnos pretos, somente necessários na rua, já que tinha aquecimento dentro de todos os lugares. A combinação era despojada, um estilo Alicia Silverstone em um dos clipes do Aerosmith, combinando com o estilo bad boy incorrigível do meu namorado.

— Obrigada.

Beijei seus lábios rapidamente. Para ser honesta, parte minha queria ir à festa. Estar com Patrick havia me dado uma confiança a mais. Estar com ele era como dançar. Eu sabia como fazer.

Sabia como namorá-lo. Em poucos meses que nós nos conhecíamos, seus braços já tinham passado a ser o meu lar. Onde me sentia segura e protegida.

Nossos pais pararam de nos incomodar depois de tantas ligações no dia de Natal. Foi um alívio, minha raiva só aumentava quando o telefone tocava e eu via o nome da minha mãe piscar na tela. Começava a parar de me sentir mal por ter tanta antipatia por alguém que me colocou no mundo. Honestamente? O pensamento de que ela deveria ter morrido no lugar do meu pai vinha cada vez mais à minha mente.

Constantemente me perguntava como ele conseguiu se apaixonar por ela. Bem, acho que poderia perguntar ao pai de Patrick um dia desses. Assim, como quem não quer nada, durante um almoço qualquer, apenas questionar: como você conseguiu ser enredado pela teia da viúva negra, Sr. King?

Quando King estacionou em frente a Sigma House, não houve qualquer anúncio da nossa chegada, contudo as pessoas ali pareciam conhecê-lo. Homens e mulheres olhavam para o seu carro e cochichavam sem preocupação em serem discretos.

Estava acostumada, passei a frequentar as corridas com ele depois que assumimos nosso namoro. King era o tipo que era notado, querendo ou não. E, por consequência, passei a ser observada por mulheres, que começaram a me tratar com hostilidade, porém não dava muita bola. Assim que a corrida acabava, Patrick e eu dávamos o fora de Farm's Creek, ou simplesmente continuávamos lá, mas dentro do seu carro.

Saímos do carro e fomos direto para a casa da fraternidade, onde tanto meu namorado quanto Milan foram cumprimentados. Mesmo não fazendo parte do curso de administração da Stern, Patrick era bem conhecido pela comunidade dali. Tirei o casaco dentro da enorme residência, parecia ter mais de dois andares e, mesmo em período de recesso acadêmico, havia muitos estudantes andando por todos os lados. Por onde King passava era recebido calorosamente.

– Vocês querem beber alguma coisa? – Milan perguntou.

– Água para mim, tenho corrida amanhã e estou dirigindo hoje – Patrick respondeu.

– O mesmo para mim.

– Ah, não! Você não vai me deixar bebendo sozinha – Sloan bufou, cruzando os braços.

– Não vou beber álcool, Slow – avisei de forma incisiva, demonstrando que minha decisão não era negociável.

– Chata! – resmungou, virando para o namorado. – Cerveja para mim, querido.

Milan se afastou e ficamos os três conversando. Varri o lugar com os olhos e, como sempre, avistei olhares femininos na direção de King. Na maior parte do tempo, eu lidava bem com o fato de ele chamar tanta atenção das garotas, era a forma com que elas olhavam para mim que mais incomodava. Como se eu não o merecesse. Ouvia-se conversas sobre "o que eu havia feito para fisgá-lo". Achavam que eu não era digna dele, como se Patrick King fosse algum tipo de deus inalcançável e eu apenas um ser inferior que não merecia a sua atenção. Naquela noite, no entanto, o que me chamou a atenção foi justamente o contrário.

Sim, estava cheio de garotas encarando meu namorado, mas também havia um homem com a sua atenção focada apenas para mim.

Mesmo de longe eu podia ver que era bonito. Alto, imponente e com algumas garotas em sua volta também, porém, não importava o que elas diziam a ele, sua atenção era toda minha. Quando percebeu que eu tinha notado seus olhares, sorriu e levantou seu copo vermelho em minha direção, como se estivesse brindando comigo. Pisquei algumas vezes, desviando a atenção da sua observação enervante e voltei para o assunto da nossa rodinha. Milan retornou com nossas bebidas e seguimos por um longo tempo na festa daquela forma. Muitas vezes éramos interrompidos por alguém que se aproximava para falar da corrida do dia seguinte, avisando que apostaria em Patrick, ele agradecia e tentava escapar.

Algumas garotas também se aproximavam, pediam foto, inclusive. Uma delas chegou a pedir que eu tirasse.

– Você pode tirar a foto para nós?

Sequer respondi, levantei uma sobrancelha para Patrick que entendeu o recado na hora.

– Tiro uma selfie – negociou, pegando o celular e mirando na direção dele e da garota próxima demais.

Eu entendia.

Esnobar todas as garotas não era bom para os negócios. Ele estava tentando o seu melhor para não ser mal-educado com elas e nem ser um péssimo namorado para mim, entretanto às vezes achava que elas faziam essas investidas de propósito, esperando que eu surtasse ou fizesse uma cena. Como se quisessem criar atritos entre nós dois e desestabilizar nosso namoro. Pensando que, com o tempo, desistiríamos um do outro e ele voltaria ao mercado... Para a sorte delas.

– Não sei como você consegue – minha melhor amiga bufou ao meu lado.

– Não gosto de fazer cena – respondi, cansada.

Os olhos de Patrick estavam em mim, observando a minha reação.

– Vem, vamos dançar! – Sloan me puxou para longe dos meninos. – Estamos indo dançar, enquanto vocês lidam com as tietes do King – avisou para Milan.

Patrick assentiu e me lançou um olhar apologético, pisquei para ele, tentando demonstrar que não era grande coisa. E realmente não era.

Apenas um pouco cansativo, às vezes.

A pista de dança ficava na sala ao lado, era escura, exceto pelas luzes neon estroboscópicas que davam um colorido e apareciam de acordo com as batidas da música.

– Vamos provar para essas vadias que a gente não dança só clássico.

Slow jogou o cabelo para o lado, fazendo uma montanha de mechas pesadas, e desfilou para o meio da sala, puxando-me com ela.

Um hip hop pesado com *feat* de alguma cantora pop ecoava alto pelo ambiente, nos movemos no ritmo da canção até que comecei a me esquecer do episódio de segundos atrás e passei a me soltar, meus cabelos também começaram a ser jogados de um lado para o outro e meus quadris estavam se movendo de forma lânguida. Não demorou muito tempo para sentir mãos em meus quadris, olhei rapidamente por cima do ombro e vi que era Patrick, deixei que seu corpo colasse ao meu e ele dançasse comigo.

– Desculpe por aquilo! – pediu em meu ouvido, em seguida, chupou o lóbulo suavemente.

Assenti em concordância sem querer falar sobre e continuei dançando com ele, logo sua boca estava em meu pescoço e seu membro roçando em minha bunda. King era alto e eu, baixinha, de forma que ele estava curvado. Sua coluna ia doer muito no dia seguinte se ficássemos assim por muito tempo.

– Sabe que tenho vontade de levar você para casa agora e te foder, enquanto ainda veste esse pedaço de pano branco, não é?

Meu corpo inteiro respondeu às suas palavras. Ele sabia como ativar cada parte de mim apenas com as coisas certas a dizer. Fiquei feliz por ter música alta à nossa volta, do contrário, todos me ouviriam gemer.

– Você quer que eu faça isso? Leve você daqui e te foda? – Sua boca estava novamente em meu pescoço, chupando a minha pele e dando pequenas mordidas. Voltou para o ouvido e mordeu a orelha. – Posso fazer isso, baby. É só pedir. Peça para mim.

Virei-me para ele, ficando de frente e enrolando meus braços em seu pescoço, ele sabia como se mexer, dançava no ritmo – *havia algo que não fizesse?* –, suas mãos seguravam meus quadris possessivamente, sentia as pontas dos seus dedos me apertarem por cima do tecido do vestido que ele tanto prometia usar como objeto do seu fetiche. Eu queria, naquele momento.

Naquele exato momento.

Puxei seu pescoço para baixo e foi a minha vez de sussurrar em seu ouvido:

– Me leva lá para cima.

Seu corpo todo tensionou ao me ouvir dizer aquelas palavras, quando me encarou, seus olhos brilhavam, a sobrancelha arqueada e o sorriso de comedor estavam a postos.

– Tem certeza? – questionou por cima do barulho.

Revirei meus olhos e assenti com vontade, esperando que minha cara fosse tão safada quanto a dele era.

Seu corpo voltou a colar no meu para que ele tornasse a falar em meu ouvido.

– Estou sem preservativo, vou buscar no carro, me espere aqui. Volto rápido.

– Vou com você – ofereci rapidamente.

– Está frio, baby. Eu volto.

E rapidamente ele se foi. Continuei dançando e, quando encarei Sloan, ela estava enroscada em Milan e eles não pareciam que iriam largar a língua um do outro tão cedo. Sem querer ficar sozinha na pista de dança, andei alguns metros até o canto da sala, onde poderia saber quando Patrick voltasse. Foi quando o percebi o cara que havia me encarado. E lá estava ele, focado novamente. Olhando-me atentamente, contudo, naquele momento, não estava contente em apenas me observar, pois iniciou uma curta caminhada até mim.

– Ei!

Um sorriso simpático se formou em seu rosto.

— Oi — respondi de forma sucinta, embora sua abordagem parecesse inofensiva, não passou despercebido o fato de que ele se aproximou apenas quando me viu sozinha.

— King foi embora?

Claro que ele sabia quem era Patrick.

— Não.

— Ele não deveria deixar uma beleza como você por aí para ficar flertando com outras garotas.

Mais alguns passos para frente e sua abordagem já não parecia tão amistosa, o cara estava invadindo o meu espaço pessoal. Cruzei meus braços na frente do peito, protegendo-me, e comecei a caminhar para o lado, tentando sair da frente dele.

— Com licença — solicitei, não gostando da forma como estava me sentindo na presença daquele homem.

Lembrei da noite em que conheci Patrick, do mauricinho que tentou me pegar à força no estacionamento da escola, calafrios subiram pela minha espinha e o ar parecia preso em meus pulmões.

— Que isso, princesa... Apenas tentando te conhecer...

Suas mãos estavam em meus ombros, mantendo-me no lugar, ele se aproximou ainda mais e senti o cheiro forte de bebida sair pelo seu hálito.

— A única pessoa que tem autorização para chamá-la de princesa sou eu, Gunter.

As mãos de Gunter foram imediatamente arrancadas dos meus ombros quando King se colocou entre nós.

Fiquei atrás de Patrick. Ele parecia maior ao peitar o homem a sua frente.

— King, preparado para a revanche?

Quando a pergunta foi feita, percebi quem era o cara e o motivo pelo qual ele estava me encarando. Era Tyler Gunter, estudante de negócios da Stern, havia perdido uma corrida para Patrick alguns meses atrás e não parecia satisfeito.

— Estou. E você não deveria estar tão bêbado — avisou.

Milan rapidamente apareceu e alguns garotos da fraternidade, também.

— Qual é, você não acha que vai me vencer novamente, acha? — debochou.

Não entendi muito bem o motivo de toda aquela hostilidade entre eles. Era uma corrida, afinal.

— Você está tentando há tempos me provocar, Gunter, deixe isso para as pistas.

— Você me deve! — Tyler exclamou, apontando o dedo para o rosto de King.

Milan se aproximou ainda mais, pronto para agir, mas Patrick manteve o controle e levantou a mão para que o amigo parasse.

— Eu não devo a você, a corrida foi limpa — Patrick explicou com raiva, seu tom de voz era baixo, só então percebi que a música havia sido desligada. Todos na festa pareciam estar em volta dos dois. — Assim como será a de amanhã. Agora abaixe o seu dedo e não chegue perto da minha garota novamente.

Ele deu as costas para Tyler e me encarou.

— Está tudo bem?

Seu olhar estava preocupado.

— Pensei que o Royce fosse a sua única puta, King! Essa é mais bonita! Parabéns! Bela vadia!

O cara só podia ter algum desejo suicida, pois as feições preocupadas e cheias de ternura de King para mim se transformaram instantaneamente. Patrick tomou cuidado ao me empurrar delicadamente para longe e se voltou para Gunter, quando o fez, seu punho já estava no ar, acertando um soco bem no meio do rosto do babaca. Tyler caiu no chão, sentado, e King estava pronto para aproveitar o momento e bater ainda mais no cara, mas Milan o segurou.

— Não! — gritou com o amigo. Sloan caminhou para o meu lado e outros caras foram segurar Gunter, mas nem era necessário. O otário estava zonzo ainda, mal conseguia ficar em pé. — Pegue Julienne e vá embora.

— Eu vou matá-lo... — A voz estava transtornada de raiva.

— Não, você não vai. — Milan foi autoritário de uma forma que nunca vi antes. — Você vai derrotá-lo nas pistas. Não há motivo para começar uma guerrinha imbecil que não terá fim nunca.

— Ele começou! — gritou.

— E você não vai terminar isso — Milan o chamou para a realidade. — As corridas são pelo dinheiro. Você não faz o resto, lembra? Você se preserva!

Pat encarou o amigo e assentiu devagar.

— Eu me preservo — sussurrou para si mesmo.

— Isso, agora pegue a sua garota e saia daqui, irmão — pediu, a mão dele foi para o pescoço do meu namorado, segurando com força para que ele prestasse atenção em suas palavras. — É quase meia-noite. Vá ter um bom primeiro dia do ano com a sua menina.

— Feliz Ano Novo, irmão — King desejou a Milan.

— É! Para você também. Vá embora.

Vesti meu casaco, entrei no carro, ele me beijou rapidamente e colocou o automóvel em movimento. O caminho para o apartamento de Patrick foi um borrão. Senti-me anestesiada boa parte do tempo. Quando chegamos, subimos os andares em silêncio, não podia dizer se ele estava com raiva ou anestesiado como eu, porém definitivamente o clima parecia ter esfriado e nossa noite de Réveillon estava longe de acabar como queríamos.

Um dentro do outro.

Bem, foi isso o que pensei, mas quando entramos no apartamento, Patrick me puxou para seus braços e beijou-me com vontade. Nossas respirações estavam ofegantes, enquanto nossas bocas se devoravam com paixão ardente.

Ao nos separarmos, fitei-o, tentando encontrar a raiva que presenciei mais cedo, entretanto tudo o que eu podia ver era desejo latente.

— Está tudo bem? — indaguei, de qualquer forma.

Eu podia ser uma boa conhecedora das manias do cara que eu amava, porém, nunca havia visto ele tão transtornado antes.

— Sim. — Suas mãos emolduraram o meu rosto. — Estou assustando você?

— Não.

Mas nós dois pulamos quando os fogos de artifício começaram a explodir sem parar.

Meia noite. Sabíamos daquilo.

Ano-Novo.

— Sabe, existe uma lenda, ela diz que se beijarmos a pessoa na virada, ficamos o resto do ano com ela — brincou.

Seus dedos pegaram mechas do meu cabelo e colocaram atrás da orelha.

— Ouvi falar dessa lenda também...

— Se só beijar faz as pessoas ficarem juntas por trezentos e sessenta e cinco dias... — Ele me beijou rápido, com uma passada de língua e um estalo final quando sua boca deixou a minha novamente. — Fico imaginando o que acontece quando elas fodem a noite inteira.

— Acho que só tem um jeito de saber.

Mal terminei a minha resposta e ele já estava me jogando sobre o seu ombro. Soltei um gritinho, seguido de uma risada. Senti-me feliz, realizada, tudo estava sendo tão perfeito.

Ele me colocou deitada sobre a cama e beijou minha boca antes de ordenar:

— Tire a roupa, baby. Deixe que eu brinque com você hoje.

Fiquei sobre os meus cotovelos para ver o que ele fazia. King estava tirando suas próprias roupas enquanto colocava música. Foi quando a ousadia me bateu.

— Por que não toca para mim, enquanto eu me dispo?

Ele parou o que estava fazendo e me fitou.

— Vai fazer um strip-tease, princesa? — a voz sexy e melodiosa indagou.

— Sim... Você toca para mim?

— O que quer que eu toque?

Fiquei em pé e caminhei até a sua cadeira de madeira. Posicionei-me atrás do encosto e fiz sinal para o assento.

— Quer que eu toque celo?

— Nu, de preferência.

Sorri e apontei para o estojo do instrumento no chão.

King tirou sua calça e roupa íntima e ficou completamente nu. Caminhou até a cadeira, sentou-se nela e puxou o estojo do instrumento. Seu membro estava duro e parecia se movimentar conforme ele fazia força para levantar o instrumento pesado.

Ele posicionou o violoncelo entre suas pernas e pegou a vara em sua mão direita.

— Vai dançar para mim? — perguntou, antes de deslizar as crinas brancas da vara sobre as cordas, seus dedos másculos, posicionados nas notas certas para me dar a música.

— Sim.

Então ele começou a tocar, a melodia intoxicante, excitante... apaixonante. Uma trilha sonora para o meu corpo, enquanto eu o revelava para aquele que tinha o meu coração. O vestido não me permitiria grandes feitos, mas uma vez que estivesse nua, meus passos de dança estariam livres para ele.

Despi-me vagarosamente, ondulei meu corpo de forma calma, sem a pretensão de ser sexy, eu queria sentir. Sentir o que ele fazia comigo sem nem mesmo precisar me tocar. Seus olhos me fitavam, vidrados, brilhantes e cheios de fogo.

Os dois amores dele estavam ali e ele fazia questão de demonstrar. Eu e a música. A música e eu.

Juntas.

Sem competir pelo amor daquele homem.

Não precisávamos.

Ele era nosso.

Dancei nua para ele, tentando devolver a mesma beleza com a qual ele me presenteava, senti-me flutuar naquela névoa erótica e, quando a música parou, andei até ele vagarosamente. King levou a vara para o meu pé esquerdo e começou a subi-la, causando arrepios em toda a minha pele. Ao chegar no joelho, mudou a posição e passou a deslizar as crinas do instrumento por dentro da minha coxa, até que estivesse em meu centro. Ali, ele delicadamente deslizou a vara para frente e para trás, como se estivesse fazendo música com o meu centro molhado. Um gemido se fez alto pelo quarto, era meu, aproximei-me mais e levei minhas mãos em seus cabelos. Usando apenas a mão que ainda estava no celo, King colocou o instrumento de lado para que não houvesse mais nada entre nós.

Sua boca encontrou meu seio, abocanhando-o com voracidade, enquanto sua mão continuava fazendo movimentos para que a vara deslizasse para frente e para trás. De um lado a outro. Brincando com o meu ponto mais sensível.

– Vê? Faço música em você, princesa – disse, entre uma lambida e outra em meus seios.

– Ah, sim! – consegui dizer.

Logo um orgasmo me atingiu. Gemi alto e me segurei em seus ombros, Patrick percebeu e largou a vara, puxando-me para ele e sentando-me em seu colo.

Ele continuou me beijando e suas mãos brincando comigo, seus dedos enterraram-se facilmente dentro de mim, bombeando para dentro e para fora.

– Caralho, você é tão gostosa. Não vejo a hora de foder a sua boceta com o meu pau. – Suas palavras sujas só me fizeram rebolar em seus dedos. – Mas o que você acha de eu foder a sua boquinha linda primeiro?

Desci do seu colo e me ajoelhei na sua frente, King se ajeitou na cadeira deixando seu membro ainda mais proeminente, peguei-o em minha mão, sentindo a pele aveludada, quente e rígida latejar. A respiração do meu homem começou a ficar entrecortada, passando pelos seus dentes, antecipando a sensação de estar em minha boca. Adorei aquilo. Senti-me poderosa.

Quando coloquei a boca em seu membro, não foi devagar. Sem delongas, chupei-o forte, dando-lhe um susto.

— Puta que pariu! Que delícia! — urrou, encorajando-me a fazer novamente, sugando-o com força, profundamente. — Caralho, chupa, amor! Chupa forte. Sim!

Exultante e sentindo-me pronta para gozar novamente comecei a me tocar enquanto trabalhava no eixo majestoso de Patrick, mas, antes que eu conseguisse o meu segundo ápice e ele o seu próprio, suas mãos foram para meus ombros me fazendo parar. Sem dizer nada, King me levou para a cama, colocou um preservativo e afundou-se dentro de mim.

Preencheu-me de forma bruta, sólida e rápida. Minhas pernas se abriram mais, e meus gemidos ecoaram de forma frenética pelo ambiente, enquanto ele investia contra meu interior sem se segurar.

— Você é a minha loucura, Julienne. Caralho, eu te amo!

— Patrick! Oh, Deus! — exclamei, sentindo que gozaria em segundos. — Está vindo...

— Goza, baby! Goza comigo, gostosa!

Sons primitivos começaram a ecoar em sincronia com os meus gemidos. Minhas unhas afundaram-se nas costas de Pat, sentindo o orgasmo mais intenso de toda a minha vida, enquanto ele empurrava contra mim mais algumas vezes e, em seguida, relaxava.

— Cacete, isso foi...

— Foi perfeito — finalmente consegui dizer.

— Ah, isso sempre é.

Ele conseguia ser um depravado e um encanto ao mesmo tempo.

Esse era Patrick, a minha perfeição.

Nada me fazia dançar como ele. Nada.

# VINTE E QUATRO

## JULIE

Acordei com um salto. Tinha algo no meu pé.

— Calma! Sou eu. — Pat riu baixinho, sentei na cama e puxei meus pés para longe dele. — Ei, desculpa! Não queria te assustar.

— Nunca! Jamais pegue nos meus pés novamente, Patrick! — cuspi as palavras com mais raiva do que queria.

Olhou-me com espanto que eu nunca havia visto em seu rosto antes, nem mesmo quando joguei cerveja na sua cara.

Em minha defesa, era manhã do primeiro dia do ano. Estava *grogue* de sono pela quantidade de sexo alucinante que tivemos na noite anterior... E ele estava tocando os *meus pés*.

— Ok... Que diabos está acontecendo com você? — indagou, pausadamente, como se estivesse crescendo chifres enormes na minha cabeça.

Suspirei e me joguei para trás, depois me lembrei de que meus pés continuavam no campo de visão dele, então virei de lado e encolhi os joelhos, ficando em posição fetal e deixando-os longe dos olhos do meu namorado.

— Vai falar comigo ou ficar bufando aí?

— Não gosto que toquem nos meus pés, Patrick.

— Percebi isso, baby... Sua reação me deu uma boa noção disso. Só não estou entendendo o motivo.

Sentei na cama e o encarei brava.

— São horríveis. Você os viu!

Uma bufada. Ele soltou uma bufada, aquelas de quem segura o riso.

— Já tem algum tempo que eu os vejo, baby. Quase cinco meses.

— Você os viu de perto!

— E daí?

— Eles são pés de bailarina! — gritei — Feios, cheios de calos, dedos enormes, unhas quebradas e bolhas!

— De novo: e daí?

Ele realmente parecia sincero em sua pergunta.

— Argh! Você está me deixando frustrada!

— Por eu não me importar com o seu pé feio?

— Então você concorda que são feios! — acusei.

— Eu... Esta é uma pergunta de pegadinha! Essas que namoradas fazem para brigar, tipo perguntar se está gorda. Não caio nessa!

— O quê? — Balancei a cabeça, tentando entender o que ele estava dizendo. — Você... Ugh! Só fique longe dos meus pés, Patrick!

Chutei os lençóis e saí da cama, procurei por uma camiseta dele e uma calça de moletom, porque estava super frio, mesmo com a calefação.

— Onde você vai?

— Banheiro — respondi, saindo do quarto como um raio, mesmo assim ouvi as gargalhadas dele.

Quando voltei, tinha meus dentes escovados, os cabelos presos e o rosto lavado. King continuava na cama, deitado de lado, descansando a cabeça em sua mão.

— Vem aqui, princesa *estressadinha*...

Deu batidinhas na cama.

— Cacete, Patrick, estou falando sério.

Ele parou de rir e ficou sério, novamente bateu na cama, chamando-me e, daquela vez, eu fui.

— Tudo bem, desculpe. Mas primeiro, baby, você falando palavrão dá um tesão danado. — Revirei meus olhos e ele me puxou para mais perto, antes que eu escapasse novamente. — Segundo, não é como se você tivesse pereba ou chulé...

— Argh!

Tentei empurrá-lo, mas ele me prendeu com força.

— E terceiro, pés de bailarina são tão bonitos quantos as mãos calejadas de um músico de cordas, baby.

— Suas mãos são lindas — murmurei, encarando-o.

Seu olhar para mim estava repleto de carinho e ternura quando disse:

— Bem, seus pés fazem coisas lindas quando estão dentro de sapatilhas, e eu os amo, amo você toda.

Meu corpo todo relaxou em seus braços e suspirei, derretida por suas palavras.

— Por que você me faz te amar tanto?

King me beijou com carinho e falou com os lábios ainda colados nos meus:

— Te faço a mesma pergunta.

Se na cidade fazia frio, em Farm's Creek fazia muito mais. Quando chegamos era final da tarde. Todos já estavam lá, mas Patrick resolveu que só apareceríamos para a corrida, nada de confraternização. Ele simplesmente queria vencer Tyler Gunter e voltar para casa. Especialmente porque Milan não estaria com ele naquele dia.

— Não fique com tanta raiva de Sloan — pedi novamente, enquanto estacionávamos.

— Estou com raiva da situação.

Sloan havia bebido demais na noite anterior. Enquanto King e eu estávamos nos enroscando na cama, transando com instrumentos musicais envolvidos, Milan segurava os cabelos da namorada, que colocava praticamente o fígado para fora. O resultado foi uma catástrofe e, no outro dia à tarde, ela ainda não conseguia se mover.

Milan optou por ficar com a namorada. Mesmo que eu tivesse me oferecido para ficar com ela durante a corrida, ele não arredou o pé. Sloan gostou daquela prova de amor, King nem tanto.

Já eu, achei que tudo estava escrito e muito bem encaminhado pelo destino para o que aconteceria a seguir naquela noite.

— Se fosse comigo, você também não teria arredado o pé.

— Você não teria bebido tanto — pontuou.

— Eu sei, mas também não tenho os problemas que Sloan tem, Patrick.

— Sei disso, *baby*. Sinto-me mal pelo que fizeram com ela.

Sloan havia se envolvido com um dos professores da Juilliard no seu primeiro ano. Tudo veio à tona e não terminou bem. O professor nunca recebeu sua punição disciplinar porque era bom demais no que fazia, e a academia não queria perdê-lo. Sloan, por outro lado, ficou conhecida como a puta do professor, que usava sexo para se dar bem. Foi alvo de piadas e humilhações.

A relação dos dois nunca ficou bem resolvida para ela, que teve o seu coração partido por ele e foi publicamente humilhada por sua turma de dança do primeiro ano na festa de Réveillon passada. A noite anterior foi só mais um gatilho para a minha amiga. Apesar de estar feliz com Milan, ficar naquela festa, em uma virada de ano, trouxe lembranças dolorosas, fazendo Sloan beber mais do que deveria.

Eu queria ter ficado com ela também, entretanto nada adiantaria. Ela estava passando mal e minha presença sequer ajudaria, uma vez que Milan estava todo superprotetor. Era bonito ver que ela finalmente tinha encontrado alguém que se importava e a amava.

— Vamos nos concentrar em ganhar a corrida e voltar para casa — disse, pegando na mão de King. — Podemos voltar e pedir pizza, nós quatro assistimos a um filme e curtimos o restante da noite.

— Boa ideia.

Seu sorriso, porém, estava apertado. Patrick não estava feliz de correr sozinho.

Quando dirigiu para perto da multidão, fez o motor roncar alto para anunciar a sua chegada, o público ficou eufórico. Tinha menos pessoas do que costumava, muitos estavam fora da cidade para aproveitar o feriado, mesmo assim, ainda era uma boa audiência. King estacionou ao lado do carro branco perolado e cheio de adesivos esportivos, lembrando um carro de corrida da Nascar. Tyler estava encostado no carro com uma garota em seus braços, ela alisava seu peito com orgulho, como se o babaca fosse um presente dos deuses.

Saímos do carro e paramos próximos a eles.

— Onde está seu copiloto, King? — Tyler perguntou, o sarcasmo tinha dado lugar a um nariz inchado, então acho que ele estava se sentindo mais inteligente naquele dia.

Não iria querer outra briga.

— Onde está o seu? — Pat devolveu a pergunta.

— Bem aqui, Lexa vai me acompanhar hoje.

Sua mão desceu para a bunda da garota e deu alguns tapinhas de leve.

— Que seja, vamos terminar com isso logo.

— Sua garota vai correr com você? — perguntou, sem sequer me olhar.

Quase ri. Respeito era bom e conservava os dentes dentro da boca, não é?

— Não.

— Qual é? Se vamos correr que seja em pé de igualdade — implicou. — Se vou ter a minha revanche, que seja sem questionamentos. Corra com a sua garota.

— Não vou envolver Julienne nisso — Patrick foi pontual.

— Então escolha outra para correr com você — desafiou.

Antes que ele pudesse responder algo, entrei na conversa.

— Não precisa, correrei com ele.

— Ótimo!

Tyler se desencostou do carro e abriu a porta para entrar.

— Princesa? — Pat me chamou. — O que está fazendo, Julie?

— Sendo sua copiloto.

Dei de ombros.

— Não é uma boa ideia.

— Está decidido. Vamos terminar isso e voltar para casa, sim?

Fiquei na ponta dos pés e beijei seus lábios tensos. Era visível que ele não tinha gostado da ideia, mas Patrick não me dizia o que fazer, sequer tentava. Então, simplesmente entramos no carro e nos preparamos.

— Cinto, baby — ordenou.

Fiz o que ele disse e respirei fundo, sentindo-me realmente nervosa. O misto de medo com adrenalina começou a se apoderar de mim, o coração disparou e meus ouvidos zuniram. Quando percebi, já estávamos acelerando e correndo pela pista de terra demarcada com tochas de fogo. Tochas que passavam como riscos diante dos meus olhos, tamanha velocidade em que corríamos.

A gritaria do público foi deixada para trás, mas dentro do carro estava longe de ser silencioso. O motor urrava. Olhei para o lado e vi Patrick concentrado enquanto dirigia, mantive-me em silêncio, porém minha mente gritava imagens e palavras que eu sequer conseguia colocar em ordem.

Era uma louca aventura.

King trocava de marcha com rapidez, o barulho do cambio fazia um som seco, junto com a bufada de King, assim que Tyler nos ultrapassou. Pat acelerou, via o ponteiro de relance, tentando não desviar por muito tempo os olhos do carro a nossa frente.

A velocidade aumentava, passando de cem quilômetros por hora. Fiquei preocupada, mas não quis dizer nada, não era o momento de questionar King. Assim que atingimos cento e vinte quilômetros, ultrapassamos Tyler, que, revoltado, acelerou mais ainda.

Tyler nos ultrapassou antes da curva e, quando finalmente a viramos, tudo o que ouvi foi:

— Merda!

Assim que olhei para frente, vi o carro de Tyler capotando, os vidros quebrados espalhavam estilhaços para todos os lados, a porta e as rodas se entortavam a cada pancada do carro contra o chão.

Patrick freou e gritou meu nome, senti seu braço bater contra o meu peito, como se ele tentasse me proteger, enquanto batíamos de frente no carro de Tyler, que ainda estava capotando.

Soltei um gemido abafado, enquanto a colisão acontecia. O vidro estourou em nossos rostos e os airbags, também. Mas alguma coisa dentro de mim também parecia ter explodido, não sabia o que era.

Não fiquei consciente tempo o suficiente para descobrir.

# VINTE E CINCO

## KING

*Julienne, não faça isso comigo.*

Eu repetia aquilo como a porcaria de um mantra.

*Julienne, não faça isso comigo.*

Foi daquele jeito que implorei para ela enquanto a olhava desacordada ao meu lado, mas não conseguia me mexer, doía demais. Tudo doía.

Ficamos daquela maneira quando, finalmente, depois do que pareceu uma eternidade, o socorro chegou.

*Julienne, não faça isso comigo.*

Repeti, longe dela, em outra ambulância, sem conseguir falar ainda, enquanto paramédicos estavam em cima de mim, dizendo coisas que eu não conseguia entender. Suas palavras eram abafadas pelo meu pensamento.

Pelo maldito mantra.

Repetia incansavelmente, enquanto eles me tratavam. E, ainda assim, não consegui verbalizar. Tudo o que conseguia pensar era:

*Julienne, não faça isso comigo.*

Acordei.

Ela não.

Dois dias depois, ela ainda não havia acordado. Os médicos disseram que seu cérebro precisava de tempo para se curar.

Poderia haver sequelas também, mesmo que ela estivesse atendendo aos estímulos, a movimentação do seu cérebro foi grande durante a colisão, bateu no airbag e no encosto do banco. Seu pescoço foi cortado pelo cinto, fundo o suficiente para levar pontos, ela era muito pequena e o banco estava mal regulado para o seu tamanho, por isso a machucou.

Quando finalmente tive coragem de perguntar sobre suas pernas, se conseguiria andar, dançar... continuar sendo a Julienne que conhecia, disseram que só saberiam quando ela acordasse.

Comigo?

Uma leve torção no pescoço.

A garota que amava não acordava, e eu só tive uma leve torção no pescoço.

A porra de uma torção no pescoço.

— Filho? — Parker me chamou, tirando-me dos pensamentos desesperados.

Desde que descobriu que estávamos no hospital, meu pai parecia uma pessoa completamente diferente da que havia conhecido por anos.

— Alguma notícia?

Ajeitei-me na cama e bufei, sentindo o desconforto do colar cervical.

— Suas pernas e braços responderam aos estímulos de forma muito satisfatória. Eles estão confiantes, mas Julienne ainda não acordou.

Apertei os olhos com força, recusando-me a chorar na frente dele.

— Você receberá alta hoje. Está liberado para ir para casa.

Não respondi. Continuava focado em não chorar.

— A polícia vai interrogá-lo em nossa casa.

Assenti em entendimento. Era o certo, eu deveria pagar.

Mas e Julienne?

Percebendo a minha reação ao me dar conta de que Julie também havia estado comigo, os olhos do meu pai se tornaram cheios de piedade.

Quem era aquele homem?

— Sim, filho, ela será processada também.

— Não, isso não pode acontecer, pai! Não pode!

Sentia-me desesperado. Eu simplesmente tinha arruinado a vida da minha garota. Ela me odiaria para sempre.

*Eu* me odiaria para sempre!

— Ela estava com você no carro, Patrick — disse. — É claro que terá advogado para cuidar do caso dela, Julienne é de minha responsabilidade agora também, mas o que é certo, é certo, filho.

— Aquela foi a primeira vez que ela entrou no meu carro para correr, pai — contei em desespero. — Algo precisa ser feito, por favor. Por favor! Faço o que você quiser, assumo a empresa, faço a faculdade que você quiser, pai. Só por favor, por favor, eu imploro! Tire Julienne disso!

— Pat? O que está havendo?

Só percebi que estava exaltado quando Milan entrou no quarto, seguido por sua mãe, e ao sentir meu pai tentando segurar os meus ombros.

— Julie não pode ser processada, Milan... não pode! — exclamei em desespero. — Vou arruinar a vida dela.

Meu melhor amigo se aproximou e ajudou meu pai a me empurrar de volta na cama e ficar parado.

— Vamos pensar juntos no que fazer, cara. Só se acalme! Entrar em desespero não vai adiantar.

Não entrar em desespero? Minha namorada estava em coma e a polícia queria falar comigo. Tyler estava sob custódia, a garota que estava com ele no carro conseguiu fugir do local e, segundo Milan, agia como se nem conhecesse o cara.

Então, não entrar em desespero era meio que impossível.

— Não posso permitir que algo aconteça com Julienne e que ela seja presa, Milan.

— Vamos fazer tudo que está em nosso alcance para que ela fique bem, filho.

— Diga que ela estava bêbada... — sugeri.

— O teste para álcool e drogas já foi feito, ela está limpa, você também — meu pai afirmou. — Graças a Deus!

Estranhei todo o seu comportamento de pai preocupado, porém deixei para lá, Julienne era mais importante naquele momento.

— Então diga que a forcei! Que eu era abusivo, sei lá...

— Patrick, fique calmo. Falarei com os Hartnett, eles saberão o que fazer.

— Hartnett?

— Uma família de advogados, Alexander é promotor público do estado, mas seu filho e esposa são excelentes advogados e acredito que poderão ajudar.

— Mas e o seu advogado?

— Não é criminal, filho.

Criminal.

Meu Deus, o que foi que eu fiz? Tudo para provar que podia me virar sem o dinheiro dos meus pais. O resultado foi colocar a vida da garota que amava em risco.

Naquela tarde, pouco antes de ter alta, tive outra visita.

Esther Walker, futura senhora Parker.

Não a conhecia muito bem, apenas pelas coisas que Julie contava, não gostava daquela mulher, e o fato de ela ter entrado em meu quarto, impecavelmente arrumada, sem quaisquer olheiras ou bolsas embaixo dos olhos, me fez sentir nojo dela. Era como se não estivesse preocupada com Julienne.

— O que você quer? — questionei, sem nenhuma paciência.

Se fosse uma mãe de verdade entrando em meu quarto, para dar na minha, ou me jurar de morte, eu estaria mais do que satisfeito em receber seu ódio, entretanto a mulher na minha frente parecia tão abalada quando um iceberg.

Ela se sentou na cadeira ao lado da minha cama e olhou para suas mãos por um momento, antes de finalmente me encarar.

— Posso parecer, mas não sou idiota, Patrick. — A objetividade em suas palavras era quase palpável. — Imagino todas as coisas que minha filha tenha falado de mim para você e que ela fez um bom trabalho para que você não tenha nenhum respeito por mim. Porém estou certa de que, a esta altura do campeonato, você já deve ter desenvolvido um profundo respeito pelo meu falecido marido. Benjamim era diferente de mim, nós nos apaixonamos e sublimamos nossas vontades e pensamentos em nome dessa paixão.

— Não estou interessado em saber...

— Ah, sim! Você está! — Pela primeira vez vi aquela mulher perder o controle. Sua voz se alterou quando me respondeu. — E você vai!

Seus ombros relaxaram e o tom voltou ao seu normal, manipulador e passivo-agressivo.

— Nós tínhamos diferenças, é claro. Algumas vezes eu mostrava as minhas verdadeiras cores também... — Deu de ombros, e eu não podia acreditar em tamanha frieza. Aquela mulher era uma sociopata de primeira linha. — Ben, no entanto, mantinha a calma. Menos quando se tratava de Julienne Beth. Sempre odiei o nome do meio, mas ele insistiu porque era o nome da mãe dele e eu apenas cedi. Enfim, havia uma coisa mais importante naquela família do que o amor entre homem e mulher que Ben e eu tínhamos. Era o amor dele por Julienne.

— *Dele?* — indaguei com ênfase.

— Eu amo minha filha, Patrick — declarou, com frieza. — Ben apenas a amava mais.

Fervia meu sangue ouvi-la falar sobre Julienne daquela forma.

Como era possível que ela pudesse ser tão mesquinha?

— Quando a aptidão para o balé apareceu, Ben estava totalmente inclinado a fazê-la brilhar. Havia um plano — explicou. — Um plano do papai e da filhinha que eu estava confortável em seguir porque amava aquele homem, e ele a amava demais.

Era disso que se tratava?

Ela tinha ciúmes de Julienne?

— Tudo estava perfeitamente encaminhado: aulas de balé, dietas, roupas apropriadas, exercícios físicos, fisioterapia, coques perfeitos, tutu brilhantes e tudo mais... Ele fez sua agenda, levava-a para todos os treinos e vibrava com ela a cada passo. Massageava seus pés quando voltava da prática até que ela dormisse. Ben não era apenas seu pai, era seu treinador... Mas o mais importante: Ben era seu maior fã.

Meus olhos arderam ao ouvir as suas palavras, embora frias, eram a história da garota que eu amava.

— Tenho certeza de que você sabe aonde quero chegar, Patrick.

Eu tinha, mesmo assim ela esclareceu.

— O que aconteceu pode acabar com os sonhos dela e, se isso não acabar, o processo irá. Quando ela for primeira bailarina de Juilliard, quando for famosa, alguém vai levar a público a sua história de garota que participa de ilegalidades.

Fechei os olhos sentindo, o peso das suas palavras.

— Talvez por inveja, talvez porque precise saber dos seus antecedentes, não sabemos... Entretanto *você sabe*, não sabe, querido?

— O quê? — perguntei, sem conseguir segurar as lágrimas.

— Isso vai arruiná-la. Se você continuar na vida dela, vai destrui-la.

Solucei, sentindo-me sufocado com aquele colar em volta do meu pescoço.

— Eu sinto muito! Sinto muito!

Disse. Mas não para ela. Falei para Julienne, que sequer estava ali e nunca mais estaria.

— Sei que sente, Patrick, e apesar de pensar tão mal de mim, acho que deveria pensar muito bem em minhas palavras. Se tiver algum jeito de tirar Julienne dessa situação...

— Daremos um jeito, os advogados farão acontecer...

— E se tudo se resolver, você sabe o que fazer, não sabe?

— E-... Eu...

— Julienne tem uma vida promissora pela frente e acredito que você também, Patrick...

— Mas... eu a amo! Nos amamos...

— Vocês são praticamente crianças ainda, Patrick. Cresça! Amor é supervalorizado na sua idade.

Esther levantou-se e arrumou suas roupas. Olhou-me de cima, enquanto eu continuava naquela cama, sentindo-me ameaçado, amedrontado. Completamente à mercê do veneno daquela mulher.

— Pense bem, Julienne perdoaria você? Ela vai perdoá-lo quando tudo isso acabar?

E então ela foi.

Saiu do quarto, deixando o rastro do seu perfume caro e suas palavras venenosas para que eu remoesse sozinho. A megera nem sequer sabia sobre Londres, todavia esfregou na minha cara e em meu coração toda a verdade daquela situação.

Julienne me perdoaria?

Eu me perdoaria por tudo aquilo?

O que diabos faria?

Quando entrei em seu quarto tive medo de olhar para ela. Meu coração não estava pronto para sentir o que fosse quando meus olhos pousassem sobre o seu corpo desacordado. Não me fora permitido vê-la antes, estava em cirurgia, depois em observação, então eu também precisava de cuidados.

Agora eu estava ali e nem sequer conseguia olhar para o seu corpo inconsciente, porque eu era um maldito covarde.

Sloan estava ao seu lado. As mãos juntas, como se estivesse rezando.

Fiquei com medo dela também. Da sua reação. Algo em mim dizia que se Sloan me odiasse, eu não aguentaria. Seria a certeza de que a minha princesa também me odiaria, e pensar nisso doía.

Eu não queria sentir dor. Não no meu coração.

Sloan me encarou e, por um momento, perdi o ar. Seus lábios tremeram e uma fungada longa foi feita antes que ela andasse em minha direção.

— Oh, King! — exclamou, deixando as lágrimas rolarem e me abraçando com força.

Sem conseguir segurar meu próprio choro, abracei-me naquela garota, nunca havíamos nos tocado antes, nem um abraço de Feliz Natal na semana anterior. E nos seus braços eu desmoronei.

— Sinto muito! Sinto muito, Sloan! Eu nunca quis...

— *Shh*, ela vai ficar bem... Tudo vai ficar bem, Patrick.

— Eu nunca quis... Não me odeie, por favor, por favor...

— Poderia ter sido qualquer um de nós... Não odeio você, Patrick.

Senti-me tão aliviado de que pelo menos uma pessoa não me odiava que apenas chorei mais.

Quando ambos nos acalmamos, criei coragem para pedir que ela me deixasse a sós com Julienne. Beijando meu rosto com carinho, ela saiu do quarto.

O barulho do monitor era simplesmente irritante e, quanto mais eu me aproximava da cabeceira, mais alto ficava. Então eu a vi. De olhos fechados, imóvel e conectada em fios.

— Oh, baby... — sussurrei, pegando em sua mão delicadamente.

Olhei-a por um longo tempo, não era a forma que eu queria decorar a sua beleza, mas era o que me restava.

— Antes de dizer o que preciso, quero que saiba, Julienne, meu coração é seu. — Solucei. Meu peito doía tanto. — Preciso que saiba disso, princesa. Por favor, lembre-se: "Na palma da sua mão, na ponta da sua sapatilha, você me tem, bailarina". — disse a ela antes de deixar a carta que partiria o seu coração.

O meu já estava partido, tinha sido dilacerado muito antes, quando tomei aquela decisão.

E morri um pouco mais quando dei um último beijo em sua testa e saí da sua vida, sem a esperança de que um dia voltaria. Eu não a merecia.

QUATRO ANOS DEPOIS...

# VINTE E SEIS

## KING

— *Boo!*

— Ah, não! Você me encontrou, bebê!

— *Boo*! — exclamou novamente, sentindo-se orgulhoso.

Peguei-o no colo e girei no ar, da forma como gostava. Seu sorriso com poucos dentes na boca abriu-se em uma gargalhada gostosa, ecoando pela sala.

Coloquei-o no sofá, ajeitando suas roupas e atando os cadarços dos seus pequenos *Converse*. Cara, como aquela coisinha pequena podia ser tão fofa e maravilhosa?

— Está com fome, amigo? Quer seu leite?

— Mamãe...? — perguntou.

— Não, cara... não o leite da mamãe. Lembra? Estamos aqui justamente para você se acostumar com a mamadeira e esquecer os peitos dela... — Passei a mão nos seus cabelos fininhos e os sacudi um pouco. — Isso saiu errado.

Tentei não rir.

Riley estava dificultando a vida da sua mãe. Ela queria tirá-lo do peito, afinal, ele tinha acabado de completar dezoito meses e começaria a frequentar a creche no próximo mês, então foi decidido que ele deixaria o peito também. Estava mais do que feliz em ajudar, uma vez que tudo o que envolvia o meu garoto me interessava.

— Vamos tentar antes que ela chegue?

Peguei a bolsa ao meu lado e tirei a mamadeira térmica de dentro.

— Aqui...

Na mesma hora, ele franziu seu pequeno nariz e virou a cara. Eu era um total fracasso.

— Vamos, Riley, vamos deixar a mamãe orgulhosa de nós...

— Mamãe! — Riley exclamou, abrindo seus bracinhos em direção à porta ao ver alguém entrar.

— Esta sou eu! — Sloan caminhou até o bebê e o pegou em seus braços. — Morri de saudades, bebê.

Levantei e beijei sua testa em cumprimento, indo em direção à mesa da sala de estar e pegando o estojo da minha guitarra.

— Já vai sair? — ela indagou, curiosa.

— Tenho que estar no clube cedo para a passagem de som — informei, vestindo minha nova jaqueta de couro, a antiga tinha ficado com... digamos... outra pessoa.

— É hoje que os executivos da gravadora estarão lá? — questionou, tentando jogar conversa fora.

Tínhamos brigado durante o último jantar. Coisas haviam sido ditas. Mesmo prometendo deixar o passado no passado, ele ainda aparecia.

Ou melhor dizendo...

*Ela* aparecia.

— Na verdade, é na próxima semana — respondi como se desse ênfase para as minhas próprias palavras.

Slow também se moveu, desconfortavelmente, com Riley em seus braços.

— Papai! — Riley gritou e sorriu, batendo palmas.

— O que foi, amigo? — Milan perguntou assim que passou pela porta. — Desculpa o atraso, cara! E obrigado por ficar com o Riley para nós. Não conseguimos ajustar nossas agendas hoje e minha mãe estava, bem...

— Com o meu pai. — Sorri tristemente. — É, eu sei.

Milan pegou o filho no colo e beijou a esposa com carinho.

— Como foi a viagem de volta? — perguntou para a esposa.

— Agridoce. Estava feliz dançando, mas senti falta do Riley o tempo todo.

Ela beijou a cabeça do seu bebê e voltou a me fitar. Antes que pudesse dizer algo, despedi-me deles.

— Bem, preciso ir. Vou passar no meu pai antes.

— Obrigado novamente, *bro*.

— Não me agradeça, ficar com o meu carinha favorito em todo o mundo é sempre um prazer.

Beijei a bochecha rosada do meu afilhado e dei um beijo rápido no rosto de Sloan. Estava quase na porta quando ouvi sua voz me chamar.

Merda.

— Sloan... — Tentei impedi-la de dizer algo, mas foi inútil.

— Reservei uma passagem aérea em seu nome, o código da reserva está no seu e-mail, Pat.

— Mas que merda, Sloan! — rugi, indignado.

— Não me venha com essa, Patrick! Amanhã é a noite de formatura da Julie... Quatro anos, Patrick! Quatro anos!

— Poderia ter sido menos se...

— Poderia ter sido nada se você não tivesse se deixado levar pela víbora da mãe dela...

— De novo não, Sloan!

Saí porta afora, tentando me livrar da conversa.

— Isso não é justo! — exclamei alto.

Milan me olhou através da porta, com o seu filho no colo, seu olhar estava cheio de tristeza, ele não se meteria em nossa briga.

— Para nenhum de nós é, Pat... — a resposta da garota que aprendi a amar como uma irmã foi suave. S

loan estava tão cansada de brigar quanto eu.

— Perdi a minha melhor amiga e você a mulher que ama, mas podemos tê-la de volta. Traga Julienne para casa. Não há mais nada que a prenda lá, King.

— Ela me odeia, Slow — retruquei.

As palavras doeram, porém era a verdade. Ouvi suas palavras no correio de voz.

*Não se foge de quem se diz amar, Patrick. Odeio o quanto está doendo. E eu odeio você.*

Aquela foi a última mensagem, é claro.

Ela me tinha me mandado muitas outras antes, e nunca respondi nenhuma. Mantive silêncio total, caso contrário não conseguiria sair de sua vida e deixá-la focar em sua dança, em sua profissão, em tudo de maravilhoso que ela se tornaria um dia, se eu não estivesse ali para atrapalhá-la.

E, quando recebi a última, sem seus avisos de ultimatos, sem implorar que eu voltasse para casa, para ela, sem suas promessas raivosas de me caçar até o fim do mundo, eu finalmente pude descansar. Como se a alma do meu corpo pudesse entrar em um sono sem fim e, simplesmente, ficar adormecida.

— Você ainda a ama.

— E daí? — questionei, sem saber aonde ela queria chegar.

— O que te leva a pensar que se há amor em você, não haverá nela?

— Porque eu parti o coração dela — apontei, tenso.

— E teve o seu partido milhares de vezes por ela. Está na hora, Patrick.

— Eu disse que não, Sloan.

Resolvi usar as escadas para descer do que aguardar o elevador. Queria me livrar dela o mais rápido possível, porém, enquanto descia os degraus e passava pelos andares, entrei em meu e-mail e analisei a reserva aérea.

Era a formatura dela.

Alguém estaria lá por ela? Continuava namorando o mesmo cara ainda? Além dele, teria mais alguém na plateia para vê-la brilhar na noite mais importante da sua carreira?

Era o seu começo.

O pontapé inicial.

O início da sua vida profissional...

Julie estaria bem com isso?

Eu merecia saber a resposta?

# VINTE E SETE

## JULIE

— Quebre a perna, Walker — Olaija Thompson, minha colega também formanda, desejou ao passar por mim em seu traje de apresentação.

Ela também seria uma das últimas a se apresentar.

Ordem alfabética.

Dá para adivinhar quem seria a última a apresentar. Walker, Julienne Beth.

— Você também, Olaija.

Sorri, educadamente, e voltei a checar o figurino e maquiagem no espelho.

Fazia semanas que tentava não pirar com a minha apresentação final. Havia escolhido e trabalhado naquela coreografia por meses com mais afinco e dedicação do que qualquer um dos meus colegas.

Eu tinha tempo, dedicação e nenhuma interação social há uns dois anos e me sentia completamente vazia por pelo menos quatro.

Logo, eu não deveria estar nervosa com a minha apresentação de formatura. Era perfeita, contemporânea, cheia de grandes piruetas e com música pop, que faria todos naquele grande teatro dançar comigo e, no final, me aplaudirem de pé.

E, por uma questão de fato, não era aquilo que estava me deixando nervosa.

Não. Não era.

O fato de que, naquele dia, um dos mais importantes da minha carreira e vida, não teria ninguém próximo para me desejar boa sorte, aplaudir, gritar meu nome ou mesmo me enviar flores, era o que estava me deixando apavorada.

*Como foi que cheguei a este ponto? Sozinha, sem amigos ou família?*

Por meses, tive tudo o que uma garota poderia ter, uma melhor amiga, colegas que realmente gostavam da minha presença, uma vida social e, bem... um amor. Por um curto período, senti-me a garota mais sortuda e feliz do mundo.

Então tudo desmoronou.

Acordei em um pesadelo, cinco meses haviam se passado e, quando meus olhos se abriram, eu não vi ninguém conhecido.

Não vi minha mãe ou Sloan...

Eu não o vi.

Fiquei tão apavorada que demoraram horas para me acalmar e contar tudo. Minha mãe chegou, o Sr. King chegou, Sloan, Milan, Vanessa, médicos, mesmo alguns alunos da Juilliard... Tony foi me visitar.

Todos foram, menos ele.

Demorou um dia inteiro para eu criar coragem. Tinha medo de que me dissessem o pior, que havia perdido o garoto que amava naquele acidente. Quando, finalmente, consegui questionar a sua ausência, recebi uma carta.

Uma maldita carta.

Nada doeu mais.

Nada doeria mais do que aquilo. Nada!

A fisioterapia para que eu pudesse voltar a dançar e andar normalmente depois de tantos dias na cama, a agonia de estar em um hospital, nem mesmo quando eu simplesmente mandei minha mãe para o inferno e disse que nunca mais queria vê-la na minha frente.

Nada doeu mais do que o silêncio que todos me deram.

Perguntei ao Sr. King, Milan, Vanessa... Implorei a Sloan que me contasse aonde Patrick havia ido, para onde ele tinha viajado. Queria ir atrás dele e confrontá-lo, exigir que dissesse na minha cara que era para eu seguir em frente, como suas palavras diziam na maldita carta.

Ninguém me contou.

Diziam que também não sabiam. Estavam todos mentindo para mim.

Liguei para o seu telefone, implorei que voltasse, que ao menos retornasse as minhas ligações, entretanto nada.

Ele não voltou, e ninguém me disse para onde tinha ido. Apenas disseram que ele havia partido. Suas redes sociais se foram, sua matrícula em Juilliard, trancada. Nenhum sinal de Patrick.

Tirei cada um deles da minha vida. Todos foram mentirosos. Todo mundo o ajudou a estraçalhar o meu coração e, quando minha carta de admissão na Escola de Balé Britânica chegou, parti sem olhar para trás.

Resolvi que eu também não existiria mais para nenhum deles.

Só queria que a resolução fosse fácil e não doesse tanto. Londres era fria, triste, deprimente e sofrida. Um buraco se instalou em meu peito, e eu parei de viver, apenas sobrevivi por todo esse tempo. E assim me mantive por muitos anos, recusando tudo e a todos.

Contudo nada dura para sempre, como o amor de Patrick bem me ensinou, as coisas começaram a melhorar.

No momento em que mais me isolei, em que mais queria ficar sozinha, um amigo apareceu. Mesmo sem minha vontade.

Foley Seinfild.

O deslumbrante auxiliar do professor Jonah Krum. Um bailarino talentosíssimo e aluno do último ano da academia. Fiquei encantada com ele. Um homem paciente, carinhoso e que foi forte e insistente o suficiente para transpassar os muros que tinha construído ao meu redor. Tornando-se, com alegria, meu primeiro amigo.

Seu empenho por mim, com o tempo, me cativou a ponto de progredirmos para que nossa amizade se tornasse um namoro. Foley Seinfild, meu novo namorado, após Patrick King.

Inevitavelmente, no início o comparava a Pat. Mas, quando comecei a me livrar desses pensamentos e apreciar sua companhia e o ótimo sexo que fazíamos, senti que meu coração iniciou um processo de cura. A companhia me deixava segura e, por dois anos, pensei que tudo ficaria bem, até Foley me pedir em casamento.

Foi linda a forma como ele propôs.

Vinho, lareira, sexo e um anel no final.

Pensei que nada poderia vencer a sua espontaneidade de me pedir para casar com ele, enquanto ainda estávamos nus e em frente a uma lareira. Logo senti ódio. Odiei Foley porque uma parte da minha memória tinha sido remexida. Lembrei-me de Patrick e fiquei ressentida, pois aquele homem na minha frente, segurando um lindo anel, estava tirando a oportunidade do homem que ainda habitava meu coração de me pedir em casamento daquela forma.

Quão doente poderia ser aquilo?

Eu disse não.

Pior, contei o motivo da minha negativa. Foley se vestiu, entregou minhas roupas para que eu as vestisse também e depois me levou para meu apartamento. Ele se despediu de mim com frieza, mas com respeito e educação.

Ao menos ele se despediu pessoalmente.

Foley também não estaria lá na minha noite de formatura. Ele conseguiu um emprego em Genova, Itália, onde é professor de balé clássico e se casou com uma bela italiana. E se tornou pai.

Depois dele, resolvi que seria mais fácil me fechar novamente. E até este momento, estou me sentindo completamente sozinha.

— Walker, vinte minutos. — Ouvi chamarem.

— Entendido — respondi mecanicamente, iniciando o aquecimento.

Os vinte minutos se passaram rapidamente. Quando me dei conta, já estava no meio do palco, com apenas um canhão de luz me atingindo como um soco. Não conseguia ver a plateia, só seria possível quando a apresentação terminasse. Só assim eu veria todos me aplaudindo.

— Senhoras e senhores, com vocês a nossa última, e certamente não menos importante, atração da noite. Recebam a formanda Julienne Walker — Tamisha Ottawa apresentou, orgulhosamente.

*Smooth criminal* começou a tocar, minha posição imitava exatamente a de Michael Jackson, meu figurino era todo inspirado nele. Mesmo o chapéu estava lá, sendo segurado em minha cabeça por minha mão coberta com a luva brilhante.

A energia mudou e, com o *mash-up* de músicas do rei do pop, ganhei o público, que cantou, enquanto eu deslizava sobre o palco embalada por *Thriller*, *Man in the mirror*, *Billie Jean* e *They don't care about us*.

Deslizei sobre o palco enquanto me esforçava para imaginar meu pai naquela plateia. Sua lembrança e os momentos maravilhosos que tivemos ainda era o que me fazia seguir adiante e dar o melhor de mim.

Ele não desistiu de mim, então eu também não desistiria.

Nesse momento, o mundo deixou de existir. Só havia eu no palco e meu pai sentado em uma cadeira na plateia, sozinho. Sorrindo, orgulhoso. Flutuei, fazendo a perfeita junção entre o balé clássico com a música contemporânea. Sentia-me livre, como se nada, nem ninguém além do meu amado pai, importasse. Só ele merecia meu melhor, e dei isso a ele, ao menos em minha imaginação.

Assim que terminei a última pirueta, quando a música acabou e as luzes se acenderam, trazendo-me de volta à realidade de que estava em um teatro cheio de pessoas, curvei-me e recebi as palmas e os gritos que foram aumentando o volume pouco a pouco em minha mente. Reverenciei meus professores no balcão do teatro, depois caminhei para a borda do palco, tentando ficar mais perto do público, sorri, tentando olhar para cada um deles e agradecer.

Quando meus olhos pararam nele. Na primeira fileira. Desviei, imediatamente, pensando ser uma alucinação, minha mente queria ver alguém conhecido ali, só não entendia o motivo de ser justamente aquele que havia destruído o meu coração. Então olhei na sua direção novamente.

King.

As cortinas se fecharam, porém, fiquei lá, encarando o tecido, paralisada. Minha mente estava a mil, girando frenética como uma bailarina enlouquecida, pensando em muitas coisas, ao mesmo tempo, pensando em nada. Como era possível?

Um dos homens do *staff* se aproximou e tocou em meu braço. Dei um pulinho de susto.

— Senhorita, há um discurso de fechamento da escola, preciso que saia do palco — informou educadamente.

Respirando fundo, assenti e iniciei minha caminhada para o camarim. O bom de ser a última era que todos já haviam se trocado e, provavelmente, estavam a caminho do coquetel de formatura. Seria no Hotel Café Royal, o espaço de eventos mais badalado de Londres, o coquetel daria oportunidade para os formandos conversarem com companhias de balé do mundo inteiro. Grandes propostas!

A chance de eu ser a primeira bailarina de algum lugar importante finalmente estava a poucos passos de distância.

E tudo o que eu conseguia pensar era que Patrick estava naquela plateia. Assistindo-me. As perguntas não paravam de rodar em minha cabeça.

Ele estava me esperando lá fora?

Aquela era apenas uma miragem?

Esperava que eu o visse lá?

Por que agora?

Eu não acreditava em coincidências. Não depois que conheci um cara em uma festa com corridas clandestinas, reencontrei-o nos corredores da faculdade, nos apaixonamos e acabamos descobrindo que nossos pais se casariam.

Patrick não estava ali por acaso. Ele estava ali por mim.

Coloquei meu vestido de festa, era rosa pálido, desbotado e vintage, mantive o coque em meu cabelo, sabendo que seria um desastre se o retirasse. A maquiagem foi refeita, menos chamativa do que a do palco.

A ansiedade me fazia pensar que eu não estava me arrumando rápido o suficiente para sair dali e encará-lo. Quando, enfim, saí, ele não estava lá.

Olhei para todos os locais, na esperança de encontrar Patrick, esperando por mim. Para ao menos me dar o fechamento que precisava para finalmente arrancá-lo do meu coração... Mas ele não estava em lugar nenhum.

# VINTE E OITO

## KING

Perfeição.

Foi o que vi.

Enquanto ela deslizava pelo palco ao som da música de Michael Jackson, transportei-me para a primeira vez que a vi dançar.

*— O que está fazendo? — perguntei, assustado. Digo, sabia o que ela estava fazendo, mas parecia que ela não entendia bem o perigo, especialmente bêbada. — Desce daí, sua maluca!*

*— Com medo de que eu estrague seu carro? — desafiou.*

*Quase ri daquela coisa pequena me enfrentando. Tão linda e sexy.*

*— Com medo de que você caia, sua doida! — respondi, realmente preocupado.*

*Ela poderia escorregar na poeira do carro e se machucar. Pior, torcer o pé ou o tornozelo.*

*Ela não se incomodou com as minhas palavras. Apenas começou a deslizar de forma mágica, usando meu carro como palco, provando que sabia exatamente como usá-lo. Linda. Julienne conseguia iluminar todo e qualquer lugar. Ela conseguia me iluminar com sua luz, fazendo-me sair da escuridão e entrar em seu foco.*

Bem, ela não havia perdido aquilo. Todos que estavam assistindo pareciam hipnotizados por sua beleza e desenvoltura. Ao contrário das outras pessoas, ela não roubava minha atenção apenas quando dançava, não comigo. Sempre me perdia em sua presença, fosse ouvindo-a falar, assistindo-a dormir ou explorando seu corpo maravilhoso.

Como pode alguém conseguir mexer tanto assim com a gente?

Anos se passaram. E, ainda assim, não consegui tirá-la do meu coração. Não tinha um dia que eu deixasse de lembrar dela, de me perguntar como estava. Julie era como uma tatuagem, foi gravada dentro de mim, na minha alma, e eu não conseguia ver meios para tirá-la.

Esther havia dito que éramos jovens, que esqueceríamos um do outro, que em nossa idade supervalorizamos o amor. Bem, não sabia o que Julienne pensava sobre isso, eu, no entanto, jamais deixei de amá-la. Estive com outras garotas, a maior parte para tentar esquecer da minha princesa xereta, porém nunca obtive sucesso.

Quando Julie terminou a sua apresentação, todos se levantaram para aplaudi-la. Claro que sim! Ela foi simplesmente maravilhosa. Perfeita.

— Que beleza de apresentação — um homem murmurou ao meu lado, entre palmas.

Sorri, orgulhoso, pelo sentimento que ela despertava nas pessoas à sua volta.

Eu não podia concordar mais.

Seus olhos passearam pela plateia de forma orgulhosa, extasiada pela recepção calorosa de todos. Então eu virei seu foco, sua luz me iluminou novamente. Seus olhos brilhantes passaram rapidamente por mim, seu corpo todo mudou, enrijeceu e sua atenção se voltou para onde eu estava. Ela havia me visto.

Ao longe, não conseguia ler suas expressões, porém havia uma infinidade de sentimentos que poderiam ter passado por ela.

Raiva.

Revolta.

Mágoa.

E a pior de todas, indiferença.

O contrário do amor não é o ódio, esse ainda é um tipo de sentimento, mesmo que ruim. Ainda é uma ligação. O oposto do amor é a indiferença. Quando você não sente mais nada, aquele momento em que todos os sentimentos, bons ou ruins, não existem mais. De que tudo foi superado, afinal.

Ela nunca soube disso, mas quase dois anos depois de ter deixado a maldita carta para ela, terminando tudo, peguei um avião e fui encontrá-la, iria pedir desculpas e implorar que me perdoasse. Quando finalmente a encontrei, ela estava saindo de uma das aulas, seu braço enganchado no de um cara, os dois riam. Até aí, tudo bem... Julie merecia amigos. Mas o cara não era seu amigo. Descobri quando ele a beijou nos lábios e depois na ponta do seu nariz. Minha princesa, que já nem era mais minha, sorriu e deixou que ele a beijasse, apaixonados.

Aquela cena me destruiu, senti a facada no coração, assassinando-me por dentro.

Voltei para casa, decidido a refazer a minha vida, a esquecê-la. Tantas coisas mudaram desde então. Por que o amor que eu sentia por aquela garota não poderia mudar também? Quis sentir raiva dela, por um momento até me senti traído.

Ao voltar para casa, contei o que havia acontecido para Milan e de tudo que senti ao vê-la junto a outro cara, Sloan nos ouviu e quase me agrediu quando saiu do quarto. As palavras dela foram:

"Saia da minha casa e só volte aqui quando entender que ela está seguindo com a vida porque você quis dessa forma. Entendo os motivos, juro que entendo, King! Mas não te dá o direito de ficar com raiva dela."

Gostava de chamar Sloan de vadia. Desde que nos conhecemos, chamava-a daquela forma porque ela sempre dizia o que lhe vinha à mente, uma vadia de língua grande.

Uma vadia de língua grande que sempre estava certa.

Naquela ocasião, ela esmagou o meu coração um pouco mais. Estava totalmente certa. Tudo o que fiz foi para que ela não tivesse de passar por todo o transtorno que aquele acidente havia desencadeado. Mesmo assim, eu não tinha qualquer direito de me revoltar por ela estar seguindo com a sua vida.

Somente nos últimos meses, Sloan começou a me perturbar sobre Julie. Avisando-me sobre a formatura que se aproximava, a chance de Julienne poder voltar para a América. Ela esperava que sua amiga voltasse para sua vida, sentia falta dela, especialmente porque Julie nunca mais olhou para trás desde que tinha partido. Abandonou todo mundo, até onde sei, incluindo Sloan.

As cortinas se fecharam, os aplausos continuaram, e eu estava disposto a correr até os bastidores para falar com ela. Foi o que tentei fazer.

— Sr. King, que surpresa vê-lo aqui.

Tamisha Ottawa estava bem na minha frente.

— Sra. Ottawa, como vai?

— Delirantemente feliz — respondeu, com um sorriso discreto, mas exagerando na palavra. — Imagino que esteja aqui pela Srta. Walker.

— Sim, estou.

— Compreendo.

Seus olhos julgavam-me ao me encarar.

— Você sabe — pontuei, percebendo a sua reação.

— Sim, eu sei— afirmou de forma discreta.

— Eu apenas queria...

— Você precisa entender o que fará aqui, Patrick — disse, interrompendo-me mais uma vez. — Por meses vi aquela menina definhar, por várias vezes pensei que ela desistiria do programa, então a peguei para mim. Não que ela realmente percebesse o que eu estava fazendo, fiz com muita discrição. Cuidei dela de longe. Mais aulas, pedi ajuda quando não precisava, dei-lhe tarefas ridículas como ajudar criancinhas em escolas de balé das redondezas. — Ela apontou seu dedo para mim. — Apenas para que aquela menina tirasse um pouco da mente e coração a dor que você causou.

Aquilo doeu. Se ela tivesse me dado um tapa, teria sido melhor.

— Tudo o que fiz...

— Sei os motivos, aquela menina se afundou na dor e ficou cega, eu, por outro lado... — Seu olhar astuto estava em mim. — Nada disso diminui a dor dela, Patrick. E, se veio aqui para tirar o seu foco e reabrir feridas, é melhor pegar o rumo de volta para os Estados Unidos.

— Eu só queria... Ela me viu...

Pisquei várias vezes e mirei em outro lugar para que ela não visse meus olhos se encherem de lágrimas, mas consegui segurá-las no lugar.

— Não quero magoá-lo, Patrick... mas aquela menina sofreu o bastante nos últimos anos. Pense bem antes de voltar para a vida dela.

Assenti.

*Me desculpe, baby.*

E, sem dizer outra palavra, saí do teatro, finalmente me permitindo chorar.

A porta se abriu e Vanessa sorriu, recebendo-me de braços abertos.

— Olá, querido!

— Ei, Nessie... Como ele está?

Ajeitei o estojo da guitarra em meu ombro.

— Animada, esperando por você.

Pelo sorriso em seu rosto, ela estava tão animada quanto meu pai.

— No escritório? — perguntei retoricamente.

Nessie deu espaço para que eu passasse. Olhei em volta, satisfeito com a mudança do lugar, Vanessa tinha as rédeas novamente. A louca descontrolada da mãe de Julie havia assinado os papéis do divórcio depois de meses em uma briga sem fim, mas, finalmente, todos havíamos nos livrado dela.

Era possível ver, pela decoração da casa, que a senhora Royce mandava ali novamente.

Nunca entendi por que ela não poderia tomar conta do coração do meu pai também, porém depois que tudo foi esclarecido, compreendi o papel dela em nossas vidas.

— Brincando de comandar a empresa? — indaguei.

— Sempre... Milan saiu daqui não tem muito tempo, eles discutiram, Pat. Foi feio.

Olhou-me preocupada.

— Ele gritou que a porcaria da empresa era dele ainda?

— Algumas vezes — suspirou, desapontada.

— Então nada está perdido, é só a briga de sempre sobre o velho e o novo levando os negócios. — Beijei seu rosto. — Vou lá falar com ele.

Comecei a andar em direção ao escritório, quando ela me chamou novamente.

— Você parece triste, menino.

Eu estava triste.

— Ficarei feliz se tiver bolo de chocolate na cozinha — brinquei.

E não parei de andar, evitando a conversa, até que estava na porta do escritório.

Bati e abri a porta em seguida.

— Ei! — cumprimentei, entrando.

Meu pai tirou a máscara de oxigênio e sorriu.

— Oi, filho... — disse com dificuldade.

— Oi pai...

Senti um aperto enorme no peito ao vê-lo daquele jeito, mas respirei fundo e sorri.

— Tem um tempo para ouvir minha nova composição?

— Claro, rapaz! — exclamou animado. — Vem fazer o seu velho feliz.

# VINTE E NOVE

## KING

Assim que terminei de tocar a música que fiz para Julie, meu pai verbalizou, emocionado, percebendo a letra.

— Você foi vê-la —meu pai afirmou, assimque terminei a canção.

— Fui, Sloan reservou passagens, achando que isso faria bem a nós dois.

— É, eu sei garoto. Quem você acha que pagou? Ela?

Meu pai riu e ajeitou-se na cadeira.

Odiava vê-lo daquela forma, especialmente depois de saber toda a verdade. Foi no dia que eu soube que o nome de Julienne sequer seria citado. Simon Hartnett trabalhou brilhantemente em meu caso. Bom... tão brilhante quanto permiti.

*— Tudo bem, você cumpriu com a sua parte no trato. — Minha voz estava quase irreconhecível. Tudo o que eu havia feito naquele momento tinha sido assinar um documento que mudaria o resto da minha vida.*

*— Vou cumprir com a minha parte. Pode demorar um pouco, você sabe... mas...*

*— Patrick, filho...*

*— Você não precisa bancar o pai...*

*— Patrick. — Suas mãos foram para os meus ombros e seus dedos apertaram-se. — Você não precisa assumir a empresa. Já está sofrendo o bastante, não serei aquele a dar o golpe de misericórdia em seu coração.*

*Eu não conseguia entendê-lo, não tinha ideia do motivo de ele estar agindo daquela forma, contudo apenas desabei em sua frente, como um menino que havia caído da bicicleta e corrido para os braços do pai. Parker me envolveu em seus braços e soltou um grande suspiro, alto, sonoro e cheio de angústia.*

*— Estou aqui, meu menino. Papai está aqui.*

E foi nesse mesmo dia que tivemos a conversa que mudou toda nossa relação. A conversa honesta e verdadeira, na qual tudo se esclareceu. Pensando nisso hoje, passo a acreditar que se todos fossem honestos uns com os outros, teríamos menos problemas de relacionamentos.

*— Por quê? — gritei minha pergunta, ainda agarrado a ele, querendo a verdade, mas também não querendo soltá-lo caso ouvisse algo ainda mais doloroso. — Por que você a traiu? — Chorei. — Por que eu contei a ela? Nós a matamos, é nossa culpa.*

*Não era o momento para aquilo, estávamos no meio de outro problema, um completamente diferente. Ou... foi realmente a hora de falarmos sobre aquilo.*

*Meu pai se afastou de mim e fitou-me, horrorizado.*

*— Nossa? É isso que você pensou esse tempo todo, menino? Que você fez acontecer?*

*— Você a traiu, eu descobri e contei... —fitei-o, envergonhado. — Você fez errado, mas eu não deveria ter contado. Eu fiz...*

*— Droga, Patrick — sussurrou e voltou a me abraçar. — Não, filho, não foi nada disso. Venha, vamos nos sentar.*

*Quando o fizemos, Parker respirou fundo.*

*— Nunca traí a sua mãe, menino.*

*Fiquei com raiva dele quando disse aquilo.*

*— Se vai começar dessa forma, é melhor eu sair daqui...*

*Levantei-me, mas sua mão me puxou para baixo.*

*— Sente-se e me escute, filho.*

*Eu não sabia se era a minha vulnerabilidade por causa de tudo que estava acontecendo naquele momento ou se ele havia adquirido uma nova forma de exercer autoridade sobre mim, mas fiquei. Voltei a me sentar e deixei que continuasse.*

*— Eu e sua mãe estávamos separados havia muitos anos, Pat. Para ser honesto, ela quem pediu o divórcio — explicou. — Sua depressão estava em um estágio elevado e ficar perto de você amenizava um pouco os pensamentos... errados que ela tinha sobre a própria vida.*

*Por errado, ele queria dizer, suicidas.*

*Meu pai continuou quando percebeu que eu estava concentrado na história.*

*— Resolvemos que sua mãe e eu continuaríamos vivendo juntos até que tudo se estabelecesse e ela estivesse melhor. Vanessa nos ajudava muito também, era uma amiga.*

*— Nessie sabia de tudo? — questionei, alarmado.*

*— Sabia do que precisava saber, Pat — foi pontual quando disse aquilo, não adiantaria também buscar mais culpados. Nessie provavelmente só fez o que lhe pediram. — Com o passar do tempo, o amor virou amizade, carinho e um filho em comum, sua mãe e eu éramos "colegas de quarto". Na noite em que... — Ele engoliu em seco por um momento. — Na noite em que você a encontrou, não foi porque me viu com Harriet...*

*— Era esse o nome da sua aman... da mulher com quem você estava se relacionando?*

*— Sim. Mas não deu certo. — Ele deu de ombros. — O fato é que sua mãe havia premeditado tirar a própria vida muito antes. Ela enviou uma carta para mim, pelo correio, sabendo que chegaria dias depois, por ser época de feriado. Não foi porque você contou sobre Harriet, aliás, ela sabia da existência de outra mulher em minha vida e estava bem com aquilo.*

*— Espera! Uma carta? Por que nunca me contou? Não me mostrou? Por que nunca me disse, pai? Eu te odiei por tanto tempo! — gritei.*

*Minhas mãos foram para o meu rosto e esfreguei com força tentando assimilar tudo o que estava sendo dito para mim. — Por que você me deixou odiá-lo por tanto tempo?*

*— Porque eu preferia que você odiasse a mim que estava vivo, do que deixasse o ódio pela sua mãe corroê-lo, Patrick — justificou. — Ela estava doente, filho, e você era tão jovem, se tivesse acesso às palavras dela, iria odiá-la por tê-lo abandonado. Não foi o que ela fez. Mesmo que tenha parecido. Eu não queria que você se sentisse rejeitado por ela ou como um fardo lendo suas palavras. Eu só queria preservar a imagem dela para você, filho.*

*Sua mão descansou em meu joelho, olhei para ele por um longo momento antes de colocar a minha sobre a dele.*

*— Pai...*

*— Desculpe, eu não tinha ideia que você se culpava, teria dito mais cedo.*

*— Você aguentou tudo aquilo de mim, sabendo a verdade? Pai! Não deveria ter feito isso...*

*— Como eu disse: queria que tivesse as melhores memórias da sua mãe, bem... o máximo possível, dadas as circunstâncias em que você a encontrou.*

*— Posso ver a carta?*

*Ele ficou pensativo por um momento, quando respondeu, tinha um tom implorativo em sua voz:*

*— Filho, você acha que eu estava te protegendo? Digo, até o momento, você pode ver o que fiz como uma proteção?*

*Analisei sua pergunta por um momento, eu era um menino quando a encontrei, tinha treze anos, então pensei no que estava fazendo com Julienne. Tive a minha resposta.*

*— Sim, pai.*

*— Então, acredite em mim quando digo para deixar aquela carta para trás.*

*Estava curioso para saber quais foram as últimas palavras da minha mãe, porém o medo de sofrer e me quebrar mais um pouco diante de tudo o que estava acontecendo me fez um medroso. Por isso, aceitei o conselho do meu pai e deixei o pensamento das últimas palavras de Jéssica King para trás.*

*Anuí novamente e sorri, triste, para Parker.*

*— Acha que pode me perdoar, Pat?*

*— Claro, pai...*

*— Preciso lhe contar outra coisa, filho...*

*Foi quando descobri que meu pai havia sido diagnosticado com adenocarcinoma, um tipo de câncer de pulmão que ataca, em sua maioria, pacientes não fumantes. Tratamentos estavam sendo feitos e a doença era conhecida por evoluir lentamente, entretanto, no meu pai, era agressiva e justificava perfeitamente o fato de que ele queria que eu largasse a música.*

*Parker King não queria que eu desistisse da minha paixão, mas achava que estava, novamente, me protegendo, cuidando do meu futuro. Por isso tomou aquelas atitudes para me fazer desistir da Juilliard.*

*Por aquilo, eu também o perdoei. Eu não tinha tempo.*

*Nenhum.*

*Não tinha tempo para odiá-lo, nem para amar Julienne.*

*O tempo foi arrancado de mim.*

— Então? Você falou com ela? — meu velho perguntou, fazendo-me voltar da minha viagem no tempo.

— Ela me viu, mas não, pai, faltou coragem... — confidenciei, derrotado.

Não quis contar a parte que Tamisha Ottawa me interceptou.

— Pat, garoto, o que ainda impede vocês de ficarem juntos? — indagou. — Quero dizer, nem mesmo a megera da minha ex-esposa está aqui para colocar minhocas na sua cabeça.

Foi realmente um alívio para todos nós ver Esther partir. Quando a doença do meu pai realmente começou a evoluir e mostrar as suas garras, ela estava mais do que satisfeita em fazer um acordo para nos deixar em paz. Ela levou uma boa quantia em dinheiro, entretanto muito menos do que levaria caso se tornasse viúva do meu pai. Acho que ela não via vantagem em ganhar mais dinheiro se teria de ficar cuidando dele, enquanto ele definhava bem na sua frente.

Minha querida madrasta assinou os papéis, um gordo depósito foi feito e nunca mais a vimos.

Puta vendida.

— Não sei, pai. Julie estava tão bem. Seguiu com a vida dela. — Sorri e fechei meus olhos, relembrando de toda a sua beleza no palco. — Tão perfeita em cima daquele palco... E se ela tiver me esquecido completamente?

— Duvido que tenha esquecido, você não deixou de amá-la.

— Mas e se estiver com raiva de mim ainda?

— Patrick, conserte as coisas com ela. Pare de deixar o medo te impedir.

— Mas e se...

— Rapaz... — Ele colocou a máscara no rosto e deu longas respiradas antes de continuar: — *Se* sua mãe e eu não tivéssemos fodido, você não teria nascido. Pare com esse "e se"!

Meus olhos quase caíram do meu rosto ao ouvir meu velho dizendo aquilo.

— Pai!

— Vá. Atrás. Dela! — exclamou com firmeza. — Ou eu vou deserdá-lo e você vai tocar suas músicas dor de cotovelo nas estações de metrô.

— Pai! O que deu em você?

— Estou morrendo e a última coisa que quero é o meu menino sozinho no mundo...

— Pare com isso...

— Não falar nada não vai fazer desaparecer — alegou. — Agora vá atrás da garota! É uma ordem!

# TRINTA
## JULIE

Estava particularmente quente naquele início de tarde, embora ainda fosse primavera, o ar estava úmido e abafado em Londres, optei por um vestido de verão para o meu encontro.

Não que fosse um encontro amoroso, estava indo tomar um café no Saint James Park com um dos representantes da reitoria de Juilliard. Ele tinha uma proposta para mim. Tudo foi marcado pela Sra. Ottawa, não entendia o motivo de todo aquele incentivo quando a própria Tamisha havia me feito uma grande oferta. Primeira bailarina da companhia e assistente dela assim que estivéssemos fora de temporada de apresentação.

Eu não tinha a mínima intenção de aceitar a proposta, especialmente se tratando de Juilliard, não queria voltar, mas minha mentora tinha dito que arrancaria as minhas pernas se eu fosse rude naquele nível com a instituição que abriu os caminhos para a minha carreira.

Palavras dela, não minhas.

— Minhas sapatilhas brancas... cadê? — murmurei, atrás dos sapatos que combinariam perfeitamente com o vestido florido.

Era de fundo branco, com pequenos girassóis espalhados nele. Os cabelos estavam soltos e, por um momento, considerei colocar o colar que Patrick me deu — não tive coragem de jogar fora — no único Natal que tínhamos passado juntos.

Ele estava guardado com a carta que havia destroçado o meu coração. Um fazia companhia para o outro dentro da primeira gaveta da minha penteadeira. A corrente estava intacta, era de ouro, a mesma beleza e brilho de quando a ganhei, a carta, por outro lado... Eu não precisava dela para lembrar do seu conteúdo, embora já a tivesse decorado.

*Julienne,*

*Não há palavras para descrever o quanto sinto muito por tudo o que aconteceu. Rezo todos os dias para que eu não tenha destruído a sua vida, seu maior sonho. Sinto muito por dizer isso em uma carta, mas quando você estiver acordada, eu já terei partido.*

*Sei que tudo isso vai parecer cruel com você, mas gostaria que buscasse em seu coração alguma forma de não me odiar tanto. O que tivemos foi perfeito, porém é hora de seguirmos em frente, para um futuro em que não nos machuquemos. Um futuro que eu não machuque você. Por isso, estou indo embora. Terminarei meus estudos em outro país, assim poderemos evitar contato. Não procure por mim, Julie, é o melhor para nós dois.*

*King.*

Ele terminou comigo em dois parágrafos. Dois parágrafos fodidos. Todos disseram que não sabiam para onde ele tinha ido. Suas redes sociais foram deletadas. E depois de implorar, pedir, chorar e me humilhar por dias ao telefone, finalmente resolvi desistir.

Desistir, no entanto, não era esquecer.

Mesmo o período que estive com Foley, meus pensamentos vagavam para Patrick. O que ele estaria fazendo, com *quem* ele estaria fazendo.

Nunca deixei Foley me ter contra a parede ou no carro. Certa vez, ele disse que eu parecia uma princesa antes de sairmos para jantar. Expulsei-o do apartamento, tranquei-me no quarto, recusando-me a sair com ele, e chorei por uma hora inteira. O coitado não deve ter entendido nada naquele momento.

No palco, minhas melhores performances, as mais elogiadas, eram justamente as que eu fingia dançar para ele. Imaginava Patrick com seu violino, guitarra ou violoncelo, tocando, devorando-me com os olhos, enquanto ficava nas pontas de meus pés e deslizava no tablado. Quatro anos, e eu não o havia superado. E duvidava que superaria.

Minha mãe havia dito que, sim, éramos jovens e esqueceríamos um do outro em algum momento. Foi a última coisa que tinha dito antes de eu cortar relações com ela e nunca mais voltar. Além de achar que minha própria progenitora tinha algo a ver com a partida de Patrick, ela casou-se com Parker King, e estar perto dela seria conviver, mesmo que um pouco, com King. E, embora fosse algo que tivesse passado pela minha cabeça logo que Patrick me abandonou, percebi que, se ele não me queria, estar perto só me machucaria mais.

A sua aparição em minha formatura no mês passado plantou sentimentos de esperança e confusão em mim. E, por alguns dias, voltei ao fundo do poço, entregando-me à raiva que sentia.

Em alguns momentos, até pensei que tive uma alucinação naquele dia, em outros, convenci-me de que fora exatamente isso, para não sofrer ainda mais. Não havia motivos para King aparecer, não depois de tantos anos longe, sem nenhuma palavra.

Dando uma última olhada no espelho, algo realmente faltava em meu visual. O vestido e sapatilhas me faziam parecer uma menina bonita, cheia de vida... até atraente. Passei meus dedos delicadamente em meu colo, onde a corrente de ouro costumava descansar. Nunca saía de meu pescoço. Por algum motivo idiota, senti necessidade de procurá-la e usá-la, foi o que fiz. Encontrei dentro da carta dele, ignorei o papel e peguei a joia, analisando-a por um longo momento antes de, finalmente, colocá-la em meu pescoço. A rajada de vívidas memórias de como nos conhecemos, nos beijamos, transamos, rimos e tudo mais, assolou a minha mente com tanta violência que me senti nauseada.

Respirei fundo, estabilizando-me antes de sair de casa.

Eu diria um "não" educadamente à Juilliard e seguiria com a minha vida aqui em Londres. Talvez, em algum momento, conheceria alguém que arrebataria o meu coração, tirando Patrick King para sempre da minha alma.

O clima estava perfeito. O Saint James Park brilhava graças ao belo espelho d'água que o decorava. O gramado era de um verde esmeralda perfeito, limpo e aparado. Como um tapete de veludo e, por um momento, quis tirar as minhas sapatilhas e apenas caminhar, fundir-me à beleza daquele lugar e esquecer-me do encontro de negócios. O café onde eu deveria encontrar o representante da reitoria não era muito longe dali, e eu estava um pouco adiantada, então me permiti andar vagarosamente, respirando o ar fresco da primavera e analisando os pequenos esquilos correrem despreocupadamente entre os turistas que visitavam o parque, ou o atravessavam para chegar até a residência da família real britânica, o Palácio de Buckingham.

Esperava que os turistas não se decepcionassem tanto quanto eu quando conheci o ponto turístico mais procurado de Londres. O palácio era até legal, mas a quantidade de cocô de cavalo e a forma nada robusta me fizeram perder um pouco o encanto ao ver o local, talvez o fato de passar por um lugar tão belo quanto o Saint James Park, tivesse me frustrado um pouco, pois o lar da Rainha Elizabeth se mostrou bem *meh* para mim.

Não sabia.

Mas aquele parque, porém, era um refúgio para mim. Amava passear por ele.

Quando finalmente cheguei ao Café Real, solicitei uma mesa, um suco de limão e uma Sprite gelada. Gostava de misturar os dois. Conheci aquela mistura em uma festa que havia ido com Foley, claro que o drinque que me apresentaram continha álcool, apenas adaptei para que pudesse beber sempre que quisesse, sem ficar com bafo de vodca na cara das pessoas.

Enquanto aguardava meu drinque e pela pessoa que encontraria, saquei meu celular da bolsa e abri para ver se havia alguma mensagem para mim. Coincidentemente, uma mensagem da Sra. Ottawa chegou naquele momento.

"Já está no café?"

Respondi sucintamente: "Sim".

Alguns minutos depois uma nova mensagem chegou, com um link anexado.

"Ótimo, talvez eu vá me arrepender disso, mas, agora, assista a esse vídeo e tente abrir o seu coração, querida. Espero vê-la novamente antes de partir..."

Do que ela estava falando?

Cliquei no link, percebendo que era do Youtube, e aguardei, enquanto o vídeo carregava por alguns segundos.

Assim que iniciou, senti meu coração doer. Era Patrick. Com a guitarra que dei a ele a postos. Ele iria tocá-la? Mas ela era horrível!

"Olá, eu sou King e essa música fiz para a mesma garota de sempre."

O vídeo então ficou em preto e branco enquanto ele falava, como se fosse um erro de edição:

"Eu sei, eu sei... Sempre faço música para a mesma garota... Desculpem-me... Ela é a minha musa e sempre será. E para quem reclamar que eu estou tocando com uma guitarra ruim: foda-se, ela é uma merda, mas é a melhor guitarra do mundo inteiro. Foi a minha princesa que me deu."

Coloquei a mão na boca e procurei pela data do vídeo. Precisava saber de quando era aquilo, talvez fosse de anos atrás, mas assim que a música começou, sabia que era recente.

*Depois de tanto tempo,*
*Você continua brilhando,*
*Hipnotizando com suas sapatilhas.*
*Aquelas que usou para me fascinar,*
*Aquelas que sempre usa para ser feliz.*

*O palco continua sendo o seu lar,*
*As sapatilhas o seu escudo.*
*Em minhas composições,*
*O seu pranto eu escuto.*

*Dias passaram,*
*Meses se tornaram anos.*
*Machuquei seu coração.*
*Mas, eu juro, princesa,*
*Não ignorei o seu pranto.*

*Eu só queria proteger,*
*Proteger os seus pés,*
*A dança e o seu sonho.*
*Só queria que você fosse*
*O que nasceu para ser.*

*Dias passaram,*
*Meses se tornaram anos.*
*Machuquei seu coração.*
*Mas, eu juro, princesa,*
*Não ignorei o seu pranto.*

*Eu estava lá,*
*Aplaudindo o seu sucesso.*
*Garota, eu jamais esqueceria.*
*No palco ou em cima do meu carro,*
*Você sempre foi a melhor bailarina.*

*Dias passaram,*
*Meses se tornaram anos.*
*Machuquei seu coração.*
*Mas, eu juro, princesa,*
*Não ignorei o seu pranto.*

Eu não estava maluca. Era ele. King estivera na minha formatura. Me viu dançar... A música falava sobre anos, de olhos fechados, apertados, o cara que pegou o meu coração e nunca mais o devolveu, derramava palavras sobre eu ser a melhor bailarina, sobre proteção.

O que aquilo tudo queria dizer?

Por que tanto anos se passaram para que ele pudesse dizer aquilo?

Qual era o motivo de não ter dito tudo aquilo pessoalmente?

– Por que, Patrick? Por quê? – perguntei baixinho, fungando em cima da tela do telefone, enquanto ele terminava a sua canção.

– Se me deixar sentar, vou explicar cada uma das suas perguntas, princesa.

Meu corpo inteiro respondeu à sua voz. Ficou gelado e dormente ao mesmo tempo. Minha cabeça girou e minha boca ficou seca enquanto eu o olhava. Lágrimas pesadas caíram, deixando a minha visão menos turva e Patrick mais nítido.

— Patrick... — sussurrei, levantando-me e ficando de frente para ele.

Meu corpo inteiro tremia.

— Oi, Julie...

— O que está fazendo aqui?

Parecia um sonho, para ser honesta.

Seu sorriso estava tristonho ao me analisar. Ele estava tão lindo como antes, ou mais. A maturidade realmente havia feito bem para ele, contudo era o mesmo King de anos atrás, tirando o meu ar.

E aquilo era extremamente perigoso.

— Você está branca... — constatou.

— Eu... — Não conseguia nem sequer formular uma palavra.

Os sentimentos de alegria por revê-lo se misturavam com a revolta por ter sido deixada definhando com um coração partido por tanto tempo.

— Sente-se, princesa, vou...

De repente, aquele lugar começou a ficar pequeno demais, quente e abafado em demasia. Precisava sair dali. Respirar.

— Preciso sair daqui... — disse, sentindo-me sufocada, zonza.

Sem saber como, cheguei na rua. Caminhei em direção ao lago no meio do parque e fiquei lá, tentando respirar, sair daquela nuvem desesperada em que me encontrava. Procurando juntar as informações de tudo aquilo.

Patrick estava lá.

Não foi uma alucinação. Ele, ali, na minha frente.

De repente, o desespero voltou a me bater quando percebi que corri e o deixei para trás. Ainda precisava de respostas, saber os motivos por ter sido abandonada. Se tudo naquela música era verdade, Patrick não havia me esquecido.

Então, por quê?

Virei-me imediatamente para voltar ao café, mas não precisei dar nenhum passo. King estava na minha frente, segurando minha bolsa, parado no meio da minha paisagem favorita. O sorriso que costumava tirar meu fôlego não apareceu, apenas um olhar desolado, cansado. No mais, era o mesmo garoto. Mais maduro. Diferente em tantos aspectos.

Mas ainda o garoto que havia tomado o meu fôlego para ele.

— O que está fazendo aqui, Patrick? — questionei.

Em meio a um engasgo, as lágrimas passaram a cair sem parar, os soluços passaram a machucar meu peito e garganta.

— Por que demorou tanto tempo para voltar?

— Se deixar, vou explicar tudo, Julienne.

Aproximou-se, caminhando pacientemente e ficando apenas alguns centímetros de mim.

— Deixe-me explicar, por favor.

Queria gritar palavras de ódio para ele. Dizer para ficar longe de mim e morrer!

Entretanto, mesmo revoltada, sofria por amor todos aqueles anos. Só sofria porque sabia que ele era o meu primeiro e talvez último amor. Para a vida inteira. Pensei em sair desgovernada, buscar por ele, exigir que dissesse na minha cara que não me queria mais, contudo respeitei a sua vontade de partir e me deixar. Procurei explicações em minha mente, mas também me convenci de que, se era a sua vontade, não deveria me impor.

Também não imploraria.

Quatro anos depois ele estava ali, na minha frente tentando me dar a resposta que eu precisava. Quem sabe aquele não era o meu fechamento? O que eu precisava para finalmente seguir em frente e abrir meu coração para uma vida nova, com outro alguém?

Quem sabe?

Naquele momento, só pensava em algo, e foi o que fiz. Sem aviso ou pensar demais, corri para ele e me joguei em seus braços. Patrick me aceitou e me apertou em seu calor, protegendo-me da dor que ele mesmo havia causado, dando-me acalento e carinho.

Foi como respirar novamente.

— Oh, Julie! — gemeu e fungou.

Logo senti que estava tremendo e soluçando. Chorando junto comigo.

King pediu licença e caminhou vagarosamente para dentro do apartamento. Quase revirei os olhos para a sua polidez. Na verdade, não sabíamos como reagir a toda essa nova situação entre nós.

Andamos em direção à pequena sala, onde apontei o sofá para ele.

— Fique à vontade.

— Está sozinha? — questionou, olhando em volta.

— Moro sozinha, Patrick.

Algo brilhou em seus olhos, porém nada disse. Sentou-se, colocando os seus cotovelos sobre as pernas, juntou as mãos e apoiou o queixo nelas, fitou-me por um longo momento, parecia tentar ler os meus pensamentos.

— Tudo sobre o dia de hoje está me surpreendendo, para falar a verdade. Esperava que você fosse gritar comigo. Que me mandasse embora...

— Passei anos sofrendo sem saber os motivos para você ter ido embora, Patrick — falei e sentei na pequena poltrona de leitura, quase de frente para ele. — Inventando situações que fizessem com que você partisse, tentando me convencer de que a sua partida foi porque o que sentíamos era coisa de pessoas jovens e imaturas que supervalorizaram o amor...

— Sua mãe disse isso a você também, é? — O tom sarcástico em sua voz não fazia justiça ao fogo irradiando nos seus olhos ao falar de Esther.

— Espera? — Meu tom de voz se alterou e podia ser ouvido ecoando pelas paredes. — Você deu ouvidos à megera da minha mãe, Patrick? Não posso acreditar nisso...

— Você também deu ouvidos a ela, acabou de citar uma de suas frases.

— Só pensei que ela estava certa depois que você sumiu. Antes disso, nem dei atenção para o que ela falava e jamais te deixaria por causa disso...

— Não gosto do jeito que sua mãe se comporta e conversa com as pessoas, mas ela não estava totalmente errada, Julie.

Olhei para a sua imagem derrotada, a forma como ele parecia cansado em minha frente.

— Me diga, então — pedi, tentando me acalmar. — O que te fez partir e me deixar apenas uma carta, Patrick? Por que você me machucou daquela forma?

— Para não te machucar de uma forma muito pior e irreversível... — A voz estava tomada por dor e ressentimento. — Eu não tinha ideia que você ficaria tanto tempo em coma, se soubesse teria ficado um pouco mais ao seu lado antes de...

— Antes de me abandonar?

Queria ser compreensiva, mas também não era de ferro. Passei por várias fases quando fui deixada, e cada uma delas estava sendo revivida em mim, naquele momento...

— Antes de ser preso.

Fechei meus olhos. Como se diante de mim estivesse passando um filme de terror e eu não quisesse saber o que aconteceria a seguir. Precisava ser corajosa, então questionei:

— O que disse?

— Fui preso. Dois anos encarcerado por atividade ilícita.

# TRINTA E UM

## JULIE

Ele me contou tudo, enquanto eu andava de um lado a outro como um animal enjaulado. Querendo sair.

— Meu pai contratou um advogado realmente muito bom, era jovem, mas astuto, e conseguiu um acordo. Se eu me entregasse e assumisse que tudo era controlado por mim, pegaria quatro anos. Sendo réu primário e estando disposto a cooperar, Simon Hartnett conseguiu reduzir a sentença para três anos. Dois em regime fechado, um cumprindo trabalho voluntário em uma escola de música no Queens. Faz um ano que cumpri a minha dívida com a sociedade.

— Você assumiu tudo sozinho? — questionei, surpresa.

— Era o único jeito de proteger você, mesmo internada, seria processada — sussurrou. Ele parecia tão triste relembrando tudo aquilo. — E havia Milan também... Se houvesse uma investigação, ele estaria atrás das grades, ele cuidava do dinheiro. Foi uma sorte ele não ter ido aquela noite.

— Não sei o que dizer, Patrick...

— Queria evitar que você estragasse a sua vida e carreira, assim como queria evitar que Milan tivesse a vida dele destruída também...

— Você podia ter me contado! — exclamei, parando na sua frente.

Um suspiro alto escapou dele.

— Sério? E você aceitaria e teria me deixado seguir com o plano? Meu pai gastou um valor exorbitante para que seu nome não fosse relacionado a tudo isso nos jornais. Para que ninguém, algum dia, pudesse usar esse esqueleto do seu armário para te prejudicar. E foi a minha culpa você ter entrado no carro naquela noite...

Não aguentei, corri para seus braços, aconchegando-me em seu peito. King havia feito de tudo para não atrapalhar minha vida e carreira. Eu tentava ficar revoltada com a situação, mas cheguei à conclusão de que se ficássemos ali, tentando eleger um culpado e discutindo por satisfações, não chegaríamos a lugar algum.

King se sacrificou para me proteger. Ele estava certo, eu não o deixaria ter seguido adiante com o plano, mesmo que isso estragasse minhas chances de ter uma carreira. Teria jogado meu sonho fora por ele, assim como ele tinha jogado o dele por mim.

Patrick me atualizou de tudo que havia acontecido nesse tempo.

Do esforço de Sloan ao evitar ter contato comigo para que eu não descobrisse a verdade e interferisse. Com certeza ela era uma das primeiras que não queria que eu perdesse minha carreira. Não foi difícil imaginá-la concordando com o plano. Contou também de que ela ainda não tinha batizado Riley na esperança de que eu voltasse, não só para a América, mas para nossa amizade, e que pudesse ser madrinha.

Meu coração doeu.

Sloan casou com Milan e tiveram um bebê. Continuaram juntos, construíram uma vida a dois.

Ele contou também que, depois que saiu da prisão, quando toda a situação havia acabado, criou um canal no Youtube, na esperança de que eu visse e soubesse como ele se sentia.

— Não vi...

Foi então que algo me bateu. Saltei da poltrona novamente, dando-me conta de algo ainda pior.

— Você teve dois anos e nunca apareceu? Poderíamos ter tido essa conversa mais cedo e...

— Eu vim... — interrompeu o meu surto.

Parei de gesticular e fiquei paralisada.

— Veio?

— Sim! — afirmou. — Assim que saí da prisão. Não foi fácil conseguir essa autorização de viagem. Havia uma passagem comprada, o comprometimento de que eu voltaria para os EUA depois de um final de semana, para terminar de cumprir a minha pena, vim para Londres, mas vi você com outra pessoa.

— Foley... — sussurrei, colocando a mão em meu peito por reflexo.

Parecia que meu coração saltaria para fora de mim.

— É esse o nome dele? — King questionou, triste, seus olhos se encheram de lágrima.

— Me viu com ele e partiu?

Tentei controlar minhas lágrimas, percebendo o quanto nos desencontramos.

— Você parecia bem — justificou. — Parecia que havia seguido em frente.

Pela primeira vez, ele se levantou. Cresceu diante de mim, obrigando-me elevar o meu pescoço, como sempre fazíamos. Sempre precisava olhar para cima, ficar na ponta dos meus pés para beijá-lo, ou apenas deixá-lo me pegar em seus braços para nivelarmos nossos olhares e lábios. King continuava enorme, fazendo-me sentir pequena, mas de uma forma boa. Pequena para ser protegida, para caber dentro do seu abraço, ter o seu corpo cobrindo o meu por inteiro.

Pequena para ser dele. Apenas dele.

Com as mãos trêmulas e incertas, encostei em seu peito. Seus olhos se fecharam imediatamente e, seu queixo, sempre tão duro, quadrado e perfeito, tremeu. Sua respiração saiu entrecortada, quase como um soluço.

Meu toque o machucou?

Comecei a desencostar dele, porém suas grandes mãos rapidamente se sobrepuseram às minhas. Seus olhos se abriram, demonstrando mais emoção do que eu jamais havia presenciado neles antes.

Criando coragem e externando o que esteve por anos em meu coração, finalmente disse:

— Eu tentei seguir... — engoli em seco por um momento — em frente, mas não consegui, Patrick.

Lágrimas turvaram minha visão e pisquei rapidamente, tentando voltar a enxergar a sua beleza.

— Nunca deixei de ser sua, Pat. Nunca!

— Oh, meu Deus, princesa! — exclamou, emocionado e prontamente me pegando em seus braços.

Nossas bocas se tocaram e foi como se o mundo voltasse a girar. Fomos tímidos, talvez até medrosos, o tempo que tínhamos ficado separados nos deixou daquela forma, porém não demorou muito para que a familiaridade se tornasse completa entre nós. A língua dele pediu entrada, brincou com os meus lábios e, quando finalmente encontrou a minha, suspiros escaparam, ecoando pelo espaço, transformando-se em música.

Tornando-se momentaneamente a trilha sonora do nosso reencontro.

Minhas mãos acariciaram o seu pescoço, subiram para os seus cabelos, enquanto as suas seguravam-me pela cintura. Começamos a ficar ofegantes, mas de jeito nenhum nos soltaríamos, era muito cedo para separar o que levou uma eternidade para juntar. Contudo, em algum momento, precisaríamos de mais. E, quando o momento chegou, indiquei a porta do meu quarto para ele.

Patrick me olhou, reticente por um momento, mas meu olhar firme e certeiro, provavelmente cheio de desejo também, deu-lhe a certeza de como aquela noite terminaria.

Será que ele se sentia diferente? O meu toque havia mudado para ele? A sensação de nossas peles juntas ainda causava o mesmo frenesi?

Em mim, sim.

Senti assim que nossas roupas estavam fora de nossos corpos e apenas nos abraçamos. Pele contra pele.

— Caralho! — exclamou alto, e foi como se eu voltasse no tempo.

Senti meu rosto quase se partir ao meio tamanho era o meu sorriso ao ouvi-lo dizer aquilo, exatamente como era o meu King.

Aquele Patrick parecia mais experiente, sisudo até. Ele havia passado por dores e pesadelos que eu nem sequer poderia começar a imaginar.

Entretanto meu garoto, aquele que, na primeira vez que conseguiu dizer algo a mim foi para constatar que eu queria ser fodida contra uma parede, ainda estava lá. Sequer conseguia mensurar o que estava sentindo, pois fazia muito tempo que havia me conformado com o fato de que não estaria mais em seus braços.

Podia sentir seu membro rígido contra a minha barriga, continuávamos alisando nossos corpos, mas nenhum tinha coragem de soltar o abraço apertado compartilhado ali. Suas mãos desceram pelas minhas costas, enquanto nossos lábios partilhavam beijos doces e demorados, não seria sobre sexo alucinante. Não! Seria sobre devoção e saudade, amor e carinho absolutos.

Patrick me pegou em seus braços e deitou-me, delicadamente, na cama, esperei que ele estivesse em cima de mim logo em seguida, mas não. Ele analisou-me, como havia feito tantas outras vezes.

— Você mudou. Mas continua igual. Como é possível?

Sem saber o que lhe responder, apenas sorri. Não precisei me mover muito para pegar um preservativo na gaveta da mesa de cabeceira ao lado da cama. Assim que meus dedos alcançaram a embalagem, entreguei a ele, que colocou a camisinha rapidamente. Só então ele cobriu meu corpo com o seu e largou seu peso.

— Nunca deixei de pensar em você, princesa — confidenciou, seus olhos fixos nos meus, sem piscar. — De desejar que as coisas fossem diferentes. — Deu um beijo delicado na ponta do meu nariz e, sem aviso, deslizou para dentro de mim. — Jamais deixei de amá-la, baby.

Ele estava invadindo mais do que meu corpo naquele momento, King recuperava a minha alma. Tomava de volta tudo que um dia fora dele.

Que havia lhe entregado.

— Nunca deixei de amá-lo, mesmo quando não sabia o que havia acontecido e odiei você. Ainda te amava.

Suspirei, deixando que seus movimentos lentos levassem a coerência para longe da minha mente. Senti-lo era como um sonho, quase como um milagre.

Sonhei tantas vezes em tê-lo novamente, e agora ele estava ali, dando-me prazer e alívio para a dor que tinha carregado por anos.

Nossos movimentos ficaram rítmicos, os beijos mais sensuais e nossos sexos mais exigentes à medida que nossos corpos matavam a saudade.

— Baby, faz tanto tempo... não vou aguentar muito mais — sussurrou, quase pude ouvir uma ponta de vergonha em sua voz. — Seu corpo continua tão perfeito, delicioso, suave... Deus! Como senti a sua falta, Julienne. Não sei como sobrevivi.

Patrick me encarou, cheio de emoção, seu movimento ficou mais intenso, minhas pernas se abriram ainda mais e minhas mãos forçaram sua lombar, buscando mais fricção entre nossas intimidades. Não muito depois, gememos baixinho, como se quiséssemos evitar que alguém ouvisse o que era apenas para nós dois apreciarmos. Extasiados e egoístas. Nosso reencontro pertencia apenas a nós dois.

Não dormi por muitas horas, pensando em todas as informações que tinha recebido de uma única vez.

Principalmente em relação ao pai de Pat. O senhor King não parecia mais tão babaca agora que sabia de toda a história do quanto ele tinha ajudado e se importado com Patrick.

Foi inevitável pegar no sono em um determinado momento.

Quando abri os olhos, ele continuava lá, analisando-me metodicamente.

— Ei! — exclamei, arrastando-me e diminuindo o pouco espaço que havia entre nós.

Beijei seu peito e cheirei a sua pele como uma maluca. Ele percebeu o que eu fazia, é claro, pois seu peito balançou com uma risada muda.

— Não me julgue, acordei e você estava me encarando.

— Culpado.

Senti seus lábios em minha cabeça, beijando-me carinhosamente.

— Faz muito tempo que você acordou?

— Não cheguei a dormir.

Levantei a cabeça para poder ver o seu rosto. Senti meu cenho franzido enquanto o encarava.

— Não?

Seu rosto mudou, ficou mais sério.

— Passei anos sonhando em ter você em meus braços e em estar nos seus também — falou e deu de ombros. — Acho que fiquei com medo de dormir e, quando acordasse, perceber que era só um sonho. Me mataria se fosse.

— Estou bem aqui, baby — disse baixinho e beijei seus lábios delicadamente. — Estou aqui...

O silêncio prevaleceu por um tempo, aproveitamos um ao outro até que seu telefone tocou.

— Ei, pai! — saudou.

Era tão diferente vê-lo daquela forma com Parker King. Patrick sempre fora duro e frio com o homem que lhe colocara no mundo, entretanto a barba por fazer, os ombros mais largos, ou mesmo o corpo mais robusto não eram o que me fazia ver a maturidade nele.

— Sim... — Sorriu largamente e me olhou. — Estou com ela. Sim, liguei ontem para saber como estava, Nessie disse que você havia dormido. Estarei aí para a consulta médica de qualquer forma...

Parker falava sem parar do outro lado da linha, mas eu não conseguia identificar muito bem o que era.

— Sei que pode fazer o exame sem mim, só não quero que faça, pai... Certo. De qualquer forma, minha passagem está programada para daqui algumas horas... Certo. Você também... Até...

Ao desligar, ele me fitou.

Não era justo. Ninguém estava preparado para falar sobre aquilo ainda. Eu mesma não queria parecer egoísta e uma megera como a minha mãe era, todavia tudo o que conseguia pensar era que precisávamos enfrentar e falar sobre nós.

Promessas de que o que tínhamos era para sempre foram feitas. Porém, à luz do dia, e com apenas uma ligação, precisaríamos trazer à tona tudo mais cedo. Fomos ingênuos ao pensar que tudo estaria bem tão rapidamente. A saudade, o fato de estarmos juntos depois de tanto tempo, sublimou o que nos esperava no mundo real. Não éramos mais crianças e fomos com sede ao pote quando nos entregamos ao desejo para suprimir a dor da distância. Agora, estávamos lá, prontos para termos nossos corações dilacerados novamente.

Eu não estava preparada.

— Como seu pai está? — consegui perguntar primeiro

Foi uma vitória, pois tudo o que minha mente gritava era: não me deixe novamente.

Era irracional, é claro.

O medo, porém, nos deixava daquela forma. Passei anos sofrendo por aquele homem.

— Ele está bem, tem apenas alguns exames. Geralmente eu o acompanho nas consultas.

— Você vai partir em algumas horas? — questionei, calma.

— Eu... hum... preciso.

— Os exames...

— Esses exames são importantes, dirão sobre a progressão ou regressão do câncer, vai dizer se teremos mais... tempo. Além disso, tenho uma reunião com uma gravadora também...

— Ok... — Respirei fundo. — Então é melhor você ir...

— Desculpe, baby... Quando me aproximei de você no parque...

— Quando minha professora mentiu que eu teria uma reunião com a reitoria de Juilliard? — tentei brincar, mas não sabia realmente o motivo de estar fazendo aquilo, não era hora para piadinhas.

Eu estava com raiva! Raiva e também remorso de estar sentindo aquilo.

— É...

Ele sentou-se na cama de forma mais ereta e coçou a cabeça.

— Pensei que levaria mais tempo para nos acertar... Dias implorando o seu perdão...

— Então resolveu que faria ponte aérea?

O medo estava se transformando em raiva irracional. Por quê?

— Baby...

— Não quero e nem vou me impor, Patrick. Não entre você e seu pai. Não neste momento.

— Julie... — Pegou a minha mão e puxou-me para ele. — Não é disso que se trata, apenas temos que fazer arranjos, mas eu não vou...

Suspirei e senti o meu peito tremer no processo.

—Acho que talvez...

Tirei a minha mão da sua e me levantei da cama.

Meus sentimentos estavam confusos, principalmente pelo medo de ficar separada dele. Pela culpa de que parte minha fosse tão egoísta também.

Precisava pensar com coerência.

— Julienne...

— Deveríamos ter conversado e não nos jogado na cama em primeiro lugar...

— Eu sei...

— Eu só... Você está na minha vida há menos de vinte e quatro horas e já está partindo novamente. Estou realmente feliz por você ter um relacionamento com o seu pai e juro que entendo toda a magnitude do que vocês estão passando, mas parte minha está com medo.

Respirei fundo, tentando conter a minha vontade de chorar.

— Eu vou voltar...

Não permiti que ele continuasse, deixei-o na cozinha e fui para quarto trocar de roupa.

Respirei fundo, repetindo para mim mesma que o medo não me dominaria.

*Eu vou voltar...*

Quando saí do quarto o encarei.

— Que horas é o seu voo?

King parecia desesperado também, assim como eu. O que provava que precisávamos colocar nossas cabeças para pensar.

— Quanto tempo temos até o seu voo, Patrick? — tornei a perguntar.

— Três horas... Julienne, sinto muito, não imaginei que...

— Que eu o perdoaria tão rápido? — Sorri, triste. — Temos pouco tempo — disse, sem conseguir esconder a tristeza em minha voz, porém também não queria discutir. — Quando você pode voltar?

— Pare de agir como se tudo isso não estivesse machucando você, Julie.

Fiquei nas pontas dos pés, como eu costumava fazer, e peguei seu rosto, fazendo-o me encarar.

— Olhe para mim, Patrick — pedi. — Acha mesmo que não estou machucada? Estou sofrendo com tudo isso, mas é uma situação complicada agora.

— Sinto muito...

— Seu pai precisa de você, Patrick.

— Eu deveria ter esperado mais uma semana... assim teríamos tempo, sempre faço burrada...

Puxei seu rosto para o meu e o beijei.

— Prometa que voltará para mim. Por favor... prometa.

— Eu vou, baby.

— Quer vir ao aeroporto comigo? Provavelmente ficarei aguardando um tempo antes de passar pela imigração — indagou, parado na porta.

— Acho melhor nos falarmos quando você voltar. Eu... *não vou conseguir ver você partir.* Mande lembranças ao seu pai, está bem?

— Assim que chegar, ligo para você — prometeu e beijou-me uma vez mais.

Parecia tão chateado quanto eu enquanto arrumava a mochila nas costas.

— Estarei esperando...

Um sorriso a mais, um beijo doloroso e ele me deixou na porta, andando até o elevador. Fechei-a, não querendo vê-lo partir, e me encostei nela.

Meus olhos se fecharam e uma lágrima escorreu.

Doía, tinha acabado de tê-lo em meus braços e então ele estava indo embora. Nos veríamos em breve, é claro... Entretanto era exatamente aquilo que estava me incomodando.

Eu não queria vê-lo em breve, tampouco esperar por ele. Onde eu estava com a cabeça em deixá-lo partir sem mim.

Ou melhor...

Onde aquele idiota estava com a cabeça quando não me pediu para...

Batidas furiosas na porta fizeram-me pular, assustada. Abri rapidamente e dei de cara com ele.

O sorriso sacana estava lá...

A sobrancelha levantada também.

— Pegue seu passaporte, princesa xereta. Você vai vir comigo.

# TRINTA E DOIS

## JULIE

— Se você não parar quieta, seu cabelo vai ficar todo errado — Sloan reclamou, enquanto firmava meus ombros para me manter na cadeira.

— Estou nervosa! — exclamei em minha defesa. — Diga a ela, Riley! Diga! — pedi ao menininho maravilhoso brincando em meus braços.

Ele era tão... tão lindo.

Quando King e eu desembarcamos em Nova Iorque, Sloan, Milan e o pequeno Riley estavam lá, aguardando por nós. Patrick havia ligado para o melhor amigo e dito algo como: “Avise a sua esposa que ela pode parar de ser vadia comigo, Julie está voltando para casa”.

Eu estava tão feliz quanto ele, mas me perguntava se realmente estava voltando para casa. Se *algum dia* tive uma casa. Tudo ainda estava confuso, decidi que nada entraria em nosso caminho. Não agora que tínhamos nos reencontrado.

Sloan parecia com medo quando me aproximei dela no desembarque internacional. Seus olhos tinham lágrimas e o sorriso era medroso, discreto, como se não soubesse se estava ou não autorizada a sorrir para mim, me abraçar ou me estender a mão. Estava confusa se podia ao menos ficar feliz em me ver.

Chorei ao abraçá-la e dispensei as suas desculpas. Um laço se formou entre nós muito rapidamente, éramos duas meninas sofrendo com a pressão de serem as melhores, de nos provarmos o tempo todo, nós nos protegemos da solidão naqueles meses. Foi Sloan quem me levou até King, e conhecendo-o, entreguei meu coração de bandeja para ele.

E por muitos anos eu a odiei por isso.

Mas soube da verdade. Todos tinham me protegido e, se eu perdoei Patrick, não havia motivos para guardar rancor de Sloan.

O alívio que senti ao perdoá-los era tão grande que foi como se voltasse a respirar. Aproveitamos as horas seguintes para colocarmos as fofocas em dia, até que King me reivindicou, dizendo que não tinha acabado com a saudade que sentia de mim.

— Mesmo sabendo que tudo será lindo, entendo o seu nervosismo — respondeu, enfiando mais um grampo entre as mechas dos meus cabelos.

— Obrigada, Slow... — declarei, olhando-me no espelho.

A maquiagem era bonita e marcante, deixando-me com uma aparência exuberante. Minha atenção rapidamente foi para o pequeno Riley, todo engravatado. Nem falava e parecia um homenzinho em seu smoking feito sob medida.

— Obrigada por me ajudar e por fazer deste momento algo realmente especial. — Levantei o menino em meus braços para dar ênfase no que eu dizia. — Você realmente pensou em tudo. Olhe para esse pequeno homenzinho em meu colo.

— Você merece... É o seu momento — Ela saiu de trás de mim, e parou ao meu lado. — Está pronto... — Levantei-me, dei o pequenino para que ela o pegasse e arrumei a seda do meu vestido branco perolado. — Você está linda! — exclamou, emocionada. — E como disse: é o seu momento! Quebre a perna!

*O meu momento...*

Para ser honesta, tive vários momentos *meus* desde que voltei para Nova Iorque há pouco mais de quatro meses.

A primeira coisa que Patrick e eu fizemos foi ver seu pai. Parker King nos recebeu com um grande sorriso, sua máscara de oxigênio estava fora do rosto e os braços abertos.

— *Agora, essa é uma imagem que sonhei ver por muitos anos, crianças!* — disse ele de forma reverente.

Conversamos e dissemos o quanto sentíamos muito pelas atitudes egoístas de minha mãe interesseira, confidenciamos o nosso alívio por nenhum de nós sabermos quaisquer informações sobre ela depois que o divórcio foi assinado. Com o dinheiro que ganhou, deve ter sumido no mundo. Afinal, a única coisa que a prendia aqui era eu, sua filha, a quem ela não veria mais. Estava cansada de suas manipulações e me sentia melhor longe de sua língua venenosa, que causava problemas e nervosismo em minha vida.

Eu até pensava que era triste não ter uma relação com ela, entretanto, com o passar do tempo, entendi que era melhor daquela forma. Parker concordou comigo e pude ver que não havia sentimentos por Esther Walker ali, o Sr. King estava focado. Tinha coisas mais importantes para dar a sua atenção. Nós o acompanhamos em sua consulta e tivemos a boa notícia de que o câncer havia desacelerado, um pouco, tínhamos mais tempo. *Pat* teria mais tempo com o seu pai.

Mais tempo para ser preenchido.

Aquele dia foi exaustivo, emocional e fisicamente, para todos nós, mas estávamos felizes e, após deixarmos Parker em sua casa, fomos para o apartamento de Patrick.

Meu coração ainda pulava de emoção quando me lembrava das suas palavras após ouvir a porta se fechar atrás dele.

*— Fique! — implorou.*

*Virei imediatamente para encará-lo.*

*— Fique... mas se não quiser, me deixe ir com você...*

*— Patrick...*

*— Por favor, não diga que é cedo — interrompeu, levantou suas mãos, mantendo as palmas em minha direção e balançando-as vagarosamente, como se estivesse lidando com um animal acuado —, esperei por tanto tempo que sinto... Tenho absoluta certeza de que já esperamos demais.*

*Ele engoliu em seco e respirou fundo, dando mais um passo em minha direção.*

*— Eu imploro, princesa, fique. Mas se não quiser... me deixe ir com você.*

*Meu coração mal cabia dentro de mim, ouvindo suas palavras.*

*— Você não precisa me seguir, King.*

*Minhas mãos emolduraram o seu rosto, analisei-o com atenção. Tão lindo, másculo... quase como uma pintura. Beirava a perfeição.*

*Por um segundo, me perguntei se era um sonho.*

*Não era. Por uma questão de fato, aquela era a minha realidade, bem ali, para eu pegar e vivê-la.*

*— Então vai ficar? Comigo?*

*Aquela pergunta nem parecia sair dos maravilhosos e sedutores lábios do Patrick que eu conheci. Todo metido e autoconfiante. Ele parecia um menino perdido e cheio de medo.*

*Porém aquele medo todo era desnecessário. Eu era dele.*

*— Só se você prometer aposentar a guitarra horrível que dei a você e tocar um instrumento decente — brinquei, fazendo-o me presentear com um sorriso doce e aliviado.*

*— Eu te amo, Julienne, tanto...*

Acontece que eu realmente tinha uma reunião marcada com a Juilliard para o fatídico dia em que reencontrei Patrick. Ele me contou como Tamisha o dissuadiu de falar comigo naquele dia. Senti um pouco, ou muita, raiva dela por aquilo. Porém ela se redimiu. Quando Patrick começou a perturbá-la para que ela lhe desse o meu endereço, ele contou a história toda para ela e, finalmente, minha mentora cedeu. Entretanto disse que seria a minha decisão deixá-lo entrar em minha casa, por isso, ela desmarcou a reunião e colocou King para me encontrar naquele dia.

Quando a agradeci, ela apenas respondeu: "Continue dançando e brilhando, menina. O mundo é seu. Mas seja feliz também, de nada adianta ter o mundo aos seus pés e dor no seu coração".

Então, sim!

Os últimos meses foram uma loucura. Busquei minhas coisas em Londres, devolvi o apartamento, aceitei meu cargo em Juilliard e ocupei o lado esquerdo do *closet* de Patrick. Não falamos em morarmos juntos ou do futuro. Simplesmente entramos em seu apartamento, andamos com minhas malas até o seu quarto, Patrick abriu o *closet*, tirou suas roupas de um lado e apontou para que eu colocasse as minhas.

E estávamos levando as coisas da forma que sabíamos desde que nos conhecemos. Nada devagar e muito apaixonadas.

Era certo? Errado?

Citando meu namorado: foda-se!

Ninguém ligava. Só queríamos ficar juntos.

E estávamos.

— Com licença, senhorita Walker? — A voz masculina tirou-me das lembranças. — Pronta?

Assenti com determinação e respirei fundo. Comecei a segui-lo, respirando fundo. Tinha mais quinze minutos antes de estar diante de todos no palco. Não era um teste, nem um grande espetáculo.

Uma apresentação de boas-vindas.

Uma apresentação *minha*, para as *minhas* boas-vindas. Meu rito de entrada para o corpo de balé profissional de Juilliard.

Como primeira bailarina.

Alonguei meus tornozelos e bati as pontas das sapatilhas três vezes cada uma. Apertei o pingente em meu pescoço, perguntando-me onde Pat estaria. Pensei que ele daria uma escapada para me desejar boa sorte...

— Senhoras e senhores, recebam agora no palco a nossa mais nova e primeira bailarina, Julienne Walker.

Ouvi o mestre de cerimônias anunciar. Caminhei até a minha marca, no meio do palco. Os acordes da composição que Patrick havia feito para mim, em tempo recorde para aquela apresentação, começaram a tocar, e eu já não estava mais naquele mundo.

Fui transportada para um mundo de lembranças, embalada pela mais linda trilha sonora de cordas já feita.

Desde a primeira vez que nos vimos, a forma nada convencional que tinha acontecido. O jeito como meu corpo reagiu ao seu olhar, parecia que ele já me tocava mesmo antes de colocar suas mãos em mim. Nosso primeiro beijo, a primeira vez...

Quando ele disse que estávamos apaixonados, todo orgulhoso, como se fosse o sabe-tudo sobre sentimentos e relacionamento, ou quando tocou violoncelo e usou o instrumento para fazer amor comigo. Patrick sabia como colocar suas mãos em mim e me fazer sentir tudo. Aquele homem me fazia sentir tudo.

A mais bonita.

Talentosa.

Gostosa.

Perfeita...

Eu era a melhor.

*Obrigada, Patrick... meu amor.*

A música terminou no mesmo momento da minha última sequência. Finalizei, mantendo-me nas pontas das minhas sapatilhas e erguendo minhas mãos para cima. A enxurrada de aplausos veio segundos depois. Ao olhar para multidão, procurei por ele. Queria ver aquele orgulho que sempre carregava por mim, o tesão e a promessa do que faria comigo mais tarde para comemorarmos.

Novamente, não o encontrei. Procurei em cada um dos lugares reservados para os meus convidados, enquanto jogavam flores e pelúcias. Milan estava lá com Riley, adormecido em seus braços, Sloan me aplaudia, feliz, orgulhosa. Nessie Royce e o pai de King estavam lá, sorrindo, felizes. Até mesmo Tamisha Ottawa estava, minha apresentação havia coincidido com a sua breve estada em Nova Iorque...

Patrick, porém...

As cortinas se fecharam e tudo passou a ficar muito silencioso, suspirei sem saber o que sentir direito quando percebi alguém se aproximando de mim. Olhei na direção do movimento e sorri, aliviada. Ele estava lá.

Perfeito em sua maldita jaqueta de couro, sorriso de comedor sacana e um enorme buquê de tulipas brancas.

— Uma vez — disse, aproximando-se vagarosamente —, uma garota maluca dançou sobre o meu carro, fazendo-o de palco, e quando terminou disse-me que a plateia deve presentear a bailarina com flores...

— É mesmo? — perguntei, rindo com a lembrança.

— É... — Parou diante de mim e entregou-me as flores. — Hoje, eu tenho as flores e *outra coisa* para você, bailarina — declarou, de forma sedutora, porém sua voz tremia um pouco.

De repente, ele estava se ajoelhando diante de mim, no meio do palco vazio, com apenas um feixe de luz sobre nós.

— Pat...

Ele enfiou a mão no bolso interno da jaqueta e tirou a pequena caixa de dentro, fazendo meu coração e lábios tremerem simultaneamente.

— Não demorou para eu entender que queria você ou perceber que te amava — declarou, olhando-me diretamente. — Quando você foi embora, sabia que doeria e que eu, provavelmente, nunca superaria o que tivemos. Ser seu namorado não é mais o suficiente para mim e não estou ligando se tudo está acontecendo rápido demais.

Ele engoliu em seco antes de continuar. Eu só conseguia sentir as lágrimas escorrendo pelo meu rosto enquanto o encarava.

— Só preciso que me deixe compor para você e, por favor, por favor, princesa xereta, continue dançando para mim, para sempre. Quer casar comigo, Julienne?

Sem conseguir dizer as palavras, assenti freneticamente, fungando sem parar. King levantou-se e abriu a caixa, revelando a bela e simples aliança com um diamante solitário amarelo brilhando em destaque. Ergui minha mão trêmula e deixei que ele a colocasse em meu dedo.

— Você disse sim! — falou, extasiado, olhando-me cheio de alegria.

Abraçou-me rapidamente e beijou-me com força antes de virar em direção ao palco, encarar as cortinas e gritar alto:

— Ela disse sim!

Uma nova rodada de aplausos e gritos de alegria irrompeu pelo teatro, fazendo-me gargalhar. As cortinas se abriram, revelando quem havia ficado para saber o resultado do seu pedido.

A Sra. Ottawa estava lá, aplaudindo a minha felicidade. Parker tinha lágrimas e orgulho refletindo em seu olhar. Nossos amigos estavam exultantes e tudo estava como deveria ser desde o início. Perfeito.

Nosso espetáculo tinha começado havia anos, mas estava longe...

Muito longe de acabar.

# EPÍLOGO
## JULIE

O telefone tocou logo cedo. Cedo demais.

O dia que eu havia resolvido dormir até tarde, alguém muito inconveniente resolveu me telefonar. Certamente não era Patrick ou qualquer um da nossa família. Eles sabiam que era um dia especial e eu queria sossego.

Atendi, sem olhar no identificador, poderia ter me poupado o trabalho se tivesse feito.

— Alô...

— Esta é uma chamada a cobrar do presídio feminino de...

Desliguei o telefone na mesma hora.

— Você não vai me atormentar no dia do meu casamento, mãe — resmunguei, olhando para o telefone, como se ela fosse me ouvir.

Ela sabia que era o dia do meu casamento. Patrick e eu contamos quando comparecemos na primeira e única visita que tínhamos feito naquele lugar. Fomos para saber o que diabos minha mãe estava fazendo lá.

Esther arranjara um namorado mais jovem, um homem maravilhoso que a tratava como ela achava que merecia. Uma rainha. Ele se apresentava como herdeiro de uma empresa de investimentos imobiliários. Levou-a para jantares, passeios em iates e, até mesmo, para um final de semana incrível na casa de sua família.

Tudo parecia perfeito, até que ele começou a esquecer a carteira, ou ter problemas com sua conta bancária e pedir dinheiro emprestado, ela emprestou. O dinheiro acabou e ela descobriu que ele não era rico porcaria nenhuma. Mas, naquele ponto, ela já estava apaixonada e, ao invés de dar o fora no Don Juan criminoso, passou a dar golpes junto com ele. Os dois foram pegos em flagrante tentando descontar um cheque falso no banco. Mamãe ligou para o Sr. King. Como o bom homem que era, ele aceitou ir visitá-la, entretanto, para o azar da minha progenitora, eu também compareci a essa visita.

O tempo de se dar bem havia acabado. Nada de advogados pagos para minha mamãezinha. O estado daria a ela o que merecia. Finalmente, ela havia perdido a pose e mostrado a sua verdadeira face, parecia ter surtado ao me ver ao lado dos King e seu olhar de ódio quando viu o diamante em meu dedo anelar foi a gota d'água. Patrick quis tripudiar e contar quando e onde nos casaríamos. Meu noivo quis que ela soubesse que não tinha vencido.

Ela não nos venceu.

Sem deixar o clima pesar sobre mim, pulei da cama e abri as janelas do quarto de hotel em que estava hospedada. King ficou na cobertura com o seu pai, mudamo-nos quando percebemos que a situação de Parker estava piorando, venderíamos o local e compraríamos uma casa mais simples assim que Parker estivesse pronto para se despedir do lugar pomposo e sofisticado que era a sua cobertura na Upper West Side.

A saúde dele também foi o motivo de termos adiantado nosso casamento, apenas seis meses após o pedido. Queríamos o Sr. King ao nosso lado quando disséssemos sim. Patrick e Milan já haviam dividido e recebido suas heranças em vida.

Milan assumiu a empresa, tornando-se presidente majoritário. Patrick era acionista, mas realmente não se envolvia nas decisões, ele estava bem fazendo sua música. Não era famoso, mas muito conhecido em Nova Iorque pelas gravadoras e músicos. Ele vendia suas composições, participava de grandes produções e estávamos felizes daquela forma. Em especial porque, no próximo ano, ele voltaria para Juilliard e concluiria a sua graduação.

Eu continuava sendo a primeira bailarina da companhia, começaríamos uma temporada de *O Lago dos Cisnes* em breve e Sloan faria parte da produção. Estávamos animadas por finalmente conseguirmos trabalhar juntas.

Peguei o telefone ao lado da cama e liguei para o serviço de quarto, pedindo para que trouxessem o café da manhã, assim que desliguei, chequei meu celular. Havia uma mensagem de Sloan dizendo que chegaria em breve com Nessie para o nosso dia de noiva e madrinhas, além de uma mensagem de áudio de Patrick.

Sorri e rapidamente coloquei para tocar.

*Ei, princesa! A noite passada foi horrível, não ter você na cama foi uma merda!*

Ri, só Patrick conseguia deixar uma palavra como *merda* sexy.

*A única coisa que me consolou foi que hoje você vai ser minha esposa e vou poder foder você contra todas as paredes que eu quiser.*

Revirei os olhos ao ouvir a sua voz cheia de malícia dizer aquilo.

*Enfim, baby, enquanto eu sofria e perturbava o meu padrinho — que, por sinal, me abandonou no meio da madrugada — compus para você. Espero que goste. O nome dela é Rainha. Espero que dance para mim. Aí vai.*

A melodia meiga e singela atingiu meus ouvidos. Seu violino chorou pelos minutos seguintes, fazendo-me chorar junto. De olhos fechados, deslizei pelo quarto de hotel, coreografando e sentindo a música do amor da minha vida penetrando em todo o meu ser.

Melhor presente de casamento.

## KING

— Você me abandonou! — resmunguei, assim que entrei na cozinha e vi Milan sentado no banco na ilha central, bebendo café.

Nessie riu e continuou fazendo suas panquecas.

— Culpa sua! Você estava um porre ontem à noite — Milan se defendeu.

— Estou nervoso...

— Você está surtando, isso sim.

— Você surtou no seu casamento também, Milan! — acusei.

— Não, não surtei.

Olhei para Nessie, pedindo algum suporte.

— Ele não surtou, querido. Desculpe!

— Qual é! — Assisti os dois rindo de mim e bufei. — Posso tomar café pelo menos?

Sentei-me ao lado de Milan e aguardei, enquanto Nessie me servia uma xícara grande.

— Larga de ser maricas, cara!

— Me deixa em paz, otário! — Empurrei seu ombro. — O que faz aqui, afinal? Pensei que tinha voltado para casa.

— Voltei... mas sou seu padrinho, estou aqui para te dar apoio, como você me deu no dia do meu casamento — disse.

O dia em que Milan se casou com Sloan foi doloroso para mim, ele sabia desse fato. Eu estava satisfeito e contente por vê-lo feliz, porém a falta que Julie me fazia quase me matou naquele dia.

— Estou tão feliz por vocês, meus meninos! — Vanessa fungou e limpou as lágrimas enquanto nos assistia. — Cresceram, são homens agora... Eu não poderia estar mais orgulhosa.

— Nem eu — meu pai disse da porta.

Sua aparência estava menos saudável, ao passo que estava feliz pela minha união com Julienne. Parte do meu coração doía ao saber que, a qualquer momento, teria de dizer adeus àquele homem que aprendi a amar tardiamente. Ele se aproximou de mim e deu um tapinha em minhas costas.

— Nervoso, filho?

— Ele está se cagando de medo, King pai!

— Cala a boca, Milan!

— Foda-se!

— Foda-se você!

— A boca, meninos! — Nessie e meu pai disseram ao mesmo tempo, fazendo com que nos calássemos e em seguida começarmos a rir.

— Por que vocês nunca namoraram? — questionei.

Os dois sempre moraram na mesma casa, Vanessa era uma boa amiga para meu pai. Mesmo Esther, aquela vadia louca da minha sogra, morria de ciúmes de Nessie.

— Patrick King! — Nessie exclamou, horrorizada.

— Pat! Não! — meu pai disse ao mesmo tempo.

— O quê? É uma dúvida apenas! — Dei de ombros. — Vocês sempre estiveram um na vida do outro.

— Nós sempre fomos bons amigos e é tudo, Pat — meu pai respondeu, delicadamente.

— Mesmo? — Milan questionou.

Encaramos meu pai e Nessie, intercalando entre um e outro. Ambos se olhavam com sorrisos amistosos e cumplicidade.

— Sim, nós sempre fomos bons amigos, como vocês dois — explicou, suas palavras pareciam honestas. — E estamos muito, muito satisfeitos em vê-los felizes, meninos.

Nós quatro nos encaramos em silêncio, de repente, eu estava chorando, sentindo a felicidade e o medo do que aquele dia me traria. Felicidade porque eu teria o amor da minha existência caminhando em minha direção para dizer *sim*. E medo, porque depois de me ver tão feliz e encaminhado, meu pai talvez desistisse de lutar. Não estava pronto para desistir dele.

Papai me abraçou e em seguida Milan, ambos garantiram que tudo estava bem e que aquele era um dia feliz. Olhei para Vanessa, do outro lado da cozinha, via em seus olhos. Ela me entendia.

Entendia o meu medo.

Sloan chegou para entregar o pequeno Riley. Os meninos se vestiriam comigo, as meninas estariam recebendo um dia maravilhoso de beleza.

Cada uma delas merecia.

Julie e eu nos casaríamos em uma capela que escolhemos por ser pequena e discreta. A recepção seria no salão do hotel em que minha noiva estava recebendo massagem naquele momento.

Nessie, Sloan e Julie cuidaram de tudo. Fiquei com a parte de assinar cheques e comer bolos para ajudar nas decisões, não foi difícil.

Mesmo que fosse, faria sorrindo e feliz. Só queria que Julienne fosse minha esposa. As circunstâncias não importavam.

— Oh, bom Deus, Milan! Seu garoto está fedendo —meu pai alertou. — Mesmo através da máscara consigo sentir. É melhor trocar a fralda de Riley antes de irmos para a capela.

— Que fedor! — exclamei.

— Vocês dois são exagerados demais...

— Não é possível que você não esteja sentindo o fedor — falei, rindo.

— Você é um padrinho de merda.

— Controle a língua perto do bebê, Milan — meu pai chamou a atenção, fazendo-me rir. — E você, Patrick, não ria, sua hora vai chegar.

Olhei para o pequeno Riley e sorri, esperando que um dia a minha hora chegasse mesmo. Queria ser pai, dividir o amor que Julie e eu compartilhávamos. Mas já havíamos falado sobre aquilo.

Não era hora ainda. Éramos egoístas e apaixonados demais um pelo outro para começarmos a nos dividir com outra pessoa. Nosso bebê teria de esperar.

— Pat, venha aqui — meu pai chamou.

Caminhei até ele e lhe entreguei o pequeno ramo de flores para que colocasse em minha lapela. Ele tirou a máscara de oxigênio com a outra mão e se levantou para me ajeitar.

— Vou dar um tempo para vocês dois — Milan avisou, saindo com Riley em seus braços.

— Eu deveria saber o que dizer para você neste momento, filho, mas só consigo pensar que você está me deixando orgulhoso.

Respirei fundo e coloquei minhas mãos nos ombros do meu velho.

— Não precisa dizer nada...

— Perdão, filho —interrompeu. — Me desculpe por deixar que esse mal entendido ficasse entre nós por tanto tempo, isso desencadeou todos os seus problemas. — Ele maneou a cabeça em negação e seus olhos se encheram de lágrimas. — Se eu tivesse colocado tudo às claras, teríamos mais tempo...

— Está tudo bem, pai! Hoje é um dia de alegria.

— Certamente é, Pat. Um dia de alegria. Obrigado por me dar isso, filho. Muito obrigado. — Ele me abraçou e me apertou em seus braços, como se quisesse que eu sentisse o mesmo que ele. — Espero que você seja muito feliz, meu menino, você merece isso. Julienne também.

— Obrigado, pai.

— Não Pat, não é isso que preciso ouvir de você. — Seu tom era de quem implorava. — Por favor, filho...

— Eu perdoo você, pai. Claro que sim!

Foi a minha vez de apertá-lo em meus braços e tentar defendê-lo de toda dor e sofrimento.

— Obrigado. — Respirou fundo, afastando-se. — Agora vamos, está na hora de casar você.

— Vamos.

## JULIE

Meus cabelos estavam sempre presos, por isso optei por deixá-los soltos. O cabeleireiro o deixou ondulado, longos cachos caindo pelos meus ombros e costas, sendo presos apenas do lado direito. Mostrando a minha orelha. Minha maquiagem era marcante sem exagero. E o vestido...

Caramba! O vestido era lindo. Perfeito.

Era cinza bem claro, quase branco, de seda, mas simples. Lembrando um baby-doll. Mas incrivelmente lindo e sofisticado. A corrente de ouro de sapatilhas estava em meu pescoço.

— Oh, querida! — Nessie exclamou, emocionada. — Você está tão linda!

— Perfeita! — Slow disse, tentando disfarçar a sua própria emoção. — Está na hora de irmos para a capela casar você.

— Vou me casar... — sussurrei para mim mesma.

A imagem do meu pai veio à minha mente, meu coração se apertou. Eu não teria qualquer um dos dois ao meu lado em um momento tão importante na minha vida. Nem pai e nem mãe. Então me lembrei que amigos são a família que escolhemos. Eu tinha Sloan, Vanessa, Milan, Parker, o pequeno Riley e Patrick, o homem que me daria uma família.

E eu seria a melhor mãe do mundo quando a hora chegasse.

Ao chegarmos em frente à capela, senti meu coração disparar. A adrenalina tomou conta do meu corpo de uma forma que nunca havia experimentado antes, era mais forte do que eu sentia quando entrava no palco. Talvez porque eu estava entrando em um terreno desconhecido. Eu seria uma esposa. Uma King. Teria um marido, faria votos, em algum momento de nossas vidas, teríamos filhos e seríamos felizes para sempre.

É claro que teríamos problemas também. Provavelmente brigaríamos por causa de uma roupa jogada no chão, ou uma louça suja na pia. Eu era a rainha em esconder o controle remoto sem querer. Nunca me lembrava de onde estava e, em algum momento, Patrick se irritaria com aquilo.

Mas ficaríamos bem.

Seríamos felizes porque não havia melhor lugar para estar do que nos braços um do outro.

E, quando me posicionei para entrar naquela capela, respirei fundo e me fiz tranquila. Era a escolha certa.

— Ei, menina... vamos fazer isso ou o quê? — A voz cansada de Parker tirou-me dos meus pensamentos.

Encarei o homem que lembrava tanto o meu futuro marido e sorri, pegando o braço que ele me oferecia. As portas se abriram e nossos poucos convidados se levantaram, todos os olhares estavam em mim, enquanto eu só podia fitar o homem no final do corredor.

Ao longe, tudo o conseguia ver era o seu sorriso aberto, largo e brilhante, direto para mim, como se estivesse vendo a coisa mais linda de toda a sua vida. Era daquela forma que eu estava me sentindo. A mulher mais linda e a mais amada de todo o mundo. E a cada passo que dava em sua direção, via claramente o amor e devoção que aquele homem desbocado, malicioso e cheio de charme dedicava a mim.

Um dia, disseram-nos que éramos jovens e que superaríamos nossos sentimentos um pelo outro. Até poderia ser assim para a maioria das pessoas. Para nós, não.

King era meu, e eu era dele, desde a primeira vez que nos olhamos. Da forma mais peculiar e promíscua possível, certamente. Todavia foi dessa forma que aconteceu.

No momento em que cheguei a sua frente, que seu pai me entregou e aquele grande homem começou a chorar para que todos ali vissem, tive ainda mais certeza de tudo.

— Você é a coisa mais linda que já vi em toda a minha vida, bailarina.

Tentou engolir seus soluços emocionados.

— Ei, bonitão! Pronto para ser meu para sempre? — perguntei, controlando a minha própria emoção diante dele.

Tão lindo em seu terno azul escuro, combinando com a gravata, embora eu preferisse a jaqueta de couro sexy e descolada, Patrick estava de tirar o fôlego. Os cabelos estavam na bagunça usual e a barba por fazer. Duas das três pequenas exigências que fiz para aquele dia.

Cabelo bagunçado.

Barba por fazer.

E sorriso de comedor a postos.

— Princesa, eu estou mais do que pronto.

E lá estava o sorriso que pedi. Formando-se, de lado... e prometendo todas as loucuras que ele faria comigo naquela noite, depois da nossa festa.

— Para você, eu estou *sempre pronto*.

Suas mãos foram para a minha cintura, e eu já podia ouvir a risadinha de alguns convidados quando ele me puxou em sua direção. Sem conseguir resistir, coloquei meus braços em volta do seu pescoço.

— Você é um pervertido — sussurrei. — Não sei o que seria da minha vida sem você.

— Estes são os seus votos? — questionou, rindo.

Não eram, contudo eu já havia falado meus votos milhões de vezes para ele e os repetiria pelo resto de nossas vidas, então, simplesmente assenti.

Patrick deixou escapar uma bufada que terminou em riso.

— Neste caso, vou logo dizer os meus...

Podíamos ouvir o capelão limpando a garganta para nos chamar atenção, pouco ligamos. Aquele era o nosso momento e faríamos da maneira que quiséssemos.

— Diga, baby.

— É simples e você já os ouviu — explicou.

— Diga novamente, não me canso de ouvir de qualquer forma.

— Na palma da sua mão, na ponta da sua sapatilha... você me tem. Você me tem, bailarina.

Fechei meus olhos e senti cada uma das suas palavras. Eram mais do que "eu te amo", eram muito mais do que qualquer promessa.

Seus lábios pressionaram os meus e fiquei na ponta dos pés. Do jeito que eu mais gostava.

Da forma que era para ser.

*Na palma da sua mão,*
*Na ponta da sua sapatilha,*
*Você me tem.*
*Você me tem, bailarina.*

FIM

# BÔNUS
# A PEQUENA BAILARINA

— Acorda! — ela exclamou.

Estava brava, eu podia ouvir pelo tom da sua voz. Não tinha notado a minha presença, sempre ocupado demais contando notas de dólar, passando dinheiro das apostas e correndo com King, eles eram praticamente inseparáveis.

Meus olhos abriram-se vagarosamente, mas minha mente agia rápida, procurando, incessantemente, entre minhas memórias, o que eu tinha feito para invocar a raiva da minha garota.

— Estou acordado, estou acordado! — respondi, sem me levantar da cama.

Estava exausto. Havia passado a noite em claro terminando um projeto no estúdio.

Aliás, foi a melhor decisão que a princesa xereta e eu tivemos. Quando conseguimos vender a cobertura do meu pai, ficamos com uma fortuna em nossas mãos, procuramos por uma casa grande, onde pudéssemos ter privacidade e dar ao meu velho conforto nos seus últimos meses de vida.

Meses que se transformaram em anos, Parker King e eu tivemos algo muito valioso. Tempo.

Tempo para nos reconectarmos, tempo para sermos felizes juntos e tempo para curarmos nossas feridas.

Tivemos tempo para sermos pai e filho.

Ele teve tempo para ter uma filha também, Julie cuidou dele como se fosse carne da sua carne. Meu pai teve tempo de ver Milan prosperar ainda mais os negócios e...

— Acorda!

E ele viveu o suficiente para conhecer Anna, sua neta.

— Estou acordado, pequena bailarina — informei, pegando-a em meus braços e puxando-a para a cama junto comigo.

— Não, papai, não! — Mas suas palavras estavam carregadas de risos e satisfação.

Anna amava quando eu fazia aquilo.

— Vamos nos atrasar para o quê, exatamente? — questionei alto, quando percebi o movimento dentro do closet. Julienne estava lá.

— Primeira aula de balé!

Quando minha esposa disse a palavra mágica, Anna soltou um grito estridente de felicidade, desvencilhou-se do meu abraço e começou a saltar na cama.

Nem era balé mesmo, era *baby class* ou qualquer merda assim, mas usava roupa de bailarina, e as crianças saltitavam pela sala, então, para a minha filha de cinco anos de idade, era balé e ponto final.

Estava no gene... e no nome.

Anna de Anna Pavlova, a melhor bailarina de todos os tempos. Escolha de Julienne, e eu endossei, claro. Primeiro porque não havia como negar algo à mulher da minha vida, ela me tinha na palma da mão, bem... e na ponta da sapatilha também. E porque ela carregava o bebê e, segundo ela, uma vez que seria a sua vagina que sofreria as consequências da nossa decisão de ter um filho, nada mais justo do que ela ter um voto absoluto sobre a escolha do nome.

Eu era apenas Romeo, o joguete do destino, quando se tratava da minha esposa, e ela era o destino. Quando Anna nasceu então...

De repente, um terceiro convidado saltou sobre a cama. Bolshoi, nosso labrador preto de dois anos de idade. O melhor amigo de Anna, meu parceiro de corrida e o pesadelo de Julienne. O cão já tinha comido algumas de suas sapatilhas.

— Bolshoi, desce! —minha esposa gritou da porta, olhei em sua direção e não pude deixar de sorrir com a imagem da perfeição. Pernas de fora, minha camiseta dos Ramones e cabelos soltos e selvagens.

— Bom dia, bailarina! — cumprimentei, enquanto Anna pulava em volta de Bolshoi. — Linda como sempre.

Ela sorriu e suspirou, olhando para mim cheia de amor e carinho.

— Bom dia, *baby*. Vamos nos atrasar se não nos movermos agora. A aula de Anna começa em uma hora.

— Vou levantar, vou levantar — avisei, suspirando e me apoiando nos braços para me erguer da cama.

*Cacete, quero dormir mais.*

— Já dei café para ela e já levei a fera para fazer as necessidades — contou, voltando para dentro do closet. — Você só precisa tomar banho e se vestir, podemos tomar café em Juilliard.

Ah, sim!

Juilliard.

Nossa segunda casa.

Julienne foi a primeira bailarina por anos, até resolvermos que, finalmente, poderíamos partilhar o nosso amor e ter um filho, quando a hora chegou, ela foi honesta com a reitoria que não somente a entendeu, como lhe disse para voltar quando estivesse pronta. Quando Julie voltou, ofereceram-lhe o cargo de professora titular para o primeiro ano.

Ficamos felizes, mas quando a proposta de produtor e músico veio para mim, foi simplesmente perfeito. Nossa felicidade estava completa. Trabalhávamos com o que amávamos e tínhamos tempo para nós e nossa família.

— Vem, *Bonsoi,* vou colocar a sua roupa — Anna exigiu enquanto descia da cama. Ainda não conseguia pronunciar algumas palavras, mas, no geral, era extremamente articulada para uma criança de cinco anos. — Eu já volto, papai — avisou levantando a gorda mãozinha em minha direção.

Seus cabelos castanhos, escuros como os meus, já estavam presos em um coque, como os que a mãe costumava usar quase que diariamente, os olhos verdes brilhavam mais do o normal naquela manhã, tamanha era a sua felicidade, e seu pequenino corpo não parava de se contorcer dentro da roupa preta de balé.

Minha pequena bailarina podia amar a dança, mas odiava a cor rosa, preferia o preto. Como eu.

Assim que Anna e Bolshoi saíram pela porta, corri para o closet e fechei a porta atrás de mim, felizmente, minha adorável esposa havia tirado a camiseta e estava apenas de calcinha ali dentro.

— Hum... ótimo dia! — murmurei, aproximando-me e a abraçando por trás.

Minhas mãos acariciaram o seu ventre e subiram para os seios, porém a malvada me parou, tirou minhas mãos e andou para longe.

— Vá tomar seu banho...

— Você está malvada...

Fiz um beicinho e a olhei com a melhor cara de piedade que podia fazer.

— Não vai funcionar essa cara de cachorro, Bolshoi faz essa cara... E eu estou muito brava com ele. Satanás comedor de sapatilhas.

Ri e levantei minhas mãos quando seu olhar foi dirigido de forma severa para mim.

— Desculpe, desculpe... Mas lembre-se que sempre foi seu sonho ter um cãozinho chamado Bolshoi, eu só realizei.

Seus ombros caíram em derrota enquanto ela pegava uma de suas roupas de trabalho.

— Eu sei... eu o amo muito — falou —, mas às vezes queria que ele não tivesse sido conjurado no inferno, só isso.

— Ele não é assim tão ruim, baby, e você não deveria deixar suas sapatilhas ao alcance dele...

— Papai! —Anna gritou, abri a porta do closet e saí rapidamente. — *Bolsoi* derrubou a sua guitarra.

Bolshoi passou como um raio pela porta, vestindo um tutu colorido, e se escondeu embaixo da cama.

— O quê? Seu...

— Oh, querido! Não deixe suas coisas ao alcance de Cérbero, o cão do inferno.

Escutei minha muito quente e debochada esposa dizer, enquanto eu corria para fora do quarto.

— É hoje que posso dormir na casa da vovó Nessie?

— Não, querida, faltam ainda dois dias para isso, você vai na sexta — expliquei, virando minha cabeça levemente para trás, uma vez que ela estava em seu assento, bem atrás do banco do passageiro, onde eu estava.

Quando tivemos o acidente, Julienne se feriu gravemente, além de ter acarretado quatro anos de puro sofrimento para nós dois. Desde então, pegar na direção de um carro, fica fora de cogitação para mim.

Com o anúncio da gravidez de Julie, sabíamos que precisaríamos de um carro, andar de táxi ou metrô já não seria uma opção saudável e segura para Anna, então minha esposa se propôs a dirigir, mesmo que alegasse não ser muito boa naquilo. E tudo ficou bem.

— Riley também vai! — exclamou, feliz.

Minha filha era completamente louca pelo primo, Riley. Ele totalmente fazia o papel de irmão mais velho, porém estava um tanto cansado de ter uma pirralha pendurada nele. Eu entendia. Ri tinha doze anos, sua diversão não era correr de uma criança e nem vestir tutu colorido em um cão, ele queria jogar seu Nintendo Switch e colecionar bonés de baseball.

— Ele vai, querida, mas lembre-se do que dissemos, Riley gosta de ficar sozinho às vezes, seja boa para ele — Julienne pediu calmamente.

— Tudo bem, mamãe.

— Amo você! — Julie disse.

— Amo você, mamãe! E o papai também.

Anna tinha um coração de ouro e era totalmente a minha garotinha, sempre saindo em minha defesa e se preocupando com o que ela pensava ferir os meus sentimentos. Dizer que eu era o filho da puta mais sortudo da face da terra era um eufemismo.

Ao chegarmos em frente ao prédio da escola de balé Petit, descemos e retiramos uma criança elétrica de dentro do carro. Anna saltitava e não parava de rir e soltar pequenos gritinhos. Ela podia ser a minha garotinha, mas ela tinha puxado a mãe, seu amor pela dança era visto no brilho dos seus belos olhinhos.

Entramos no prédio e caminhamos até a recepção, onde Julie foi reconhecida e recebida com admiração e tietagem. Enquanto ela terminava de preencher a papelada, andei até a porta da sala onde várias outras menininhas e alguns menininhos aguardavam para o início da aula. Embora tenha mostrado empolgação ao chegarmos, Anna agora parecia tímida e com um pouco de receio, abaixei-me diante dela e a encarei, procurando leveza em meu tom de voz.

— Ei, minha pequena bailarina, tudo vai ficar bem... Lembre-se, depois da aula, o tio Milan vem buscá-la e a levará para a mamãe e eu, quem sabe você não vira assistente dele hoje. Milan era um padrinho apaixonado, sempre que podia passava um tempo com Anna e se prontificou a buscá-la depois das aulas e levá-la para almoçar. Depois que Riley ficou grande demais para ser o garotinho do papai, ele sentia falta de ter um bebê.

Eu o entendia. Também sentia falta de ter um bebezinho em casa, Anna estava crescendo rápido demais.

— Tá bom... — disse, ainda um tanto desconfiada, enquanto olhava para as crianças.

— Vá fazer alguns amigos novos, vá!

Ela ficou na pontinha dos seus pezinhos e beijou a minha bochecha. Sorri e senti meu coração expandir um pouco mais em meu peito. Amava aquela menina com todo o meu ser.

— Tchau, papai.

— Até mais, baby.

— Ei! Eu não ganho um beijo?

Julienne se aproximou e abaixou-se ao meu lado. Anna se abraçou nela e fechou seus olhinhos bem apertados.

— Vou ser bailarina agora, mamãe... — sussurrou, como se fosse um grande segredo.

— Uhum! Claro que vai! — minha esposa falou com entusiasmo.

A professora chamou os pequenos e as monitoras ajudaram as crianças a entrarem, nos levantamos e, lado a lado, assistimos a nossa menina entrar na sala.

— Ela não entende ainda, mas já é uma bailarina.

Abracei Julienne de lado e apertei seus ombros contra mim.

— A nossa bailarina. — Suspirei e beijei sua têmpora. — Ela está crescendo tão rápido. Sinto falta de quando ela era um bebezinho.

— Sentindo falta de um bebê? — questionou seriamente, enquanto iniciávamos nossa caminhada para fora do prédio.

— Talvez possamos praticar para outro, o que você acha? — brinquei.

Quando chegamos na calçada, Julie se virou para mim e abraçou minha cintura.

— Acho que não precisamos praticar...

— Que isso, baby? Praticar é a melhor parte — argumentei, quase ofendido.

— Não precisamos praticar porque estou grávida, Patrick.

Meu corpo inteiro ficou quente e meu coração acelerou.

— Q quê? Você... hum...?

— Estou grávida — comentou, sorrindo — Ia contar neste final de semana que estaríamos a sós, mas, como você simplesmente deu a deixa, resolvi dizer logo.

Exatamente as mesmas emoções de quando soube de Anna, felicidade não cabia em mim, então transbordou pelos meus olhos e passei chorar no meio da calçada como um menino. Minha mão foi para o estômago da minha princesa xereta e o acariciei com cuidado.

— Gostaria de dizer que continuo mandando nos nomes... — avisou ela. Eu ri, um tanto abobalhado com a notícia. E sequer me importando. Só queria o meu bebê.

— Se for menino, quero chamá-lo de Parker.

Chorei ainda mais e a beijei com adoração. Aquela garota era minha.

A minha princesa xereta. Aquela que sempre me teria na palma da sua mão e na ponta de sua sapatilha.

# AGRADECIMENTOS

A todos os envolvidos no processo de criação deste livro, o meu eterno muito obrigada. Vocês sabem quem são.

Amo vocês.

Para saber mais sobre os títulos e autores do GRUPO EDITORIAL COERÊNCIA, visite o site **WWW.EDITORACOERENCIA.COM.BR** e curta as nossas redes sociais.

Além de informações sobre os próximos lançamentos, você terá acesso a conteúdos exclusivos e poderá participar de sorteios, promoções e eventos.


@GRUPOEDITORIALCOERENCIA

FB.COM/GRUPOEDITORIALCOERENCIA/

AV. PAULISTA, 326, CJ 84
BELA VISTA - SÃO PAULO - SP - 01.310-902

LILIAN@EDITORACOERENCIA.COM.BR

(11) 3287-1614

Grupo Editorial
coerência

Esta obra foi composta na fonte ITC Legacy Serif,
tamanho 11,5 pt, e impresso em papel pólen bold 80g/m².
São Paulo, outubro de 2020